De la même autrice, aux éditions Charleston
Comment bien rater son mariage à Noël, 2021
Toutes les vies d'Alice, 2023

10, place des Cinq-Martyrs-du-Lycée-Buffon
75015 Paris – France
www.editionscharleston.fr

Ouvrage publié avec le concours de l'agence Kalligram.

ISBN : 978-2-38529-007-8

Maquette : Patrick Leleux PAO

Pour suivre notre actualité, rejoignez-nous sur Facebook (Éditions.Charleston), sur Twitter (@LillyCharleston) et sur Instagram (@editionscharleston) !

Charleston s'engage pour une fabrication écoresponsable ! Amoureux des livres, nous sommes soucieux de l'impact de notre passion et choisissons nos imprimeurs avec la plus grande attention pour que nos ouvrages soient imprimés sur du papier issu de forêts gérées durablement.

Lucie Castel

QUAND LA VIE S'EN MÊLE

TOME 1 : ADÈLE

Roman

CHARLESTON
POCHE

CHAPITRE 1

« Comment définir le réel ? Ce que tu ressens, vois, goûtes ou respires ne sont rien que des impulsions électriques interprétées par ton cerveau. »
Matrix, 1999.

Je dévisage Grégory en essayant de ne pas rire. Un rire jaune, bien sûr, quasi fluo. Lui, une tringle à rideaux d'un mètre quatre-vingt-dix au teint cireux, mais à la rangée de dents blanches impeccables, évite mon regard. On doit composer un joli tableau qui mettrait en scène deux ahuris ne sachant pas quoi faire d'eux-mêmes. Heureusement, aujourd'hui, il n'y a pas foule au cimetière.

— Je veux être sûre d'avoir compris, finis-je par dire, tu me quittes le jour de l'enterrement de ma grand-mère, c'est ça ?

— Je... Je suis désolé.

Personne n'a dû expliquer à ce garçon que les jours où on dit adieu à un être cher, on doit respecter comme une sorte de trêve. On baisse la tête, on se recueille et on ne fait pas chier.

À quelques mètres de nous stagne une grappe de vieilles personnes qui chuchotent des banalités sur la défunte. Le ciel est bas et, des stèles au gravier du sol jusqu'aux visages autour de nous, tout est d'une seule couleur : gris. Je sens l'air qui s'alourdit d'humidité de minute en minute, il ne manque plus que la pluie pour que la fête soit pleinement réussie. Je fais un immense effort pour me concentrer, et je reprends :

— *Désolé* pour quelle partie de l'histoire exactement ?

— Tu tournes toujours tout en dérision, soupire-t-il. À la fin, je ne sais plus ce que je voulais te dire.

— Tu me quittes parce que j'ai trop de repartie ?

— Tu vois ? Tu recommences.

Il change de pied d'appui et moi, je me demande pourquoi je remarque ce détail. Je fixe ses lèvres presque inexistantes avec autant d'attention que si je devais lire dessus.

— On ne va pas se raconter d'histoires, Adèle, toi et moi, ça ne fonctionne pas. Il n'y a pas d'étincelles entre nous, tu vois ce que je veux dire ? C'est sans passion, glacé.

Un bruit ténu de marteau piqueur parvient jusqu'à nous. La municipalité refait l'allée principale du petit cimetière de Tassin-la-Demi-Lune, autour du monument aux morts. Ma grand-mère repose à l'extrémité sud, là où sont rassemblés les caveaux des vieilles familles lyonnaises dont la tradition veut que les morts s'entassent dans un lieu exigu, quand, dans la vie, un monde les séparait souvent.

— Est-ce une si mauvaise chose d'être *sans passion* ? je demande. Quand c'est trop chaud, ça brûle aussi.

— Sois sérieuse, une fois au moins.

Dans un lieu pareil, comment peut-il douter de mon sérieux ? Dès qu'on passe le portail grinçant de ce genre d'endroit, on signe pour un unique forfait : morts, tombes, proches affligés… et sérieux.

— D'accord, alors la passion, c'est quoi ? À part des crises de larmes et des drames ? Je ne te comprends pas, je croyais que tout allait bien entre nous. Nous avions même prévu de partir en vacances cet été. Pourquoi tu ne m'as pas dit que tu te sentais mal dans notre relation ?

— Adèle, nous nous voyons une fois tous les quinze jours ! Tu passes, enfin, tu passais, tout ton temps avec ta grand-mère. Et quand on finissait par être ensemble, tu n'étais pas vraiment là, avec moi, mais encore avec elle.

Mes dents grincent.

— Du coup, comme elle est morte, ça rend ta crise de jalousie un peu obsolète, non ?

Grégory soupire. Avant de démarrer cette conversation, je n'avais qu'une envie : me blottir contre lui, prendre sa chaleur et son affection et qu'elles m'enrobent comme un manteau. Maintenant, je voudrais l'ouvrir en deux et inverser la position de ses organes.

Autour de nous, le vide. La grappe de vieilles femmes a disparu, et ne subsiste aucun témoin de notre échange qui pourrait me rassurer et me dire que je ne suis pas folle de trouver ses propos déplacés. Personne pour lui dire de la boucler et de me laisser profiter du privilège insupportable d'avoir enterré le dernier membre encore en vie de ma famille.

— Tu te moques, encore. Avec toi, je me sens continuellement rabaissé.

— Pardon de manquer d'empathie et de compréhension. C'est toutes ces stèles écrasant tous ces cadavres autour de nous, ça me rend nerveuse, pas toi ?

Peut-être qu'en effet, les circonstances me rendent plus caustique que d'habitude. Et plus vindicative aussi, parce que l'image de Grégory au fond d'un trou creusé à la va-vite commence à devenir de plus en plus précise dans mon esprit.

— Je sais qu'aux yeux des autres, je vais passer pour un enfoiré de te quitter le jour de l'enterrement de ta grand-mère…

Ai-je bien entendu ? J'éprouve la sensation déplaisante de participer à une conversation qui n'aurait pas démarré en même temps pour nous deux. J'ignore depuis combien de temps Grégory parle de nos problèmes de couple, mais apparemment, ça remonte à bien avant aujourd'hui. Je tente d'attraper les mots qui sortent de sa bouche pour les remettre dans le bon ordre et comprendre ce qui se passe.

— … mais je pense que ce serait hypocrite de rester avec toi durant ton deuil juste par pitié, poursuit-il sur le ton désincarné des voix qui annoncent l'entrée des trains en gare. Tu as besoin de personnes sincères autour de toi qui sauront porter avec toi ta douleur. Moi, c'est au-dessus de mes forces.

Ma douleur, parlons-en ! Elle m'appartient et je ne veux la donner à personne d'autre. Elle est le lien qui me raccroche à ma grand-mère, le vestige de notre histoire. On ne retient jamais l'envol des morts, pas même en les encapsulant dans des cercueils ou des urnes. Mais la tristesse, elle, reste. On peut s'appuyer sur elle, elle donne du sens au passage des êtres sur Terre. Grégory se trouve à des années-lumière de ce que je veux.

— J'aurais vraiment voulu être celui qu'il te faut, continue-t-il, plus pour se faire plaisir que pour son auditoire. J'ai essayé, mais je sais que tu ne m'aimes pas. Je pense même que tu ne m'as jamais aimé. En vérité, Adèle, dans ta forteresse, il n'y a de place que pour ta grand-mère, et moi, je n'ai pas l'âme d'un conquérant.

Je l'observe enchaîner ses métaphores foireuses tandis que la bruine commence à brouiller les traits de son visage. J'essaye de me souvenir quel charme j'ai pu lui trouver, deux ans plus tôt. Son sourire, peut-être. Et il aimait la saga *Alien*, c'était de bon augure. « Je pense que tu ne m'as jamais aimé. » Tandis qu'il continue à déblatérer sur ce qui me fait défaut, ses mots tournent dans ma tête. Au fond de moi, une petite voix chancelante et encore timide me murmure qu'au milieu de son étalage de banalités se cache peut-être un peu de vérité…

J'ai rencontré Grégory dans mon magasin de bandes dessinées préféré, une boutique presque aussi vieille que la place des Terreaux elle-même. Nous voulions le même numéro d'un *Doctor Strange*, la boutique gérait mal ses stocks, il n'en restait plus qu'un seul exemplaire. Il a plaisanté, je ne l'ai pas trouvé drôle, mais il avait de la personnalité. C'était facile de le laisser me faire la cour. Il a pris son temps, ça m'a laissé tout le loisir de voir en lui l'opportunité de cocher enfin la case de la normalité. La fameuse case qui vous fait entrer dans la *norme* sociale, celle qui vous évite les regards en biais, les moqueries, les jugements de valeur parce que vous ne correspondez pas tout à fait aux attentes de la société quand vous êtes une jeune femme blanche hétérosexuelle dans la vingtaine.

Grégory finit par se taire. Ses yeux arrondis, dont l'expression me paraît soudain dépourvue d'humanité, restent fixés sur moi. Nos mutismes respectifs s'éternisent, la bruine se mue en pluie. J'imagine lui tourner les talons et le planter là avec une superbe dignité, une de celles magnifiées par le cinéma hollywoodien des années 1950.

Hélas, je reste aussi immobile qu'une souche. Il lâche un énième soupir – je remarque seulement maintenant à quel point ce garçon soupire – avant de passer à côté de moi en frôlant mon épaule et de s'éloigner vers la sortie du cimetière. Finalement, c'est lui qui me tourne le dos et me plante là, sans me jeter un regard, sans le dernier coup d'œil en coin qui, dans les films, met élégamment un terme à une relation qui a compté. Et moi, je l'observe jusqu'à ce qu'il disparaisse derrière une rangée de tombes. La pluie, en s'écrasant sur le marbre des stèles, produit un crépitement hypnotique qui n'aide pas à me sortir de ma léthargie.

C'est l'arrivée d'Aline qui finit par me tirer de ma stupeur. Ou plutôt sa main lourde et raffermie d'affection maternante qui se pose sur mon épaule, laquelle s'affaisse de plusieurs millimètres. Aline a soixante-trois ans, la démarche vacillante d'un pingouin et le visage aussi rond et granuleux qu'une orange. Ma grand-mère et elle étaient amies depuis une éternité et, aussi loin que remontent mes souvenirs, elle a toujours fait partie de ma vie.

— Je rêve ou ce petit con vient de te quitter ? demande-t-elle en fronçant ses sourcils teints en roux pour un obscur objectif de mode.

D'origine sicilienne, Aline ne supporte pas qu'on fasse de la peine aux gens qu'elle aime. Sans vouloir tomber dans le cliché, je pense qu'elle possède quelques liens avec la mafia. Un été, le nouvel apprenti boucher de notre quartier, un gamin de dix-neuf ans aussi futé qu'une table basse, a fait une blague de très mauvais goût sur son physique. Il est parti un jeudi à midi et personne ne l'a plus jamais revu. Cette année-là, Aline n'a pas cessé de dire qu'elle avait passé un merveilleux été.

— Si ce n'est pas ça, c'est super bien imité, dis-je en reniflant.

— Je ne l'ai jamais aimé. Combien de fois l'ai-je répété ?

En fait, ce qu'Aline a formulé ressemblait plutôt à : « J'ai bien cru que tu ne te caserais jamais, ma petite. Béni soit cet homme qui te supporte », mais qu'est-ce que ça change ? J'essuie l'eau sur mon visage et dégage mon front des mèches s'y trouvant collées. Nous voici seules au bord de la tombe, et les lieux désertés ainsi que l'atmosphère creuse nous déconnectent du temps.

— Elle va tellement me manquer, souffle Aline, guère plus gênée que moi par la pluie. Elle était si exceptionnelle.

— Je suis d'accord.

Elle crochète mon bras et le presse contre son corps moelleux. L'émotion me submerge seulement maintenant. J'aurais dû avoir épuisé tout mon stock de larmes en dix années d'observation de chimios, de PET-scans, de récidives, de mines désolées des cancérologues et d'organes bouffés les uns après les autres par ce putain de crabe. Dix ans de lutte contre l'apocalypse cellulaire qui disloque l'intérieur du corps et chaque jour, les traitements qui rythment l'avancée vers la fin, comme un métronome dégueulasse. Et pourtant, je peux encore pleurer.

Je ne me souviens pas des propos du prêtre lors de l'oraison funèbre. La foi n'est jamais d'aucune utilité, mais mamie pensait le contraire. Aline s'est chargée de cette partie de l'enterrement qui m'a laissée de marbre. Rien de ce que pouvait dire cet inconnu en robe qui parlait au nom d'un dieu tout aussi étranger n'avait de sens, car personne ne la connaissait mieux que moi. À la fin de la cérémonie, Aline et moi nous sommes postées à la sortie de l'église – aussi grise, froide et humide que le cimetière – pour recevoir les condoléances de chacun. « C'est un soulagement pour elle aussi », « Elle ne souffre plus, à présent », « Maintenant, tu es libre ». Comme si j'avais été enfermée ! Ou plutôt : oui, je l'ai été. Mais j'aimais ma vie de recluse avec elle, j'aimais nos rituels, j'aimais notre passion pour le cinéma et pour le thé. Elle et moi dans notre magnifique vieille maison, et le reste du monde qu'on laissait sur le palier.

J'éternue, Aline aussi, et quand l'eau s'infiltre jusque dans nos culottes, nous convenons de quitter le cimetière. Elle me demande si je souhaite qu'elle m'accompagne jusqu'à la maison. Je décline. Je ne veux pas être seule, mais recevoir quelqu'un chez nous, maintenant, est au-dessus de mes forces.

L'un des fils d'Aline, celui qui ressemble à un grizzli, grand spécialiste des bonsaïs, attend dans sa voiture au coin de la rue. Le trajet qui me ramène chez moi dure moins de vingt minutes, mais il me semble bien plus court. Après les avoir mille fois rassurés sur le fait que je ne vais pas mettre la tête dans le four dès que j'aurais mis les pieds dans la cuisine, je parviens à quitter le véhicule. J'ouvre le portique. Il grince bizarrement, on dirait le ricanement d'une vieille sorcière. Depuis quinze ans, ce son nasillard et tremblotant accompagne la promesse quotidienne du bonheur.

La maison de ma grand-mère (*non, la mienne à présent*) est nichée au fond d'un cul-de-sac dans une ruelle du quartier du Point-du-Jour. Elle s'y trouve bien cachée depuis 1897 et charme les passants qui se trompent de croisement – la pharmacie est une rue plus loin – avec autant d'histoires de familles que de fantômes.

Je pousse la porte d'entrée et le silence se jette sur moi avec tant de violence que je recule. J'ai envie de fuir. Bien sûr, je n'ai nulle part où aller, parce que depuis l'âge de dix ans, je vis cachée derrière les jupons de ma grand-mère. Il faut dire que ce sont les seuls qui m'ont accueillie. Plus de père, pour ainsi dire pas de mère, et une enfant poussant de travers à cause du poids des blessures parentales. Il y a mieux comme argument d'adoption. Mais mamie n'a pas hésité à me prendre en charge quand plus personne ne le faisait. Et j'ai été heureuse. Ici, entre les murs de cette demeure familiale, à regarder des milliers de films et comprendre le monde à travers les réalisateurs, les acteurs et les effets spéciaux. C'était un paradis. *Mon* paradis de recluse.

Maintenant, je crie de toutes mes forces :

— Tu avais dit que nous avions du temps ! Que tu partirais quand je serais prête !

Ma voix claque et ébranle le mobilier. Les sanglots se bousculent contre ma gorge. Suis-je en colère, ou triste, ou les deux ? Pourquoi ces sentiments me submergent-ils maintenant ? Pourquoi pas quand elle est morte ou quand le médecin a annoncé qu'elle était condamnée ?

— Que veux-tu que je fasse toute seule ? Notre univers, c'était toi et moi ! Pas juste moi !

Je tombe à genoux sur le tapis de l'entrée. Privée d'envie, d'énergie. Privée d'elle. Je la déteste. Et je me déteste encore plus de ne pas me montrer plus digne de nous. J'entends encore le son de sa voix chevrotante me faire promettre d'être forte. Bien sûr, je lui ai dit tout ce qu'elle voulait entendre. J'aurais fait n'importe quoi pour qu'elle continue de me parler. Le pire, c'est que je pensais ce que je disais. Je serais digne, je saurais quoi faire de ma vie et je poursuivrais ma route avec le souvenir merveilleux de nos nuits à regarder tous les *Star Wars*. Ces derniers mois, j'ai dit beaucoup de conneries. J'ignorais que sa mort allait à ce point mettre mon cœur en pièces et éparpiller les morceaux. J'avais déjà vécu deux deuils, j'étais censée gérer celui-là aussi.

Mamie est la première personne à m'avoir aimée, moi. Pas parce qu'elle y était obligée, pas parce que c'est *naturel*, ou *normal*, juste parce que c'était moi. Et la vérité, c'est qu'à présent, je n'ai aucune perspective, aucun plan B, aucune brillante idée à mettre en place. Et je suis tout sauf *digne*.

À la place, je reste à chialer sur un tapis élimé – on n'a jamais rien voulu changer dans cette maison – en criant sur le fantôme du seul être qui ait jamais compté pour moi. Je m'allonge à même le sol et le son de mes pleurs me réconforte parce qu'il gagne contre le silence.

L'épuisement nerveux m'assomme et je sombre. Toutefois, des cauchemars finissent par me tirer d'un sommeil paralysant. Tantôt je manque d'air, tantôt je me noie. Des images m'assaillent : j'ai dix ans, papa vient de mourir de chagrin, et j'appelle maman. Je sais qu'elle ne m'entend pas, elle s'est enfuie loin de cette vie qu'elle haïssait, loin de papa, loin de moi, à l'autre bout du monde. Et je crie quand même son nom. J'ai vingt-cinq ans et j'appelle encore, cette fois, c'est mamie. Personne ne me répond. Et entre les deux un trou noir, comme si on m'avait pris tous mes souvenirs.

Il est 4 heures du matin quand je parviens à émerger complètement. Je me redresse, mon corps est aussi douloureux que s'il avait pris des coups. Je me rends dans la cuisine, ouvre le placard, sors une bouteille de whisky – il me semble, mais ça n'a guère d'importance – et m'en verse un bon verre que j'avale d'une traite. La sensation est horrible, mais je la sais efficace. Quand la brûlure dans ma gorge aura cessé, l'abrutissement me prendra à nouveau. Je me traîne jusqu'au salon. Le lit médicalisé de mamie se trouve toujours là, comme si rien ne s'était passé. Les multiples bips de la machine résonnent encore en moi. Je me laisse choir sur le canapé et garde les yeux fixés au lit aussi longtemps que je peux avant de m'assoupir à nouveau.

CHAPITRE 2

« J'aime mieux le mal que tu me fais
que le bien que me font les autres. »
Les Enfants du siècle, 1999.

— Adèle ! Ouvre-moi, je sais que tu es là ! Tout va bien ?

Aline frappe-t-elle contre ma porte ou contre mes tempes ? Je tente de remuer, mon corps est tout ankylosé, si bien que j'ai un doute quant au fait d'être encore endormie ou non.

— Adèle !

Mes tympans vibrent. Je suis réveillée, aucun doute là-dessus.

— Oui ! Oui ! J'arrive !

— C'est Aline !

Sans rire. Inutile de le dire en ultrasons.

La mise sur pied s'avère une entreprise délicate. Je titube comme une alcoolique au bord du coma mais je parviens à traîner ma carcasse jusqu'à l'entrée. Quand j'ouvre, Aline me dévisage avec autant de panique que de reproche. Elle tient un gros sac dans ses bras. Je la scrute, les yeux en fente.

— Cake au citron ? dis-je avec une voix de chauffeur routier qui tourne à trois paquets de gauloises sans filtre par jour.

— Évidemment ! s'offusque-t-elle en me poussant pour entrer.

Je ne sais pas si tous les Siciliens fonctionnent ainsi – je n'ai jamais quitté Lyon – mais Aline pense que la nourriture est une réponse universelle à toutes les questions, y compris celles qu'on ne se pose pas. À force, j'ai fini par être d'accord avec elle. Elle et mamie se sont rencontrées il y a presque trente ans, quand Aline a déménagé de Marseille pour s'installer au Point-du-Jour, quartier chic de la banlieue ouest de Lyon. Entre les deux femmes, ça a été le coup de foudre amical, du moins c'est ainsi que me l'a rapporté ma grand-mère. Pourtant, il n'y a pas plus éloigné comme caractère et origine sociale. Ma grand-mère faisait partie de la haute bourgeoisie, tandis qu'Aline est issue d'une immigration laborieuse et exsangue. L'une était cynique, froide et un brin snob quand l'autre est affectueuse, généreuse et confiante. Pourtant, la magie a opéré.

Je la suis dans ma propre cuisine tandis qu'elle sort deux assiettes, des couverts ainsi que des tasses avec autant d'assurance que si elle était chez elle. Lors des premiers séjours de mamie à l'hôpital, Aline s'installait dans une de nos chambres d'amis pour s'occuper de moi. Elle a deux fils, mais je la soupçonne d'avoir vu en moi la fille qu'elle a toujours regretté de ne pas avoir enfantée.

— Comment tu te sens, ma pauvre petite chérie ?

— Comme digérée par un gros animal et vomie ensuite.

Je m'affale sur la chaise.

— C'est bien normal, dit-elle en posant devant moi une tasse de thé fumante. Il va falloir du temps.

Moi, je sais bien que le temps ne fera rien à l'affaire. Mais je retiens mes mots, et pour éviter de sombrer de nouveau, j'essaye de me concentrer sur des choses sans importance.

— Je passerai tout à l'heure au funérarium récupérer les gerbes, et je te les apporterai.

Trois énormes compositions florales ont accompagné mamie vers sa dernière destination. Comme j'ai autant la main verte qu'un camion-citerne, je préfère les faire adopter par quelqu'un qui ne les massacrera pas. De l'extérieur, on pourrait se demander ce que ma grand-mère a pu faire – ou ne pas faire – pour avoir si peu d'amis présents le jour de ses funérailles. La raison est simple : elle est morte pendant dix ans. L'agonie n'aide pas à se faire des amis, encore moins à les garder. Au début, ils tiennent bon et vous rendent visite, puis la vie les détourne du malheur. Petit à petit, le cercle des proches se réduit jusqu'à ce qu'il ne reste plus qu'une ou deux personnes et quelques aides à domicile immunisées contre l'ombre de la mort. Cependant, mamie et moi nous suffisions à nous-mêmes. Elle ne pouvait pas sortir, et moi, je n'en avais nulle envie.

Le silence s'installe dans la grande cuisine au carrelage en damier et aux murs sombres, typique des années trente, date à laquelle la maison a été entièrement rénovée. Je sais de quoi Aline veut me parler et si je n'étais pas au fond du trou, je sourirais intérieurement de la voir autant tourner autour du pot.

— Bien sûr, finit-elle par dire, c'est encore prématuré, il faut te laisser digérer tout ça, mais est-ce que tu as une idée de ce que tu veux faire, ensuite ?

Quand j'ai eu quinze ans, j'ai compris deux choses : mamie n'irait jamais mieux et mon temps avec elle était compté. Une fois mon bac en poche, alors que mes camarades traçaient des plans universitaires sur la comète, je me suis consacrée à elle parce que je savais que les méchants crabes allaient finir par me l'enlever prématurément. Pour un regard extérieur, je sacrifiais ma jeunesse, mais je ne voyais pas les choses comme ça. Mamie possédait assez de culture pour nourrir ma curiosité intellectuelle, et le septième art assez de richesse pour ouvrir grand mon horizon.

Comme je ne réponds pas, Aline se sent obligée de poursuivre :

— Tu étais douée à l'école, tu as eu ton bac avec mention. Tu pourrais peut-être reprendre tes études. Enfin, tu feras bien comme tu veux, l'essentiel c'est de ne pas te précipiter.

— Mais d'y penser quand même. D'y penser dans la lenteur, quoi.

— C'est que je m'inquiète pour toi. Pendant des années, ta vie a tourné autour de Mahaut. Et maintenant, tu te retrouves…

— … sans rien. Tu sais, on a vu le même épisode, ne te sens pas obligée de m'en faire le résumé.

— Ne dis pas ça. Tu as plein de choses au contraire.

— Oui, on a une ménagère avec quarante-huit pièces en argent, c'est énorme, je suis d'accord.

— D'abord, tu es à l'abri du besoin, poursuit Aline en ignorant mon sarcasme, comme elle le fait toujours, et ensuite tu m'as, moi.

— Et tes cakes au citron. N'oublie pas les cakes au citron.

Aline prend ma réponse pour une invitation et me ressert une tranche, alors que je n'ai pas touché à la première.

— Écoute, me confie-t-elle enfin, l'air embêté, je pensais que c'était encore trop tôt, mais je crois que je vais te la donner quand même.

— Tu as fait une tarte aux pommes ? C'est en effet trop tôt pour une tarte aux pommes.

Aline extrait de son sac une grosse enveloppe de papier kraft. Un violent frisson fait trembler ma colonne. D'instinct, je me raidis, et elle se met à bafouiller :

— C'est… C'est…

— Une enveloppe.

— S'il te plaît, ne m'interromps pas. Ça vient de Mahaut. Elle me l'a confiée juste avant de… vers la fin. Elle m'a demandé de te la donner quand je penserais que ce serait le bon moment. C'était bien elle, ça ! Comment je peux savoir si c'est le bon moment ou non ? Elle n'allait jamais au bout de ses explications. Moi, après, j'ai peur de faire une bêtise. Le bon moment, en plus, ça veut tout dire et…

Je mets un terme à sa panique en lui serrant la main avec tendresse.

— C'est le bon moment.

— Tu en es sûre ?

— Ne transforme pas mamie en ectoplasme coléreux qui jugerait ce que tu fais. Les morts ne sont que des vivants qui partent. Ils restent eux, simplement, ils sont hors réseau.

— Parfois, Mahaut était un peu coléreuse.

Nous nous mettons à sourire en repensant aux infirmières inexpérimentées que mamie mettait un point d'honneur à *former*. « Si elles survivent avec moi, elles pourront tout faire. » L'éducation par la sélection des plus forts, c'était l'un de ses crédos. Dans son esprit, elle leur rendait service.

Aline se résout à me tendre l'enveloppe. Mes mains tremblent. Je fais la maligne – je fais toujours la maligne – pour cacher le fait qu'à vingt-cinq ans, je ne suis toujours qu'une enfant apeurée et prête à tout pour qu'on l'aime. Aline ne s'attend pas à ce que je l'ouvre devant elle, aussi change-t-elle de sujet en parlant de quelque chose que je n'écoute pas. Je me laisse bercer par sa voix qui emplit la pièce et ramène un peu de routine dans une maison qui ne sera plus jamais comme avant. Elle se force à me quitter une heure plus tard. Je la raccompagne jusqu'au portique, et quand je rebrousse chemin, la demeure familiale ne me paraît déjà plus la même. Cette immense maison bourgeoise de la fin du XIXe toisant la ruelle de ses quasi trois étages en pierres denses et sombres ne me semble plus aussi hospitalière.

Une fois de retour dans le salon encombré des babioles, meubles et tapis des générations précédentes – dans la famille, l'instinct de conservation confine à l'obsession –, je me décide à ouvrir l'enveloppe. Comme mamie me l'a enseigné, je ritualise mes gestes. Je me ressers une tasse de thé que je pose sur le plateau de bois usé que j'utilise à cette fin depuis plusieurs années. J'y ajoute deux sucres et mets une serviette pliée en triangle dessous. Je prends place sur mon fauteuil, avale une grande goulée d'air et décachette l'enveloppe. Au dehors, un coup de tonnerre claque et la pluie crépite plus fort contre les vitres.

Dans l'enveloppe se trouve une épaisse pochette cartonnée dont les bords jaunis et tachés révèlent l'ancienneté. J'y découvre un empilement de documents divers, des photos, des catalogues publicitaires, des papiers administratifs ou encore des lettres. Je ne comprends pas ce que j'ai entre les mains et cela me surprend venant d'elle. Mamie a toujours été très organisée, et quand elle ne pouvait plus pratiquer cette vertu elle-même, elle l'imposait à l'aide à domicile – la sainte aide à domicile – qui me prêtait main-forte deux fois par semaine. Or, ce que j'ai devant moi ressemble au contenu d'un fond de tiroir que personne n'a rangé depuis des années.

J'étale le contenu sur la table basse en respectant l'ordre d'empilement dans la pochette. La première chose dont je m'empare est une liasse de lettres. Je souris en pensant à tous les films que mamie et moi avons vus et qui commencent par cette sorte de jeu de piste. À croire qu'au moment de mourir, on est tous pris d'une furieuse envie d'avoir le dernier mot. La première lettre ainsi que les suivantes viennent de la même personne, un certain Lucien Vidal. Ce nom fait aussitôt remonter un tas de souvenirs.

En 1922, dans le village fortifié de Luserne, non loin d'Argelès-sur-Mer, le tout jeune Lucien ne se doute pas qu'en sortant de l'église, il va tomber sur l'amour de sa vie. Ce dernier lui apparaît sous les traits d'une magnifique brune aux yeux gris du nom de Mahaut. Ils sont si profondément bouleversés par cette rencontre qu'ils se dévisagent un long moment sur la place centrale. Ce coup de foudre n'échappe à personne, surtout pas aux parents de Mahaut.

Mamie m'a raconté cette scène des milliers de fois, tellement que je pourrais en décrire chaque détail comme si je l'avais vécue moi-même. Pendant plus de deux ans, Lucien et Mahaut se sont aimés à distance comme on savait le faire à cette époque. Ils se sont écrit des promesses éternelles, des déclarations enflammées, jusqu'à ce que les parents de Mahaut mettent un terme à ce flirt jugé en dessous de leur condition. Et en ce temps-là, m'expliquait mamie, on ne contrariait pas sa famille. Mamie s'est mariée quatre ans plus tard avec un autre, l'a suivi à Lyon et a eu un fils. Un jour, elle m'a confié qu'on pouvait se satisfaire d'un demi-bonheur, si on avait la certitude que rien n'aurait pu rendre possible le plein bonheur. Ce jour-là, dans ses yeux, j'ai vu le mensonge, mais je me suis tue. La vérité est que je n'ai jamais connu une telle passion, et je ne vois pas ce que j'aurais pu répondre de vraiment pertinent. L'image de Lucien ne l'a cependant jamais quittée, elle s'est figée en elle, et chaque fois que nous visionnions un film romantique avec pour sujet des amours perdues, manquées, contrariées ou empêchées, je surprenais une larme discrète, qui n'avait rien à voir avec la qualité du jeu des acteurs.

Tout devient clair. Ce qui se trouve dans cette pochette, ce sont les souvenirs les plus précieux de Mahaut. Je presse les lettres contre moi et ne peux m'empêcher de me demander si Lucien est encore en vie, si lui aussi a vécu un demi-bonheur et s'il possède une pochette avec des lettres d'une jeune femme pleine d'une affection socialement interdite.

Je tire ensuite un document à caractère administratif. Il date de 1946 et mentionne l'inscription à un stage professionnalisant destiné à créer des compositions florales. Je tombe des nues. Mamie avait-elle envisagé d'être fleuriste ? Elle n'a jamais travaillé ni même évoqué une quelconque ambition dans ce domaine. Mon père possédait une santé fragile qui a consommé toute son attention, et grand-père gagnait assez d'argent pour qu'elle ne s'en soucie pas. Je poursuis mon exploration. Je tombe sur des extraits de petites annonces pour être vendeuse pour des magasins de fleurs, et une concernant la cession d'un local commercial. Chaque texte est entouré d'un cercle noir un peu baveux. Puis se succèdent des pages de publicité arrachées à des catalogues portant sur le même sujet : l'Égypte. Mamie se passionnait pour la mythologie égyptienne, et je sais qu'elle rêvait de voir les pyramides, mais j'ignorais que cette envie remontait à si loin. Le reste des documents fait référence à des spectacles et des événements auxquels, j'en suis certaine, elle n'a pas assisté.

Et soudain, je comprends.

Plus que des souvenirs chers à son cœur, cette pochette est un condensé de rêves empêchés. La compilation des aventures que la vie lui a refusées, ou plutôt qu'elle s'est interdites. La culpabilité serre mon cœur. Évidemment, je suis en partie responsable. À un âge où elle aurait pu enfin vivre pour elle, il lui a fallu s'occuper d'une enfant dont personne ne voulait.

Le dernier document de la pochette est une enveloppe blanche au papier récent. Son *dernier* message. Mamie aimait conclure. Je découvre une courte lettre manuscrite. L'écriture est tremblante, elle a dû la rédiger cet hiver, quand elle pouvait encore s'asseoir et se servir de ses mains. Je sais que ce sera l'ultime fois que nous communiquerons.

Ma petite-fille adorée,

Sois l'héroïne d'un grand film. Je suis merveilleusement installée pour le regarder.

Mamie.

PS : tu as beaucoup de choses à faire, pleurer n'en fait pas partie.

Et comme toujours avec mamie, tout prend sens.

Je sais ce qu'elle veut que je fasse : ouvrir grand les portes de la maison et me jeter dans la vie.

Tout ce que je n'ai jamais voulu faire.

CHAPITRE 3

« Notre vie est définie par des opportunités,
même celles qu'on manque. »
L'Étrange Histoire de Benjamin Button, 2008.

Les yeux globuleux de la femme me fixent avec une insistance désincarnée.

— Donc, vous venez chercher un emploi, résume-t-elle en remuant les lèvres comme un dromadaire.

— C'est le plan.

Choisir Pôle emploi pour se jeter dans la vie et vivre des aventures n'est peut-être pas la meilleure des idées, mais à ma décharge, en me confiant ses dernières volontés, mamie a oublié de laisser le mode d'emploi. Si je m'étais intéressée au monde, au lieu de me terrer dans mon joli cocon au Point-du-Jour, j'aurais compris qu'il y a des structures à qui il ne faut rien demander, malgré ce qu'annonce l'enseigne.

Mme Pasquier, agente Pôle emploi depuis un temps certain selon ses dires, est la personne désignée par mon numéro de passage pour m'aider à obtenir une activité fiscalement reconnue. Et à voir son expression contrariée ou dubitative – je ne saurais le dire –, ça n'a pas l'air d'être une tâche évidente, même pour quelqu'un d'aussi expérimenté qu'elle.

— Vous êtes une de ces artistes ?

Parfois, j'oublie que les autres jugent toujours l'image qu'on renvoie selon leurs propres critères et leurs propres normes. Je ne ressemble à rien de ce qu'on attend d'une jeune femme de moins de trente ans qui serait facilement « embauchable ». Mes cheveux noirs sont coiffés en chignon des années quarante, je porte des vêtements de toutes les couleurs – particulièrement celles qui ne vont pas ensemble – et je possède des accessoires inacceptables comme des barrettes en forme de nœud ou des boucles d'oreilles en forme de flamants roses. Le pire étant que je ne suis pas une artiste.

— Je ne crois pas. Enfin, sait-on jamais quand nous en sommes une ?

Elle soupire. Elle aussi. Je dois agacer beaucoup de monde sans m'en rendre compte.

— Ça ne marche pas comme ça, vous savez ? On ne vient pas ici pour trouver un emploi.

Je commence à comprendre que le monde ne tourne pas dans le sens auquel on pourrait s'attendre.

— Vous êtes sûre qu'entre le fait de chercher un travail et le titre de votre administration, il n'y a pas comme un lien ?

— Le sarcasme n'améliorera pas vos affaires.

— Chaque fois, j'ai espoir.

— Sachez qu'à Pôle emploi, mademoiselle, nous accompagnons les projets sérieux de réinsertion professionnelle, nous ne les pensons pas à votre place. Je vois dans votre parcours que vous vous êtes arrêtée au baccalauréat que vous avez obtenu avec mention très bien. Pourquoi ne pas avoir continué ?

— J'ai dû m'occuper de ma grand-mère, dont l'état de santé nécessitait une présence constante.

— Il y a des organismes pour ça.

— Je l'aimais et c'était ma seule famille, est-ce que ça plaide un peu en ma faveur ?

— Le passé que vous employez laisse entendre que vous n'avez plus à vous occuper d'elle. C'est une bonne chose.

— La mort est une bénédiction, on oublie souvent cet aspect-là.

— Je voulais dire que, maintenant, vous êtes libre d'envisager une carrière. Vous savez, pleurer les morts ne vous les ramènera pas, alors autant aller de l'avant.

Mme Pasquier marque un point.

— Je ne vais pas pouvoir faire de miracle avec vous, souffle-t-elle en se grattant le haut du nez.

— Je veux juste apprendre un métier. N'importe lequel, ça m'ira, je suis curieuse de nature.

— Oui, oui, ils disent tous ça, et après, quand on leur fait des propositions de stage de jardinier paysagiste, soi-disant cela ne correspond pas à leurs compétences. Alors qu'il n'y a pas tellement de différences entre couper des arbustes et couper des cheveux, par exemple. Les gens cherchent le mouton à cinq pattes.

— Jardinier paysagiste, ça m'irait bien.

La bouche ridée de Mme Pasquier forme une moue dubitative.

— Je ne sais pas… Vous n'avez pas tellement le genre.

— J'ai quelques robes vertes avec des fleurs dans mon placard, si ça peut aider.

— Bon, après tout, l'essentiel n'est-il pas de vous trouver quelque chose à faire ? Vous n'allez pas passer toute votre vie à attendre que les aides tombent.

Je prends un air offusqué.

— Non, évidemment que non, qui ferait ça ?

— Oh, plein de gens, vous savez. Plein de gens. C'est bien pour cela que tout va aussi mal. On ne donne plus le goût du travail et on assiste beaucoup trop les personnes. Si on veut, on peut, tout le reste n'est qu'excuses et fainéantise. Mais bon, personne n'est prêt à renoncer au politiquement correct pour voir la réalité en face. Sauf que moi, la réalité, j'y suis confrontée toute la journée. Je sais des choses.

Je pense pouvoir réussir à vomir en visant sa poubelle. Il y aura peut-être quelques morceaux à côté, mais dans l'ensemble, ça marchera.

— Bon, si je vous inscris, vous ne me ferez pas faux bond ? demande-t-elle sur un ton un brin menaçant.

— Je vous le jure.

Je m'attends à ce qu'elle sorte une Bible ou un Code civil et m'oblige à prêter serment.

— C'est ce qu'ils disent *tous.*

— Je sens bien que ce *tous* vous a beaucoup déçue.

— Je ne suis pas sûre que votre humour soit un atout pour votre futur employeur.

— Je vérifierai avant, promis.

— Bien, alors rappelez-moi votre nom.

— Adèle Moreau.

— Bien, Adèle Moreau, remplissons ensemble la demande d'inscription à la formation de jardinier paysagiste.

J'acquiesce avec autant d'enthousiasme que m'inspire cette conversation nauséabonde. Mamie voulait que je fasse quelque chose de ma vie qui n'implique pas de pleurer toute la journée. Mais quitte à prendre la première opportunité qu'une inconnue me propose, j'aurais préféré astronaute, archéologue ou vétérinaire. Tout ce que je connais du monde végétal se trouve dans mes boîtes de thé.

Après un temps interminable à tapoter sur les touches de son clavier – avec tous les renseignements qu'elle prend, j'aurais pu intégrer une formation d'espion –, Mme Pasquier m'annonce non sans fierté professionnelle :

— Voilà, vous allez recevoir une convocation par e-mail avec toutes les informations pratiques liées à votre formation, laquelle démarre dans exactement un mois. Vous avez de la chance d'être à Lyon, vous n'aurez pas à vous loger loin de chez vous. Nous pensons aussi au bien-être de ceux qui viennent nous voir. On ne le dit pas assez souvent.

— Vous avez raison, je ne l'ai effectivement jamais entendu.

*

Quatre mois plus tard, j'ai tenu ma promesse envers ma grand-mère, et surtout, envers Mme Pasquier que je n'aurais pas supporté de décevoir. Je suis jardinière paysagiste. Pour cela, j'ai fait tout ce que Mme Pasquier m'avait ordonné.

Je me suis présentée au centre de formation – un bâtiment flambant neuf avec plus de baies vitrées que de murs – dans lequel j'allais apprendre le métier de jardinier paysagiste. J'étais l'étudiante la plus âgée – les deux autres filles et les dix garçons ne dépassant pas l'âge canonique de vingt ans. J'aurais pu tomber plus mal. Les formateurs étaient plutôt passionnés par leur tâche, au point que j'ai fini par me découvrir un réel intérêt pour la flore. En fait, sans le savoir – je la soupçonne de ne pas savoir grand-chose à propos de ses clients –, Mme Pasquier avait compris ce dont j'avais besoin : un travail manuel, le plus souvent à l'extérieur et sans trop de contact social. Toute autre mission derrière un écran dans un bureau aurait été de l'enfermement. Au fur et à mesure des cours, je me suis mise à apprécier de composer des jardins, de les imaginer en trois dimensions, de jouer avec les couleurs et la nature des plantes ; je me suis mise à concevoir des espaces sur des logiciels informatiques et à faire des croquis de bosquets, et puis, j'ai fini par sortir et couper, tailler, creuser, et déraciner, quelque chose d'à la fois créatif et méditatif.

Sans que je m'en sois rendu compte, les jours et les semaines ont défilé avec une fluidité routinière que je n'avais plus connue depuis un moment. Les enseignants me trouvaient certaines qualités, voire, pour certains, un réel talent dans la façon de composer des jardins évolutifs, et s'étonnaient que mon intérêt soit venu sur le tard, comme ils disaient : au grand âge de vingt-cinq ans, j'étais censée avoir trouvé ma vocation et m'être formée à son exercice depuis longtemps. Alors, par lâcheté et faiblesse, je me suis inventé une vie justifiant mon éveil tardif au concept de carrière professionnelle : mon père avait travaillé dans les ambassades, j'avais vécu à l'étranger durant toute mon adolescence, les changements successifs d'écoles expliquaient mon manque d'ambition, et bien entendu, le divorce de mes parents avait achevé de me maintenir dans une immaturité émotionnelle. Il faut dire qu'à force de regarder des films, j'étais devenue une excellente scénariste.

Les trois mois de formation ont passé, et en un battement de cils, une respiration, me voilà jardinière paysagiste. L'histoire, pour l'instant, s'arrête là. Car, si j'ai acquis une nouvelle compétence, ça ne me donne pas une perspective, encore moins une aventure.

« Sois l'héroïne d'un grand film. »

Plus facile à dire qu'à faire quand on n'a pas le bon réalisateur.

Je passe les jours suivant la fin de la formation à errer dans la maison. Je me mets moi aussi à soupirer, je parle toute seule, je sens bien qu'à ce rythme, la folie se frotte déjà les mains dans mon subconscient. Au bout d'une semaine à me poser des milliers de questions sur mon avenir dans toutes les pièces de la maison – il y en a douze –, j'en viens à envisager les hypothèses les plus extrêmes : et si je passais ma vie ici ? Cela résoudrait tous mes problèmes. L'argent de l'héritage familial ne m'oblige pas à gagner ma vie et Internet permet de vivre en recluse tout en jouissant des avantages de la modernité. Pourquoi donc persister à me torturer les méninges, tout ça pour exécuter les dernières volontés d'une morte qui a d'autres chats à fouetter que de m'espionner ?

Mais au douzième jour, je comprends. Rien ne sera plus jamais comme avant. Chaque chose est à sa place, mais pas moi. Mon enfermement commence à me faire suffoquer. La vision du lit médicalisé au milieu du salon, si elle me réconfortait au début, m'insupporte à présent. Pourtant, je ne me sens pas la force de m'en séparer. En fait, je ne me sens plus la force de rien. Il faut me rendre à l'évidence : cette demeure se retourne contre moi et me traite en intruse.

Au moment d'ouvrir le robinet pour remplir une énième bouilloire, il me reste entre les mains et un jet d'eau me frappe en plein visage. Je pousse un cri de surprise en battant inutilement des bras avant de me décider à couper l'eau. Je suis trempée et la colère me submerge. Un nouveau cri chargé de rage et de frustration sort de moi. J'en veux à la vie, j'en veux à mes parents, à ma grand-mère, à Aline et à moi. Et puis, je finis par identifier le vrai problème : je déteste mon existence, je déteste cette maison, je déteste ma solitude. Je me déteste.

J'essuie sans douceur mon visage avec un torchon, puis je retourne dans le salon.

— Parle-moi, mamie, parle-moi. Tu parlais toujours tellement. Qu'est-ce que je fais… Qu'est-ce que je fais… Qu'est-ce que je fais…

Je répète ces mots en boucle tandis que j'arpente la pièce. Si quelqu'un me voyait maintenant, il me ferait interner. Heureusement, je n'attends personne, l'avantage d'avoir la vie sociale d'un bocal à poisson. Et puis soudain…

— Qu'est-ce que…

Cette fois, je l'entends, la petite voix surnaturelle, celle qui vient du subconscient ou de l'au-delà. C'est si clair que je me demande pourquoi je ne percute que maintenant. Depuis le début, elle me dit quoi faire et où aller.

Je sais quelle sera la scène suivante. *Je sais* vers quelle aventure me tourner.

CHAPITRE 4

« Vous n'êtes après tout qu'un minuscule individu dans le vaste monde. »

Le Hobbit. Un voyage inattendu, 2012.

Scène d'ouverture. Il s'agit de ne pas la rater. Un portique dont la peinture bleue s'écaille, un long chemin aux pavés étouffés par les mauvaises herbes, un potager désorganisé à droite, des vestiges de rosiers grimpants à gauche, et, au bout, une maison aux épais murs de pierre et aux ouvertures étroites pour supporter la chaleur de la région.

Et, au bout, une rencontre improbable…

Aline a cru que la douleur du deuil m'avait fait perdre la tête. Elle ne voyait pas d'autre explication à la succession de décisions radicales que je me suis mise à prendre. Quitter la demeure familiale pour partir dans un village paumé du Sud que je ne connaissais même pas, sans date de retour, c'était pour elle forcément de la folie. Elle m'a mise en garde, raisonnée, suppliée, mais je savais très bien ce que je faisais. Ou plutôt, mamie le savait et je ne voyais pas d'argument valable pour ne pas l'écouter comme je l'avais toujours fait. Elle m'avait écrit sa lettre parce qu'elle avait prévu que sans elle, sans nous deux, vivre dans la maison de famille n'aurait plus de sens.

Sachant cela, il me restait à déterminer une destination. J'ai remonté le temps. Dans la pochette de papier kraft laissée par mamie, il y avait un village et une rencontre. Luserne et Lucien Vidal. Alors j'ai fermé la maison, confié les clés à Aline en larmes, et pris un aller simple pour le Sud.

Je crois aux signes. Ceux qui font les grandes histoires. Le mot de ma grand-mère en est forcément un, le premier. Le deuxième se trouve devant moi : une boîte aux lettres marquée du nom de Lucien Vidal, ou d'*un* Lucien Vidal, habitant le petit village provençal de Luserne dans lequel j'ai atterri hier soir. Je suis convaincue de me trouver devant ce portique bleu pour une raison précise. Sinon, comment expliquer que j'aie pu trouver l'adresse de cet homme aussi facilement ? Le problème est qu'il m'a été impossible d'obtenir son numéro de téléphone. J'ignore donc qui va ouvrir. Alors je tente ma chance et traverse le jardin.

Sur le palier de la porte en bois fraîchement repeinte, je retiens ma respiration avant de frapper. Sans doute que j'ai peur qu'il me pose la question à laquelle je n'ai aucune réponse : « Qu'est-ce que je fous ici ? » Du bruit parvient à mes oreilles, et la porte s'ouvre enfin sur un homme âgé dont la taille m'impressionne. Les cheveux et la moustache blancs impeccablement coiffés et lustrés, un costume qu'on ne s'attend pas à voir porter chez soi et un air de noblesse désuète me tirent un sourire. On dirait qu'il sort d'un casting de film sur les brigades du tigre.

— Bonj…

— Je ne veux pas parler de votre Seigneur et Maître, Jésus-Christ, ou Alexis Grüss, je ne saurais dire, déclare-t-il en détaillant ma tenue d'un air méprisant avant de me claquer la porte au nez.

Là comme ça, je dirais que je n'aime pas des masses le premier contact. Ça me va, je ne suis pas venue ici pour recréer une famille, mais pour avancer dans une direction, n'importe laquelle. Et puis, j'ai toujours été habituée au mépris des autres concernant la façon dont je m'habille. « Le monde vit dans le noir et blanc, chaque fois que tu portes une autre couleur, tu l'agresses et il n'aime pas ça. » Mamie m'a mise en garde dès que j'ai eu douze ans, un mercredi après-midi dans un magasin de vêtements, quand j'ai persisté dans mon choix de porter une robe jaune à pois verts. Et elle a ajouté : « Il faut te battre pour mettre des couleurs dans ta vie et les garder. » Je suis donc allée à l'école comme on part en guerre, mes tiares, mes paillettes et mes nœuds multicolores en guise d'armes de poing. J'ai distribué quelques gifles et coups de pied aussi.

Je frappe de nouveau. Il rouvre et je me précipite :

— Je ne suis pas là pour vous vendre quoi que ce soit.

— C'est heureux. Attifée de la sorte, vous ne vendriez pas grand-chose.

— Je m'appelle Adèle Moreau.

— Cette révélation est insoutenable.

Mes dents grincent sous la pression de ma mâchoire.

— Êtes-vous Lucien Vidal ?

— Non.

— La boîte aux lettres est au nom de Lucien Vidal, peut-être le connaissez-vous ?

— J'avais espéré que mentir vous ferait fuir. Mais vous avez l'air têtue. Êtes-vous têtue ?

— Seulement si je suis dans un bon jour.

— Le sarcasme est un art délicat à manier avec précaution, jeune fille.

Nous sommes au moins d'accord sur un point.

— Avez-vous connu Mahaut Moreau, durant les années 1920 ? Ici même, dans ce village.

Son visage émacié se creuse et pâlit.

— Peut-être. Vaguement. Tout le monde se connaît, à Luserne. C'est bien le problème.

— Je suis sa petite-fille.

— Ravi que vous maîtrisiez votre arbre généalogique.

Il recule et claque à nouveau la porte. C'est le bon Lucien Vidal. Nouveau signe. Je frappe contre la porte avec bien plus de détermination. J'entends sa respiration au travers du bois.

— Je suis désolée de vous dire qu'elle est décédée il y a quelques semaines. Elle m'a très souvent parlé de vous et de votre rencontre, devant l'église, sur la place centrale. Je ne veux pas vous déranger, je voulais juste vous rencontrer. Je crois qu'elle aurait voulu le faire, elle.

Après une longue minute de silence, il rouvre.

— Vraiment ? commente-t-il, la voix légèrement tremblante.

— D'une certaine façon. Elle a conservé toutes vos lettres. Votre histoire comptait beaucoup pour elle. Je crois qu'elle aurait voulu trouver le courage de vous revoir une dernière fois. Donc, je le fais pour elle. C'est ma façon de maintenir le lien…

Je ne sais pas trop comment terminer ma phrase, d'autant que je ne comprends pas pourquoi je lui dis tout ça. Il me dévisage pendant un temps interminable.

— Je ne bois que du café, finit-il par grogner, alors inutile de demander une autre aberration liquide.

— Ça ne me paraît pas insurmontable.

Il s'écarte et fait un geste que je devine être celui d'une invitation, même si l'enthousiasme est le grand absent de cette prise. *Clap.* Changement de scène, j'entre. La décoration intérieure est ancienne et chargée en bois et tapis, mais l'agencement et la propreté révèlent un caractère ordonné, méticuleux, voire carrément maniaque. Un environnement familier pour moi. Je patiente dans le vestibule jusqu'à ce qu'il revienne avec un plateau sur lequel reposent tasses et cafetière italienne.

— Suivez-moi.

Dans la salle à manger où nous pénétrons, une pièce un peu sombre d'une quarantaine de mètres carrés encombrée d'objets d'une autre époque, il me fait asseoir à une table ovale en chêne. La cire que je sens partout m'indique que le traitement des boiseries est inutilement quotidien.

— On dirait que votre penderie vous a vomi dessus, déclara-t-il sans lever le nez des tasses qu'il remplit de café. Autant que je me souvienne, Mahaut avait un goût sûr concernant la mode, elle ne vous l'a pas transmis.

— Si, mais je n'en fais qu'à ma tête.

— Je ne mets pas de sucre dans mon café.

— Moi non plus.

Il prend place en face de moi et dispose cuillère et dessous de tasse d'une manière précise, comme s'il composait un tableau dont lui seul possèdait l'image finale.

— Alors, Mahaut est décédée.

— Oui. Malheureusement, sa santé n'a jamais été excellente. Elle a beaucoup souffert pendant plus de dix ans.

Ses gestes ralentissent.

— Vivait-elle toujours dans la région ?

— Non, elle avait déménagé à Lyon.

— Ah, oui, la fameuse grande maison de famille, grogne-t-il avec dédain.

— *La fameuse.*

J'ignorais qu'elle l'ait été, mais ça me semble être la réponse qu'il attend.

— Donc, elle a eu des enfants.

— Un seul. Mon père, mais il est décédé il y a quinze ans, c'est pourquoi elle a dû s'occuper de moi.

— Pas de mère ?

— Absente. Je ne sais pas où elle se trouve.

Ma voix se déshumanise, c'est le cas chaque fois que j'évoque le souvenir de mes parents.

— Votre histoire est d'une tristesse de roman de gare, note-t-il en faisant tourner le café dans la tasse à l'image d'un grand vin.

— Pas vraiment, ma grand-mère était quelqu'un d'extraordinaire.

— Je sais. Je n'ai pas de gâteaux, vous ne voulez pas de gâteaux ?

— Non, merci.

— Bon choix. Vous êtes mince, les gens pensent que la minceur est une affaire d'esthétique. C'est faux, c'est une affaire de contrôle de soi et de discipline.

Je m'abstiens de lui répondre que j'ai un métabolisme plutôt actif qui me permet de n'avoir cure du nombre de calories que j'avale.

— Vous avez donc parcouru toute cette route pour retourner dans le village d'enfance de Mahaut. Drôle de façon de faire le deuil.

— En fait, j'ai surtout pris le train pour vous rencontrer. Mais, comme je n'ai pas de billet de retour, je vais pouvoir aussi découvrir Luserne.

Il troque son expression de contrariété contre celle de la surprise.

— Vous comptez vous installer ici ?

— Pour l'instant, oui.

— Pour faire quoi ?

— Aujourd'hui, pour vous parler, demain, nous verrons.

— On ne quitte pas tout pour aller se perdre dans une ville minuscule qu'on ne connaît pas et sans aucun but, jeune fille.

— J'en avais un, je vous l'ai dit.

— Et si je n'avais pas été là ? Si j'avais été mort ?

— J'aurais quand même découvert le village où a grandi ma grand-mère, ça m'aurait suffi.

Ses yeux clairs et vifs me transpercent. Il fouille en moi, sans doute parce que ce que je lui raconte n'a aucun sens pour lui, et je devrais ajouter que ça n'en a guère plus pour moi.

— Êtes-vous riche ? demande-t-il brusquement. La famille de Mahaut avait des moyens, si ma mémoire est bonne.

— En effet.

— Bien sûr qu'elle était riche. C'était rhétorique.

— Je n'avais pas saisi l'intonation. Cependant, je n'ai pas l'intention de rester oisive, si c'est ce que vous sous-entendez.

Il fronce les sourcils.

— Que savez-vous faire ?

— Je suis jardinière paysagiste.

— Grand Dieu, qui vous a infligé ça ?

— Pôle emploi. Il paraît que je suis douée.

— C'est votre seule chance.

Des miaulements interrompent soudain notre échange, et deux superbes chats font leur entrée dans le salon. À leur déhanché royal autant que leur air supérieur, je comprends que je me trouve chez eux plutôt que chez Lucien Vidal.

— Ils sont magnifiques !

— Évidemment, ils sont plusieurs fois titrés.

— Titrés ?

— Des chartreux de concours avec de multiples récompenses.

— Ont-ils bon caractère ?

— Pardon ?

— Comment sont-ils ?

— Euh… Eh bien, Jupiter est un peu coléreux, mais très loyal, et Saturne a tendance à vouloir attirer l'attention, d'ailleurs… mais peu importe.

Je ne rêve pas, ses yeux se sont mis à briller dès l'instant où il s'est mis à parler de ses chats. Il arrive parfois, rarement cependant, que l'autre nous surprenne. On pense anticiper la conversation, et puis il se produit quelque chose. Dans un film, mamie et moi appelions cette scène le point de bascule, le moment où l'on croit avoir compris l'univers et les personnages, mais où tout va se transformer pour compliquer l'intrigue. Le silence s'installe entre nous. Je ne veux prendre aucun risque, car j'ai dans l'idée que cet homme peut encore garder mamie en vie en me racontant des histoires sur elle, des choses que je ne connais pas encore.

— Bien, je vous remercie pour le café et aussi de m'avoir parlé. Je ne veux pas vous déranger plus longtemps.

En fait, je crains de tomber sur Mme Vidal et la dernière chose que je veux, c'est mettre cet homme mal à l'aise au point qu'il ne veuille plus jamais que nous échangions. Je me relève, attends que Jupiter se soit frotté à moi plusieurs fois pour être certaine qu'il y a apposé son titre de propriété, puis je me dirige vers la porte.

— J'espère que nous aurons l'occasion de nous recroiser, dis-je, j'ai cru comprendre que Luserne était petit.

Il ne répond pas et je suis contrainte de sortir sur ce sous-entendu dont il n'a pas voulu. Sur le seuil, face au jardin abandonné, je garde quand même l'espoir qu'il ne me ferme pas définitivement la porte de ses souvenirs précieux. Je remarque seulement maintenant à quel point le ciel est bleu et simple. Ressemblait-il déjà à ce lavis régulier lorsque mamie avait quinze ans ? Je l'imagine m'observer dans les replis de l'air et sourire de cette improbable conversation.

Le jardin est vraiment une zone de non-droit. Cette réflexion me fait tiquer. On peut changer si vite de regard sur le monde ; un jour, les choses qui nous entourent n'ont aucune importance, le lendemain, on ne voit plus qu'elles. Avant, je n'aurais jamais remarqué la façon dont les fleurs sont plantées, si elles ont soif ou pas, si les arbres crient pour être allégés, ou encore que dans un mois à peine l'ensemble sera si tristement desséché qu'il ressemblera à un décor de film de zombies.

— Une minute !

Je sursaute. Lucien est sorti de sa maison dans le plus grand silence et il me toise du haut des trois marches de son perron. Il me paraît encore plus immense.

— Où avez-vous dit que vous logiez ?

— Je n'ai rien dit. J'ai pris une chambre dans un hôtel du coin.

— Quel hôtel ?

— *Les Trois Cygnes.*

— Quelle horreur !

— Je suis arrivée tard hier soir, c'est vrai, mais je n'ai pas eu l'impression que c'était si moche. Sur Internet, les avis étaient…

— Ma chère, coupe-t-il, vous n'avez visiblement aucune idée de ce que vous êtes en droit d'attendre en termes d'hôtellerie. Et sur Internet, le mensonge est plus courant que la vérité. Je connais bien les propriétaires de cet hôtel, de vrais Thénardier pour un établissement qui défigure notre beau village. Ils ont d'ailleurs pu le faire parce que la corruption se trouve à tous les niveaux de la vie publique, y compris les plus bas.

Ses pommettes rosissent d'émotion. Du peu que j'ai compris de la politique, il s'agit d'une suite de règles protocolaires inventées par une élite avide de privilèges et exécutées par des personnes dont le métier est de développer assez de talent pour les conserver. Rien qui ne nécessite autant de passion. Nous restons à nous observer à moins de dix mètres l'un de l'autre. Il veut me dire quelque chose et il n'a pas l'air de savoir comment.

— Je suis un homme de principes, déclare-t-il sur un ton contrarié.

— D'accord.

— Les gens pensent que non, la famille de Mahaut pensait que non, mais j'ai plus d'éthique que la plupart des gens.

Je cligne plusieurs fois des yeux.

— D'accord.

— J'ai une chambre et une salle de bains à l'étage. Il y a même un accès direct par l'escalier extérieur. C'est parfaitement propre et fonctionnel, rien à voir avec cet hôtel. Bien sûr, vous préférez peut-être quelque chose de plus insalubre. J'ignore comment vous avez été élevée.

— Dans le propre.

— Allez chercher vos affaires. Et je ne veux pas de thé dans ma maison.

La porte claque une dernière fois. Ma bouche s'ouvre de sidération et je reste un moment plantée sur les graviers du chemin. Je me repasse la scène dans la tête, et je ne comprends toujours pas comment nous en sommes arrivés là.

Puis je lève les yeux en direction du ciel immuable et *lui* souris.

Bien joué, mamie.

CHAPITRE 5

« Nous acceptons l'amour que nous pensons mériter. »
Le Monde de Charlie, 2012.

Deux semaines se sont écoulées depuis que j'ai emménagé chez Lucien.

Le moins que je puisse dire, c'est que son accueil a été à l'image des heures glorieuses de l'Armée rouge : glacé et brutal. J'ai cependant pu en apprendre un peu plus sur le personnage. Lucien Vidal ne s'est jamais marié et n'a jamais eu d'enfant. Après avoir passé quarante ans dans l'hôtellerie de luxe et terminé sa carrière en tant que directeur d'un palace sur la Côte d'Azur, il s'est retiré dans son village natal où il partage désormais ses journées entre ses fonctions d'élu municipal et des expositions félines.

Lucien a réagi de façon très virulente lorsque je lui ai proposé de payer la chambre où je loge. « Si on rémunère la charité, on insulte l'acte autant que l'homme », a-t-il dit sur un ton de tragédien grec. Donc, comme je n'ai pas encore trouvé de travail, la journée, je m'occupe de son jardin. Et après quelques heures passées au milieu de ce dernier, je n'éprouve plus aucun scrupule à ne lui verser aucun argent. L'extérieur de la maison a été abandonné depuis si longtemps que je vais transpirer toute l'eau de mon corps avant de le rendre à nouveau présentable.

En ce jeudi 3 juin, à 10 heures, il fait déjà chaud, et je constate non sans un certain dépit que la terre est sèche malgré mes soins constants. Je peste contre mon manque d'efficacité, malgré des journées entières consacrées aux mêmes soins et à la même rigueur, aussi ritualisés que lorsque je vivais avec mamie. Je commence à me demander ce que je peux faire de mal. Encore. Un bruit de moteur de voiture me fait soudain lever la tête. D'ordinaire, cette ruelle éloignée du centre est plongée dans le silence. Le véhicule s'arrête non loin du portail. Lucien se trouve à l'intérieur de la maison, en train de faire la leçon à Miriam, sa femme de ménage, une gentille dame de cinquante ans qui éprouve autant d'admiration que de peur envers son employeur. De mon point de vue, Miriam est masochiste…

J'époussette la terre et l'herbe collées à mes vêtements et me hisse sur la pointe des pieds pour passer la tête par-dessus le portail. Une voiture jaune de la Poste stationne sur le trottoir. Déception. J'imaginais rencontrer quelqu'un de l'entourage de Lucien, un vieil ami qui aurait levé un coin du voile sur la personnalité complexe de mon logeur, l'aurait éventuellement déridé et peut-être poussé à s'épancher davantage sur ses souvenirs de jeunesse. Cela dit, Lucien reçoit du courrier et, d'une certaine manière, ce fait le rend un peu plus humain. Un jeune homme sort avec difficulté du véhicule, je pense qu'il est à peine plus jeune que moi. Il tient dans ses mains plusieurs lettres ainsi qu'un petit paquet, et comme Lucien est le seul habitant de cette portion de rue, tout est pour lui. J'entre soudain dans le champ de vision du facteur, et son expression passe de la surprise à l'hésitation.

— Vous êtes bien chez M. Vidal, dis-je en réponse à la question qu'il n'ose pas poser. Je m'appelle Adèle Moreau.

Le jeune homme se fend d'un immense sourire, le genre qui jette un bout de soleil à la figure de ceux qui en sont les témoins.

— Ah, d'accord, euh… Désolé, c'est que M. Vidal est d'habitude un homme assez solitaire.

— C'est ce qu'il m'a semblé.

Le jeune facteur se dandine sur ses pieds avec une expression de petit garçon. Je fixe son t-shirt, il me plaît. J'accorde une grande importance aux premières impressions, elles ne sont pas toujours justes, parfois elles sont même trompeuses, mais elles racontent toujours une histoire intéressante.

— Comment vous appelez-vous ? dis-je sur le ton le plus sympathique de mon répertoire.

— Oh, pardon, moi c'est Nicolas Simon. Enchanté, mademoiselle.

Je retire mes gants et tends les mains en direction du facteur.

— Lucien est occupé à l'intérieur. Si vous voulez, je lui donne son courrier.

— Avec plaisir, il n'a rien à signer, répond Nicolas sans dissimuler son soulagement. Alors, euh, comme ça, vous…

— Je vis ici depuis quelques jours. Lucien est un vieil ami de ma grand-mère.

— Ami ? s'étonne-t-il. D'accord. Vous... Vous n'êtes pas d'ici ? Vous n'avez pas l'accent de la région.

— Non, je suis de Lyon.

— Vous restez longtemps ?

— Je ne sais pas encore, soupiré-je en haussant les épaules, j'aimerais trouver du travail.

Il me dévisage.

— Ici ?

— Oui.

— Vous voulez travailler à Luserne ?

— Oui, ou à côté, qui ira vérifier ?

— Vous voulez travailler à Luserne habillée comme ça ? insiste-t-il en écarquillant les yeux d'incrédulité.

Je me contente de sourire :

— De ce que j'ai pu voir, c'est un charmant village.

— Oh, laissez-vous un peu de temps avant de conclure.

Ce sous-entendu titille mon imagination autant que ma curiosité et je me retiens d'envisager toutes sortes d'hypothèses que je tire de dizaines de scénarios déjà vus au cinéma. Après m'avoir confié les lettres et le paquet, Nicolas me salue et s'en retourne à son véhicule. Je pense à nouveau aux signes. Peut-être que je les invente là où il n'y a que des coïncidences, ou peut-être qu'un destin veille ? J'inspire profondément.

— Peut-être à plus tard, alors ?

— Certainement, je suis le seul facteur du village, répond-il d'une voix éteinte et les épaules plus basses.

— « Je ne suis qu'un homme simple essayant de faire son chemin dans l'univers », dis-je en priant de toutes mes forces pour ne pas m'être trompée sur les raisons qui l'ont poussé à porter ce t-shirt.

Il tique et se fige. Puis, son magnifique sourire fait à nouveau son apparition. Il écarte sa veste sans manches pour dévoiler dans sa totalité le motif du vaisseau *Faucon Millenium* de son haut *Star Wars* que j'avais reconnu dès l'instant où il s'est avancé vers moi.

— « La Force sera avec toi, toujours », répond-il, les yeux pétillants, avant de s'engouffrer dans le véhicule.

Star Wars a été mon premier contact avec la science-fiction. Il garde une place particulière dans mon cœur, car ma grand-mère, y voyant une réinterprétation de l'univers homérique qu'elle adorait, exigeait qu'on visionne tous les épisodes à chaque Noël.

Au moment de remonter le chemin en direction de la maison, je croise Miriam. Elle affiche cet air bizarre qui lui est propre : un mélange perturbant de tristesse déchirante et de béatitude dévote. Celui qu'elle arbore chaque fois qu'elle quitte Lucien, après que celui-ci lui a réexpliqué comment réaliser un ménage digne de ce nom, c'est-à-dire digne d'un hôtel cinq étoiles. « Travailler dans l'excellence est la seule mission acceptable pour l'être humain », lui répète-t-il souvent. Ce à quoi Miriam répond en prenant beaucoup de notes.

— Bonne journée et à vendredi, dis-je en lui faisant un signe de la main.

Elle hoche la tête avant de la rentrer dans les épaules et file dans la rue d'un pas court et haché. Miriam me fait de la peine. En pénétrant dans le vestibule, je dois me soumettre pour la troisième fois de la journée à l'inspection méticuleuse de Jupiter qui, après moult frottements, me laisse fouler le parquet du salon. Ce chat n'a aucune mémoire.

— Votre courrier, lancé-je. Je viens de rencontrer le facteur, il a l'air très gentil et je ne dis pas ça parce qu'il est fan de *Star Wars*. Ou pas seulement. Peut-être que je pourrais essayer de nouer un lien, il doit avoir à peu près mon âge et je n'ai pas croisé beaucoup de jeunes en ville.

— Il est obèse, répond Lucien, appliqué à égaliser les poils de Saturne à l'aide de ciseaux et d'une loupe.

— Je ne vois pas le lien avec sa gentillesse supposée ni le fait que je veuille le connaître.

— Parce que vous êtes lente. Il est gros et gentil. Je lui donne six mois avant qu'il ne fuie Luserne, le cœur brisé et l'ego à jamais marqué par sa première expérience professionnelle. Ne perdez donc pas de temps avec quelqu'un qui n'est déjà plus là. De plus, être aimable avec lui ne lui rend pas service, cela pourrait lui faire croire qu'il pourrait être heureux ici.

— À un moment, j'ai craint que vos propos deviennent déplacés, voire carrément insultants ; heureusement, on a évité le pire.

— Vous pouvez vous bercer d'illusions et croire aux licornes parce que vous êtes jolie, intelligente, et que vous avez de l'argent. Ce n'est pas son cas. Croyez-moi, plus vite ce garçon partira de Luserne, moins il souffrira.

Je croise les bras en une posture fermée.

— Je vous en prie, le monde a changé. À vous entendre, les gens d'ici seraient horribles, or je n'ai croisé aucune tête sur aucune fourche en me promenant dans le centre.

— Laissez-moi être plus précis, jeune fille. *Les gens d'ici*, comme vous dites, sont pétris de traditions régionales et ont une très haute opinion de leur valeur et de celle de Luserne. Pour eux, le facteur fait sa tournée à vélo. Depuis aussi longtemps que le métier existe dans ce village, il s'exerce à bicyclette. C'est comme ça. Ce gamin est le premier à utiliser une voiture du fait de sa corpulence. Une chose inenvisageable pour beaucoup et, s'il ne le comprend pas tout seul, ils vont le lui expliquer de façon de plus en plus claire, et cela ne saurait tarder.

— Et s'il fait bien son travail, cela ne compte-t-il pas un peu ?

Je montre le courrier que je tiens dans la main.

— Son professionnalisme n'a jamais été un sujet de discussion du comité.

— Le comité ?

— C'est vrai que vous venez d'une grande ville. Le comité est l'une des premières associations qui s'est créée à Luserne. Au départ, l'idée était de permettre aux notables de monter des projets d'utilité publique plus rapidement que la municipalité. Maintenant, c'est un ramassis de personnes qui pensent avoir un avis éclairé sur ce qui est le mieux pour le village et ses habitants.

— Vous êtes en train de me dire que la question de la corpulence du facteur a vraiment été inscrite à l'ordre du jour d'une association ?

Ce Nicolas me paraît soudain encore plus aimable.

— À plusieurs ordres du jour. En fait, c'est la question de l'utilisation de la voiture pour faire la tournée qui a été au cœur des débats, ce qui revient au même, mais de façon plus sournoise. Le comité n'a pas le pouvoir de le faire virer, mais il peut lui mener la vie dure, ce qu'il ne va pas manquer de faire rapidement. Peigne.

Je tressaille puis saisis ce qu'il demande dans la mallette dédiée au toilettage des chats. Les mots de Lucien tournent dans ma tête. Si ce qu'il dit reflète ne serait-ce qu'à moitié la réalité de Luserne, je comprends pourquoi mamie n'a jamais voulu entrer dans le détail quand on lui posait des questions sur sa jeunesse… Depuis que je côtoie Lucien, je suis parvenue à la conclusion qu'il avait beaucoup de travers, mais pas celui de la méchanceté. Plutôt une sorte d'honnêteté furieuse et brutale, sans aucune concession. Plus je l'écoute parler du facteur et des habitants de Luserne, plus j'ai la sensation qu'il parle d'une autre personne.

— Arrêtez de penser si fort et dites-moi ce que vous avez sur le cœur, soupire-t-il.

— Je me demande juste pourquoi vous êtes si dur avec ce jeune homme et avec une ville dans laquelle, pourtant, vous avez décidé d'habiter. Je trouve ça…

Je fais une pause et observe sa réaction.

— Ce suspens est insoutenable.

— Je trouve ça suspect. Peut-être que si la situation du facteur vous touche autant, c'est parce qu'il vous rappelle quelqu'un d'autre ? Quelqu'un qui, lui aussi, a été victime de rejet, il y a fort longtemps.

— Brosse.

Il ne me contredit pas. J'obtempère.

— C'est une catastrophe, déclare Lucien en s'écartant de son chat.

— Quoi donc ?

— Saturne doit participer à une très importante exposition féline et il n'est pas prêt. Le poil est terne. Il manque de fer. J'ai changé son alimentation, mais son organisme a besoin de temps.

N'étant pas une spécialiste du pelage des chats, je ne vois pas de quoi parle Lucien. En revanche, je sais ce qui fait briller les poils en général.

— Œufs, vinaigre de cidre, citron et huile de nigelle.

— Ne me dites pas que vous cuisinez ?

— C'est la meilleure recette de shampoing pour donner de l'éclat et de la lumière aux cheveux les plus éteints.

— Vous insinuez que je dois infliger ça à Saturne ?

— Ce n'est pas moi qui dois séduire les juges d'un concours.

— Misère.

Repliant ses minuscules lunettes pour les ranger dans la poche intérieure de la veste de costume qu'il porte tous les jours, même le dimanche, Lucien referme la trousse de toilettage avant de la ranger. Saturne me fixe l'air navré, comme s'il comprenait la gravité de la situation.

— Comptez-vous sortir aujourd'hui ou continuer de faire semblant de vous occuper de mon jardin ?

— Je n'ai pas de projet particulier, donc si vous avez besoin que j'aille faire des courses, je le ferai avec plaisir. Dès que j'aurai nettoyé le tour de vos rosiers.

— J'ai des rosiers ?

— Vous avez plein de choses dans votre jardin.

— Je ne vous exploite pas, je préfère insister sur ce point. On est bien d'accord ?

Je lève la main droite.

— Je jure que je m'occupe de votre extérieur de mon plein gré.

— Si jamais vous sortez, prenez du pain, du beurre, des abricots, de l'huile de nigelle et du vinaigre de cidre.

— Pas d'œufs ni de citron ?

— J'en ai déjà.

Je fais volte-face et sors sur le perron. Tandis que j'arpente le chemin me menant aux rosiers, je réalise que je souris de toutes mes dents.

*

Luserne s'organise de la même façon que quantité de villages français : une place centrale avec une église, un cimetière attenant et des rues déployées en toile d'araignée qui abritent des commerces, certains créés pour les touristes, d'autres plus historiques, dédiés aux locaux. Et comme beaucoup de villes de la région, deux châteaux cathares à l'histoire chargée se font concurrence en habillant les vestiges des fortifications. Quelques cafés occupent les meilleurs emplacements et exposent leur terrasse couverte de tonnelle chargée de glycines odorantes et de lierre généreux. Et de la pierre. Partout. En marchant dans les rues, j'ai l'impression d'être en vacances, et je me demande ce que je ressentirais en plein hiver. Au fil des jours et de mes promenades, les regards que je croise ont changé, passant d'indifférents à curieux puis insistants. À force de me voir arpenter les mêmes lieux, presque tous les soirs, les habitants ont dû comprendre que j'étais une touriste d'une autre nature, de celles qui s'éternisent bizarrement. Une seule personne n'a jamais dévié de son attitude douce et joviale : le prêtre de Luserne que je croise toujours devant les mêmes commerces.

J'achève les courses de Lucien par un arrêt à ma boulangerie préférée. À peine quelques semaines que j'ai posé mes valises ici, et j'ai déjà une boulangerie préférée. Les viennoiseries sont un de mes péchés mignons, je me suis donc empressée de tester celles du village avec un sérieux de critique gastronomique. Après avoir essuyé beaucoup de déceptions, le miracle s'est produit dans une minuscule rue adjacente à la place de l'église. La pâtisserie passe presque inaperçue, prise en étau entre une énorme herboristerie et une boutique de linge de maison brodé, déjà ringarde dans les années 1950. À en juger par le monde qui s'entasse devant la façade, quelle que soit l'heure, tous les amateurs de sucre du coin sont parvenus à la même conclusion que moi. En laissant traîner mes oreilles dans l'interminable file d'attente, j'ai compris que l'établissement appartient à une famille de la région dont tous les membres y occupent un poste, depuis la grand-mère au ménage, jusqu'à la mère et la fille au service, en passant par le père aux fourneaux. Je suis d'ailleurs presque toujours servie par cette dernière, une blonde aux yeux bleus de mon âge, l'archétype d'une ancienne miss Beauté du lycée avec toutes les options qu'on imagine dix ans plus tard : amertume, regret et anorexie mentale.

Tandis qu'elle emballe ma commande après un temps qui me paraît interminable, je remarque qu'elle me jette des coups d'œil plus insistants que d'habitude. Sans doute se demande-t-elle aussi pourquoi je m'éternise au lieu de poursuivre mon voyage vers la mer, comme le font tous les autres touristes après avoir fait le tour de l'église, des châteaux et des remparts.

— Excusez-moi, je suis curieuse, finit-elle par me confier en retenant en otage ma boîte de gâteaux, c'est vrai que vous vivez chez le vieux Vidal ?

Je tique.

— Euh, eh bien oui, mais comment le savez-vous ?

— Je suis très pote avec Nicolas, le facteur, vous vous êtes parlé je crois ? C'est lui qui me l'a dit. Enfin, l'information aurait fini par m'arriver sans ça, parce que tout le monde parle sur tout le monde ici, et vous ne passez pas inaperçue.

La vitesse de propagation des informations dans cette ville me fascine autant qu'elle m'effraie.

— Ah, je vois.

— Eh ben… Ça, pour une nouvelle, ça va en surprendre plus d'un.

— Pourquoi ?

— Parce que le vieux Vidal, comment le dire poliment, il n'aime personne. Du coup, savoir qu'il a accepté d'héberger quelqu'un, ça, c'est un scoop. Bon, après, on est à Luserne, des puces sur un chien traité, c'est un scoop. Je pensais vraiment qu'il n'avait plus de famille.

— En fait, je ne suis pas de sa famille.

— Sérieux ? Vous n'êtes pas parents ?

— Du tout.

Elle me dévisage. Au-dessus de ses joues creuses, ses yeux paraissent démesurés.

— Pourquoi vous avez atterri chez lui, alors ? Pardon, je ne sais pas pourquoi je vous demande, c'est pas mes oignons (elle pousse un soupir). Ma mère déteint sur moi, une vraie enquêtrice. Mais bon, vous êtes comme moi, enfin, jeune quoi, j'ai du mal à comprendre ce qui peut pousser quelqu'un à rester dans ce trou et à vivre chez le croquemitaine.

— Disons que j'avais envie de quitter Lyon, et Luserne est le village d'enfance de ma grand-mère, alors pourquoi pas ?

— Et, laissez-moi deviner, elle l'a quitté ?

L'ex-reine de beauté marque un point.

— Adèle Moreau, dis-je pour dévier la conversation.

— Valentine. Moreau… Ça me dit quelque chose.

— La famille de ma grand-mère a longtemps vécu ici.

— C'est sûrement pour ça que ça sonne familier. Ben alors, bienvenue à toi ! Tu vas vite faire le tour de ce qu'il n'y a pas à faire ici.

Je lui réponds par un sourire. Sa spontanéité me rappelle celle d'Aline et je comprends mieux la raison pour laquelle il est facile de fréquenter ces personnalités, même quand on est replié sur soi.

— Pourtant, il y a quand même de belles choses à voir dans le coin et il y a plein de cafés, dis-je en m'emparant de ma commande.

Elle coule un regard oblique dans ma direction et grommelle :

— Oui, enfin, ils ne sont pas tous super accueillants.

La conversation que j'ai eue avec Lucien concernant l'apparence de Nicolas me revient soudain en mémoire. Deux personnes qui font des allusions à des discriminations dans la même journée, c'est beaucoup, même pour un village un peu rustre. Je pourrais presque me demander dans quel genre de lieu je suis tombée.

— Écoute, reprend Valentine, si jamais tu ne trouves pas de quoi t'occuper les vendredis soir, des amis et moi nous réunissons au *Café Bleu*. Il se trouve à côté de l'église. C'est sans obligation, mais voilà…

Elle fait un mouvement d'épaules pour meubler le silence que laisse planer son invitation.

— Merci beaucoup, je… je viendrai, finis-je par répondre. Oui, si je n'ai rien de prévu, je viendrai.

Je la salue maladroitement, car je ne suis toujours pas à l'aise avec le rapport aux autres. Est-ce que j'en ai dit assez, ou déjà trop ? Ma réaction est-elle celle qu'on attend en pareille circonstance ? Autant de doutes que les gens normaux ne doivent pas connaître. Une fois dans la ruelle, je prends néanmoins la mesure de ce qu'il vient de se passer. Je suis entrée pour acheter trois pâtisseries et ressortie avec un embryon de vie sociale. Je n'en reviens toujours pas.

De retour dans la maison de Lucien, et à peine après avoir mis les pieds dans le vestibule, la voix du maître des lieux claque dans la cuisine.

— Venez un peu par ici, il faut que nous parlions.

Je m'exécute, non sans poser la boîte de gâteaux sur le buffet, à l'abri de son regard. Lucien tient la surconsommation de sucreries pour partie responsable du délitement de la société moderne. Inutile de lui donner la paille et la torche pour allumer mon bûcher.

— J'ai bien réfléchi, déclare-t-il sans détour comme à son habitude, je pense que l'oisiveté est le pire des fléaux. Elle ramollit les esprits, je ne veux pas que votre esprit se transforme en porridge. Mahaut n'aurait pas aimé que je laisse faire ça.

Alors, j'ai actionné quelques contacts à la municipalité. J'ai encore des soutiens chez ces imbéciles. Ils seraient peut-être intéressés par votre profil. Je vous ai obtenu un rendez-vous mercredi à 10 heures. Tâchez de faire bonne impression. Non que leurs exigences soient vraiment élevées, mais ils pensent qu'elles le sont.

Mes paupières clignotent.

— C'est une très bonne nouvelle, merci beaucoup.

Il grogne quelque chose d'incompréhensible. Comme j'ai le choix du sens, j'imagine que c'est de l'enthousiasme.

À ce stade, ignorer les signes, ce serait insulter l'univers.

CHAPITRE 6

« Aucune épreuve n'a jamais été surmontée
en versant des larmes. »
Alice au pays des merveilles, 2010.

— Vous n'avez rien contre le fait de côtoyer les morts ?

Le secrétaire de mairie tapote l'extrémité de son stylo contre des lèvres quasi inexistantes. L'espace d'une seconde, je me demande s'il y a une vraie bonne réponse à cette question.

— J'ai ouï dire qu'ils n'étaient pas contrariants, mais je ne vois pas le rapport avec mes éventuelles fonctions.

— Travailler dans un cimetière vous pose-t-il un quelconque problème moral ou éthique ? précise-t-il sur un ton désincarné.

— Tout dépend si les morts restent morts.

À bien y réfléchir, il y a plein d'avantages à travailler au milieu de défunts. Ils ne critiquent pas, ne jugent pas, ne sont pas en colère, ni jaloux, ni susceptibles, ni envieux, ils ne pensent pas à votre place et ne vous obligent pas à faire la conversation ni à prendre des congés sur des périodes qui ne les intéressent pas.

— Aucun problème, dis-je en me montrant plus explicite.

Il acquiesce, satisfait de mon assurance.

— Voyez-vous, le maire a décidé de donner un nouveau visage à Luserne, un visage plus attrayant, plus à la mode.

— En ajoutant des fleurs ?

Comme Lucien n'a pas été très loquace quant à la mission exacte pour laquelle il a parlé de moi à ses contacts à la mairie, je commence à me demander pour quoi exactement je suis en train de postuler. L'employé municipal sort un mouchoir de son tiroir et commence à nettoyer ses minuscules lunettes rondes avec une grande concentration.

— Oui, enfin pas que, mais oui. Nous sommes un village ancien qui jouit d'un passé riche et prestigieux ; cependant, historique ne doit pas rimer avec décrépit.

— Vieux oui, délabré, non. J'ai compris.

— Donc, la mairie a décidé d'embellir les rues et les différents sites qui font la renommée de Luserne. En ce qui vous concerne, il s'agirait de repenser tout le parc végétal. Dans un premier temps, comme le cimetière est laissé à l'abandon depuis un moment, alors qu'il est placé derrière une église très visitée, l'idée serait de nous montrer votre savoir-faire en commençant par là. Si cela nous convient, nous reconduirons votre contrat et élargirons vos missions.

Me voilà rassurée, il s'agit bien de jardinage.

— Je serai ravie de faire mes preuves, bien entendu.

Il a l'air perplexe. J'ignore si c'est son état habituel ou si c'est moi qui le provoque. Ce matin encore, je n'étais pas convaincue de la démarche, mais je me rends compte que j'ai besoin de ce travail. Ou plutôt, j'ai besoin de faire autre chose de mes journées que de débroussailler le jardin de Lucien, ou d'envisager mille et une façons de l'y enterrer sans défigurer l'endroit. Je me surprends à me demander pourquoi je n'ai pas fait un effort vestimentaire. Pourquoi ne me suis-je pas légèrement travestie pour rentrer dans le moule, au lieu de m'habiller en robe à cerises et de porter des pompons roses en guise de boucles d'oreilles ?

Je sers à l'employé de mairie mon plus beau sourire, assez pour le rassurer sur ma motivation, mais pas suffisamment pour paraître psychotique. Il me dévisage un long moment avant de replier ses lunettes et de les poser devant lui.

— Eh bien, mademoiselle, je crois que nous pouvons envisager de faire un essai. Nous désespérions de trouver quelqu'un pour ce poste.

Pour un premier entretien d'embauche, on pourrait rêver mieux que le désespoir comme motif de recrutement, mais ce que j'obtiens m'arrange, alors j'offre une brioche de réconfort à mon ego meurtri.

— Je vous laisse voir avec mon adjointe pour les formalités administratives. Si vous en avez la possibilité, ce serait bien que vous rencontriez le père Grégoire. C'est lui qui vous supervisera et vous expliquera ce que nous attendons de vous.

— Je peux me rendre au cimetière dès demain, si ça convient.

— Parfait, je me charge de le prévenir.

Je remercie celui qui représente dorénavant mon premier employeur et file chez Lucien pour lui annoncer que je n'ai trahi ni sa confiance ni ses efforts. Et aussi un peu pour fanfaronner, car obtenir un emploi me remplit de fierté plus que je ne l'aurais cru. Quand mamie m'a demandé de vivre une aventure, aurait-elle imaginé que sa petite-fille travaillerait comme jardinière dans un cimetière ? Ça l'aurait beaucoup fait rire.

À peine de retour chez Lucien, je fais une irruption triomphante dans le salon et narre mon entretien d'embauche avec beaucoup d'effets stylistiques. Après m'avoir écoutée avec beaucoup d'attention, sa réaction dépasse tous mes pronostics.

— Ce n'est pas croyable ! lâche-t-il avec une étrange véhémence.

— Quelle partie ?

— Ce gratte-papier vous colle au milieu des macchabées pour me faire payer le fait que je leur ai dit leurs quatre vérités au dernier conseil municipal ! Leur sournoiserie a encore moins de limite que leur indécence.

Je repasse plusieurs fois sa réponse dans ma tête, sans pouvoir raccrocher les wagons.

— Je ne vois pas quel est le problème. Ce ne sont pas les cadavres que je vais jardiner. C'est un poste tout à fait adapté à mes qualifications.

— Ce n'est pas une tâche honorable, ils veulent que vous abandonniez parce que c'est moi qui ai proposé votre nom. Le pire étant que je continue de me faire avoir. Leur petitesse est pour moi une source inépuisable d'étonnement.

— Je pense que vous êtes plutôt en colère, là, non ?

— Mais enfin, cela ne vous dérange pas d'arracher le chiendent à même les morts ?

— Évidemment qu'au préalable, je m'assurerai qu'ils sont consentants.

— Votre désinvolture est à la limite du supportable.

Je roule des yeux au ciel en poussant un soupir interminable.

— C'est un métier honnête. Je dois prendre ce qu'on me donne parce que, figurez-vous, la société n'a pas grand-chose à proposer à une fille de vingt-cinq ans sans diplôme qui n'a jamais travaillé de sa vie. Et entre nous, je trouve la perspective de travailler dans un cimetière assez insolite. Au moins, je ne serai pas coincée dans un bureau de deux mètres carrés à coller des timbres sur des enveloppes.

— Cette tâche a disparu depuis 1998. (Il remue le fond de café dans sa tasse avec agacement.) Vous êtes le dommage collatéral le plus inconscient que j'aie connu.

Et Lucien se lance à nouveau sur le sujet de la politique et des imbéciles incompétents qui en ont la charge. De mon point de vue – dont Lucien se fiche royalement – et étant donné que mon CV tient sur un emballage de Carambar, la mairie me fait plutôt un cadeau. Je laisse donc Lucien monologuer, il y prend tant de plaisir. J'imagine sans problème qu'il s'agit d'un reste de sa carrière professionnelle, quand il devait manager une équipe de cent cinquante personnes afin qu'elle fonctionne en parfaite synchronicité. Expliquer, argumenter, exposer, ordonner, le cycle vertueux qu'il a recommencé chaque semaine pendant quarante ans.

Abstraction faite de ses propos, je dois avouer que j'aime le son de la voix de Lucien. Elle possède un timbre très mélodieux, et puis, son débit sans fin me rappelle celui de mamie. Elle aimait parler tout autant que lui, particulièrement quand elle n'a plus pu marcher.

*

Le lendemain matin, après une nuit encore compliquée à négocier autant avec mon sommeil qu'avec ma tristesse, je suis debout à 7 heures. Comme tous les jours, Lucien s'affaire déjà dans son bureau et nous ne nous croisons jamais avant le milieu de la matinée. J'enfile un pantalon parme et un chemisier jaune, m'attache les cheveux en queue-de-cheval haute façon Audrey Hepburn et fais dégonfler mes yeux à l'aide de deux cotons imbibés d'hydrolat de bleuet. Après avoir badigeonné ma peau laiteuse de crème solaire, je file hors de la maison non sans avoir lancé un « à tout à l'heure » sonore qui n'obtient aucune réponse, si ce n'est un miaulement de Saturne, la seule créature sociable de cette maison.

Il n'y a presque personne dans les rues, excepté les commerçants qui s'activent au nettoyage des vitrines avant l'ouverture de leur magasin. Au mois de juin dans la région, il fait déjà chaud. Le bleu du ciel paraît trop vif pour être naturel, on se croirait prisonnier d'une carte postale. L'odeur de pains et de viennoiseries frais embaume les allées et appelle les clients. J'éprouve une étrange sensation, j'ai du mal à la décrire. Ça ressemble à l'excitation de la nouveauté avec une pointe de peur. Un cocktail que je ne me souviens pas avoir déjà ressenti. C'est idiot, me dis-je, ce n'est qu'un *petit* travail dans une *petite* ville avec une *petite* période d'essai. Mais quand on n'a jamais rien accompli dans sa vie, il n'y a pas de *petite* fierté.

Tandis que je traverse les rues, je remarque qu'il n'y a aucune fleur. Nulle part. Je commence à comprendre ce que le maire voulait dire par « décrépit ». Luserne dispose d'un joli patrimoine médiéval, de deux magnifiques châteaux cathares et d'un centre-ville typique, mais le tout manque d'entretien. Je ne peux m'empêcher de sourire. Me voilà experte en flore urbaine, alors que six mois plus tôt je ne savais pas distinguer une fleur d'une salade !

L'église est en vue. C'est un édifice cossu et bien rénové qui surplombe une place circulaire dallée et ombrée d'oliviers et de pins parasols, sur laquelle débordent chaises et tables des terrasses des restaurants. Quand je pénètre dans le lieu de culte, la différence de température me fait frissonner.

— Puis-je vous renseigner ?

Je sursaute. Le prêtre qui me salue avec la même gentillesse que chaque fois que je l'ai croisé en ville me fait face, quelques mètres plus loin dans la nef. N'étant pas une spécialiste de la profession, je suppose néanmoins qu'il n'y a qu'un homme d'Église par paroisse et, par déduction, que je me trouve en présence du fameux père Grégoire annoncé par le fonctionnaire municipal. Malgré son âge avancé, ses yeux ont gardé un beau vert brillant et ses lèvres un ourlé généreux.

— Mons… heu… pè… Gré…

Je n'ai jamais parlé à un prêtre.

— Mon père, ce sera parfait, me rassure-t-il d'une voix douce.

— Merci, vous êtes le premier homme d'Église à qui je m'adresse. Je m'appelle Adèle Moreau, le service des ressources humaines de la mairie m'a demandé de vous rencontrer dans le cadre de mes nouvelles fonctions de jardinière du cimetière.

— Oui, absolument ! Je n'imaginais pas que ce serait vous, la jeune fille que je croise tous les matins vers la pâtisserie de l'église depuis quelques semaines.

— Absolument, péché de gourmandise, je préfère tout avouer, l'idée de damnation éternelle me met très mal à l'aise.

— Ça ira pour cette fois. Si vous saviez depuis combien de temps je supplie qu'on s'occupe des abords de l'église et du cimetière ! Hélas, les deux personnes qui m'aident à l'entretien n'ont pas la main verte.

— J'ai cru comprendre que rien n'a été fait depuis longtemps ?

— Et c'est une grave erreur. L'église est une des plus belles de la région, beaucoup de personnes viennent la visiter, en même temps que le château des Deux-Sources qui se trouve à côté, et le petit parc qui jouxte le cimetière a un énorme potentiel.

— J'ai hâte de commencer.

— Suivez-moi, sourit-il l'air presque aussi impatient que moi, nous allons découvrir votre nouvel univers.

Nous sortons par la sacristie. Un chemin de gravillons gris file droit vers un espace flou où se mélangent arbres, arbustes, mauvaises herbes et sans doute vestiges de massifs floraux étouffés par les broussailles. Tout est en friche, tout reste à faire : un vrai paradis pour qui a de l'imagination, un enfer pour qui a de la jugeote.

— Je note que vous n'avez pas l'air effrayée, confie le père Grégoire avec amusement.

— La liberté de création ne devrait pas faire peur.

Ce n'est pas tout à fait vrai, mais le verbaliser nous rassure tous les deux.

— Puis-je me montrer indiscret ?

— Vous êtes prêtre, c'est un peu votre fonds de commerce, non ?

Il se met à rire. Je me figurais les hommes d'Église plus protocolaires. Pour être totalement honnête, je les imaginais plus ennuyeux. Tout le contraire du père Grégoire. Il a toujours l'air de repenser à une plaisanterie qui le fait rire intérieurement. Si de nombreuses rides mesurent son temps passé sur Terre, la mobilité impressionnante de son visage et les étincelles qui font pétiller ses prunelles brouillent les pistes.

— Qu'est-ce qui pousse une jeune femme qui vient d'une aussi grande ville que Lyon à venir ici pour entretenir le jardin du cimetière ?

— Comment savez-vous que je viens de Lyon ? Oh, la mairie, bien sûr.

— Pas du tout, ma coiffeuse.

— Votre coiffeuse ?

— Qui le tenait de l'institutrice, laquelle le tenait de la pâtissière de la rue Sainte-Anne, laquelle le tenait de sa fille, laquelle le tenait du facteur. Il me semble que je n'oublie aucun intermédiaire.

Je laisse échapper un rire.

— Eh bien, j'ai perdu ma grand-mère il y a peu, elle était la seule famille qui me restait. J'avais besoin d'un nouveau départ, alors j'ai décidé de venir visiter le village de son enfance. Je ne sais pas pourquoi, peut-être pour renouer avec mes racines.

— Votre nom m'a tout de suite dit quelque chose. Quand j'ai pris mes fonctions, ici, il y a une vie déjà, il y avait des Moreau, je me souviens bien. Une famille de notables, de mémoire. Et vous comptez vous installer ici ?

— Pour l'instant, je n'ai aucun projet arrêté, mais ce que je découvre me plaît.

— Vous avez bien raison de vous laisser porter par les opportunités, on ne sait jamais où elles nous mènent.

— C'est drôle ce que vous dites, je suis devenue jardinière par hasard, et par hasard, je choisis de venir à Luserne qui a, par hasard, besoin qu'on s'occupe d'un jardin.

— Cependant, il n'y a pas de hasard, n'est-ce pas ?

— Je préfère croire en un monde où il n'y en a pas, c'est vrai.

— Et donc, vous vivez chez Lucien.

Il est grand temps de ne plus relever que toute la ville connaît le moindre de mes faits et gestes, de l'intégrer comme une donnée normale du quotidien et de ne pas paniquer.

— C'est exact. En fait, je crois qu'il a été le grand amour de ma grand-mère. Au départ, je voulais juste le rencontrer pour qu'il me parle d'elle, mais il m'a offert l'hospitalité. Peut-être que d'une certaine manière, je la lui rappelle.

Le père Grégoire fait une moue de réflexion tout en croisant ses mains dans son dos.

— Il y a deux sortes d'hommes qui organisent leur solitude avec autant d'obstination que lui, confie-t-il les yeux perdus dans le chaos du jardin.

Les prêtres, et ceux qui chérissent en secret un amour passé.

Lucien aime encore mamie. Elle n'a jamais déserté son cœur, je le vois à la manière qu'il a parfois de m'observer quand il croit que je ne le vois pas, ou même dans la rapidité avec laquelle il a accueilli une inconnue dans sa demeure. Il y a des amours qui se figent et deviennent inébranlables comme les plus hautes montagnes.

— Venez, entrons dans le cimetière, je voudrais vous présenter Albert.

— Albert ?

— Officiellement le gardien des lieux, officieusement l'homme providentiel qui s'occupe de toutes les questions bassement matérielles, ici. Les études de prêtrise n'incluent, hélas, ni l'électricité, ni la plomberie, ni le bricolage. Quand on sait le nombre de petites paroisses qui existent encore, elles devraient.

Lorsque je passe le portique qui mène à l'allée des tombes, je ressens une émotion très forte. Elle sort de nulle part et porte la certitude d'une rencontre, d'une connexion. Excepté pour Scarlett O'Hara dans *Autant en emporte le vent*, une telle émotion paraît toujours artificielle dans les films, et pourtant, elle me frappe maintenant comme une évidence. La dernière fois que j'ai ressenti quelque chose d'approchant remonte à ma jeunesse, quand Mahaut m'attendait, bras ouverts, sur le palier de la maison à Lyon tandis que le néant me collait aux talons. Mes mains tremblent.

Dans la partie la plus ancienne du cimetière, de nombreuses pierres tombales penchent d'un côté ou de l'autre, à cause des racines galopantes des pins parasols plantés trop près des sépultures. Quelques statues d'anges qui pleurent ponctuent la promenade, et il y a partout des brindilles desséchées et des mauvaises herbes émergeant des pavés en touffes décharnées. La totalité de ma formation défile dans mon esprit et je parviens vite à la conclusion qu'il va me falloir des mois avant que les lieux ne ressemblent plus aux terres du Mordor…

Deux personnes âgées remontent une allée, les épaules et la tête penchées vers le sol, comme deux jonquilles fatiguées. Et soudain, surgissant entre deux tombeaux, un géant appuyé sur une pelle fixe la terre fraîchement retournée d'un air sans concession. Son visage cabossé, comme si on l'avait cogné durant toute son enfance sans que les impacts de coups ne disparaissent une fois adulte, lui donne l'air d'avoir cent ans. Son menton et son nez sont de taille anormale et je note que s'il est appuyé, c'est que l'une de ses jambes est plus courte que l'autre. Aucun doute, je fais face à la créature de la famille Addams.

— Albert ? interpelle le père Grégoire.

L'homme grogne. Ses cheveux et ses sourcils ont le même aspect que les broussailles coincées entre les tombes.

— Je vous présente Adèle Moreau, elle va nous aider à remettre de l'ordre dans ce chaos végétal.

— Elle va fout'e le feu à tout ça ? Faut r'partir sur du propre.

Je comprends à peine les mots qui sortent de sa bouche.

— Sauf que les résidents sur le sommeil desquels nous veillons ont préféré l'enterrement à la crémation, plaisante le prêtre. Ne les contrarions pas maintenant qu'ils sont installés.

Albert hausse les épaules et, moi, j'ai un léger doute sur le second degré de l'échange.

— Je compte sur vous pour répondre à toutes ses questions, notamment concernant la remise et les outils que nous avons à notre disposition.

Je me mets à sourire, ou plutôt à montrer mes dents, ce qui n'a pas l'air de détendre la créature.

— Va pas pouvoir tous les porter, la p'tiote, affirme-t-il en me scannant de la tête aux pieds.

— Heureusement, vous êtes là, feinte le père Grégoire.

Un nouveau grognement répond au prêtre.

— Merci d'avance pour votre aide, dis-je sur un ton de bonne élève.

Le géant fait un signe de la main que je suis incapable de traduire. Dès que je me serai assurée qu'il ne tue pas des bébés les vendredis soir entre deux messes noires, je compte faire en sorte qu'on s'entende bien. Quand il faudra déraciner les souches que j'ai déjà repérées en arrivant, je serai contente de pouvoir solliciter une telle force de la nature. Et puis, le cimetière n'est pas assez grand pour que nous puissions nous ignorer.

Le père Grégoire et moi quittons Albert pour achever la visite par la remise, sorte de capharnaüm où les outils semblent s'être entassés de siècle en siècle sans qu'aucun tri ne soit jamais opéré. Pour pouvoir explorer l'endroit, il me faudra un archéologue et un rappel du tétanos plutôt qu'une lampe-torche.

— Nous pouvons faire appel à des vacataires, précise le prêtre qui doit sentir le stress monter en moi, des jeunes qui viennent se faire un peu d'argent de poche en réalisant de petits travaux d'entretien pendant leurs vacances. Ils ont de l'énergie à revendre.

— Merci beaucoup.

Il faudra que je pense à lui demander à combien de jeunes, pleins d'énergie à revendre, j'ai droit.

— Considérez ces lieux comme votre royaume.

Mon royaume. Ce n'est pas celui que j'avais envisagé, mais c'est le mien.

— N'est-ce pas plutôt le... *Sien* ? le taquiné-je.

— *Il* est souvent en déplacement, raison pour laquelle *Il* a besoin de vous pour arroser *Ses* plantes et de moi pour chauffer la salle.

Le prêtre me raccompagne jusqu'au parvis de l'église. Mon contrat démarre le lundi suivant, mais j'ai hâte de me lancer dans ce nouveau défi.

Un corbillard se gare devant nous en occupant à lui seul presque la moitié de la place. Un vieil homme à la verticalité aléatoire met deux bonnes minutes à s'extraire du véhicule, tandis qu'un autre à peine plus jeune sort côté passager.

— Les pompes funèbres, se croit obligé de m'expliquer le prêtre, les seules qui officient à Luserne depuis au moins aussi longtemps que la ville existe. Nous venons hélas de perdre l'un de nos habitants, un homme qui a beaucoup compté ici.

— J'en suis désolée, dis-je en évitant de regarder le véhicule qui me rappelle des souvenirs trop frais à mon goût.

— Il a eu une longue et belle vie. Mais, entre nous, son savoir-faire en matière de mécanique va beaucoup nous manquer.

Les deux hommes sortent une énorme couronne mortuaire du coffre. Au premier coup d'œil, je sais que la composition est déséquilibrée et que certaines des fleurs vont très vite se ratatiner quand d'autres resteront en pleine forme. Les réflexes s'acquièrent vite et me remplissent de fierté.

— À quelle heure doit se dérouler l'office ?

— En fin d'après-midi, pourquoi ?

— Je doute que la composition garde son éclat jusque-là.

Le prêtre soupire en levant les yeux au ciel. J'ai appuyé sur une corde sensible.

— Ce ne serait pas la première fois. Le fleuriste qui travaille avec les pompes funèbres n'est pas vraiment passionné par son travail. Beaucoup de mes paroissiens ne sont pas très contents d'eux, mais les deux travaillent ensemble depuis si longtemps qu'il est impossible d'avoir l'un sans l'autre.

— Bonjour mon père, nous interrompt le vieil homme, qui a mis une éternité à parcourir les dix mètres qui nous séparaient de lui.

— Bonjour Joachim, répond l'homme d'Église avant de leur ouvrir le chemin. Il me semble que nous avions convenu que vous arrêtiez de venir installer les gerbes. C'est très mauvais pour votre dos, le médecin vous l'a déjà dit.

— Je suis sourd, mon père, ne me jugez pas trop sévèrement.

De près, je note que l'individu ne dispose plus que de trois ou quatre dents.

— Bien entendu, souffle le prêtre.

L'autre employé des pompes funèbres, un petit blond sec à la peau de parchemin, nous gratifie d'un sourire mi-fataliste mi-amusé. Le père Grégoire prend congé de moi avant de s'engouffrer dans l'église où la pénombre monacale l'avale dans la foulée.

Je jette un dernier coup d'œil à l'édifice religieux. Dans quelques jours, munie de sécateur, de pelle et de râteau, je vais moi aussi m'intégrer à l'histoire de ces lieux.

CHAPITRE 7

« Ta seule véritable ennemie, c'est toi. »
Black Swan, 2010.

Premier vendredi après l'invitation de Valentine. J'ai hésité. Beaucoup. Puis je me suis souvenue que *plonger dans la vie* implique de sortir de sa zone de confort et de sortir tout court. Même si, entre dire bonjour et passer une soirée entière avec des inconnus, il y a tout un univers que je ne suis pas certaine de vouloir traverser.

J'observe mon reflet dans la psyché de la chambre. Que met-on quand on sort avec un groupe d'amis ? Je ne me suis jamais posé la question quand je voyais Grégory. Ça aurait dû me mettre la puce à l'oreille. Finalement, j'opte pour une robe patineuse jaune que j'accessoirise d'un collier en céramique en forme de jonquille. Je descends les escaliers en fredonnant une chanson tirée de la bande originale du *Flic de Beverly Hills*, laquelle m'a toujours remonté le moral.

— Quelque part à Paris, un grand couturier vient de se suicider, commente Lucien en me dévisageant.

— Tant mieux, la plupart sont vieux et misogynes. Et puis le jaune, c'est indémodable.

— Le jaune oui, le jaune fluorescent non. Ne me dites rien, cette robe est aussi phosphorescente ?

— Ce serait tellement avant-gardiste, non ?

— Oui, comme les zeppelins à une certaine époque, et quelle réussite ça a été.

— Détails historiques. Voulez-vous m'accompagner au *Café Bleu* ? J'y rencontre Nicolas et Valentine.

— Qui ?

— Le facteur et la pâtissière du centre.

— Seigneur, soupire-t-il en exagérant.

— Ce serait une nouvelle expérience.

— Bonne soirée, et tâchez de ne rien ramener ici.

— Un jour, vous m'accompagnerez.

— Vous savez ce qu'on dit des gens qui espèrent.

— Qu'ils sont en retard à leur rendez-vous et qu'ils doivent vous laisser ?

— Qu'ils manquent cruellement de bon sens, conclut-il en se dirigeant vers son bureau.

Je m'élance hors de la maison et je tâche de le faire avec autant de légèreté que le plomb du soleil me le permet. Si les indications de Valentine quant à la situation du café m'avaient paru claires, il me faut plusieurs tours du centre pour tomber sur la minuscule rue dans laquelle il se cache. À mi-chemin d'une ruelle trop étroite pour qu'un véhicule l'emprunte se trouve un léger décrochement dans l'alignement des façades des maisons. Et enfoncé dans ce recoin, un petit café à la façade bleue et au lettrage blanc rétro fait tout pour passer inaperçu. Encadrée par deux oliviers tordus et immenses, la terrasse compte une dizaine de tables dont trois rassemblées, autour desquelles je reconnais Valentine et Nicolas.

— Oh, tu es venue ! s'exclame-t-elle en me faisant signe d'approcher.

— L'invitation était très tentante.

Et je n'ai rien de plus passionnant à faire, ai-je envie d'ajouter.

— Tu vois, je t'avais dit qu'elle viendrait, poursuit la jeune femme en fixant Nicolas. Viens, je te présente tout le monde. Voici Jazz, Louis et Marie.

La dernière fois qu'on m'a cité autant de prénoms dans la même phrase, c'était pour l'enterrement de mamie. Je répète plusieurs fois dans ma tête : Jazz qui a le look gothique de Mercredi Addams, Louis le trentenaire qui ressemble à un professeur d'université des années 1930 façon Indiana Jones, et Marie la quarantenaire qui semble appartenir à l'ordre religieux fanatique d'un film d'horreur. J'essaye de graver ce procédé mnémotechnique dans mon esprit, mais je doute de son efficacité.

— Tout le monde, voici Adèle, déclare Nicolas, elle nous vient de Lyon et a décidé de s'installer à Luserne.

L'auditoire arrondit yeux et bouches. Subitement, ils ont tous l'air de poissons télescopes.

— Adèle est la nouvelle jardinière du cimetière, précise-t-il.

Finalement, je m'étonne quand même de ne plus m'étonner qu'il connaisse déjà cette information.

— Trop cool, commente Jazz la gothique sur un ton tragique.

— Tu ne ressembles pas du tout aux précédents jardiniers, juge Louis dont le maniérisme transpire à chaque coin de phrase. C'est une excellente chose.

Marie, la dévote, dont l'expression est aussi terne que sa robe, acquiesce mollement.

— Quand même, intervient Valentine en grignotant comme un hamster l'extrémité d'une paille, ils devaient être désespérés à la mairie pour te donner le poste.

— Ne sois pas aussi brutale, corrige Nicolas avec gêne.

Il faut quelques secondes pour que Valentine réalise la maladresse de sa remarque. Ses pommettes tranchantes virent au rouge. Un peu de couleur ne lui va pas si mal.

— Pardon, je ne veux pas dire que tu es incompétente, juste que… enfin, tu es comme nous. Tu ne rentres pas dans le moule. T'es bizarre, quoi.

L'auditoire la dévisage.

— Quoi ? C'est vrai. Les gens comme nous ne sont jamais les premiers choix de la ville.

— J'adore ta robe, me dit alors Jazz, l'air hermétique.

— Merci, réponds-je, sans être certaine qu'il s'agit bien d'un compliment. Et tu as raison, ils étaient désespérés. Apparemment, personne ne veut travailler dans un cimetière.

— C'est surtout que personne ne veut travailler avec Albert, ajoute Nicolas. Ici, il est vu comme quelqu'un de difficile, voire de violent.

— Il l'a déjà été ?

— Non, mais il crie beaucoup et il a des gros râteaux, répond Valentine.

Un serveur qui me donne l'impression de n'avoir pas plus de douze ans arrive avec un énorme plateau sur lequel tiennent en équilibre des bouteilles, des verres et une coupe glacée d'une taille impressionnante. Je ne peux détacher mes yeux du dessert placé devant Nicolas.

— Je… Euh…, bafouille-t-il en voyant mon regard insistant, en fait, je n'ai pas mangé à midi et euh… il…

Je m'exclame sans retenue devant le serveur :

— Je veux exactement la même !

— Vous êtes tous les deux pareils, raille Valentine, vous vouez le même culte au dieu du sucre.

— Y en a-t-il un autre digne de foi ?

— Ah, je vois, soupire de soulagement le facteur, alors vas-y les yeux fermés. C'est le patron du café qui fait ses propres glaces.

— Tu viens de dire la formule magique.

— Une autre bombe atomique ! hurle le serveur en direction des cuisines.

Nicolas me sourit, les yeux grands ouverts. Ce n'est pas de la joie, c'est de la reconnaissance. Ça ne devrait pas.

— Toi qui viens de Lyon, comment tu trouves Luserne ? interroge Louis en touillant sa boisson avec beaucoup de manières.

— Dépaysant.

— C'est rien de le dire ! s'exclame Valentine en suçotant un quartier de citron.

— Je ne crois pas que ça puisse se comparer. Mais d'une certaine manière, Luserne est plus grand que ce qui faisait mon univers là-bas.

— Comment ça ? s'étonne Nicolas.

— Pendant des années, je suis restée cloîtrée chez moi pour m'occuper de ma grand-mère.

— Oui, mais quand même, tu ne sortais pas du tout ? insiste Louis sans cacher un certain ahurissement. Avec les restaurants, les expos, les cinémas et tous les avantages qu'offre une grande ville telle que Lyon…

— C'est plus facile de s'enfermer que de sortir. Mais ma grand-mère et moi adorions le cinéma, on a passé le plus clair de notre temps à visionner des films et à en parler. Je ne suis pas complètement déconnectée du monde.

— Elle est fan de *Star Wars*, déclare Nicolas sur un ton de révélation.

— Génial, me voilà en minorité, intervient Jazz d'une voix morne.

Je plisse les yeux.

— Es-tu de l'autre bord ? Celui de *Star Trek* ?

Elle opine du chef, tout comme Marie dont aucun son n'est encore sorti de la bouche, et j'ajoute :

— Je suis aussi très fan de *Star Trek*.

— Une hybride, siffle Nicolas.

— Hérésie, répond Jazz avec tant de sérieux qu'elle me glace presque le sang.

Je prends du plaisir à la conversation qui ne me paraît pas si artificielle. La facilité avec laquelle elle se déroule me rappelle celles que mamie et moi avions avec Aline, même si ça n'avait rien à voir avec le cinéma.

— Du coup, tu ne te sentais pas de continuer à vivre dans ta maison, une fois ta grand-mère décédée.

— Valentine…

— Quoi ? Nicolas me l'a dit, je… C'était pas un secret, si ? Je ne voulais pas me montrer brutale.

J'ignore pourquoi, mais j'aime la dureté de cette fille. Il y a quelque chose de terriblement vrai qui se dégage d'elle et ça me fascine.

— C'est exactement ça. Et puis, je crois qu'elle n'aurait pas aimé que je continue la même routine. Elle voulait du changement pour moi.

— Là, t'es servie, réplique Jazz.

La chaleur de l'air baisse enfin, à moins que les cinq boules de glace que je viens d'avaler n'aient fini par faire redescendre la température de mon corps. Nous continuons d'échanger sur tout un tas de sujets plus variés les uns que les autres. J'apprends que Louis gère le magasin d'antiquités depuis que le propriétaire, son oncle, a eu un infarctus deux ans auparavant. Marie est bel et bien une ancienne religieuse qui a décidé de revenir à la vie civile en raison du manque de fermeté du pape actuel. Elle travaille chez un ébéniste connu pour les chars qu'il confectionne pour la grande fête des chars de Luserne, qui a lieu tous les deux ans. Et Jazz est la seule toiletteuse pour chiens et chats à des kilomètres à la ronde.

Au bout d'un moment, j'éprouve une sensation de tournis. Je n'ai jamais parlé à autant de personnes pendant aussi longtemps. Je profite donc que Valentine doive rentrer tôt à cause de ses horaires de travail matinaux pour m'échapper également du café. La lassitude que je ressentais à table et que je mettais sur le compte de la chaleur accumulée de la journée s'envole dès l'instant où Valentine et moi nous retrouvons seules dans la ruelle. Nous marchons un long moment en silence. Valentine décide de le briser la première.

— Adèle ? Je voulais te dire, il ne faut pas te formaliser de ce qui sort de ma bouche parfois.

— Comment ça ?

— Je sais que je peux être un peu connasse parfois.

Valentine fixe ses chaussures compensées en toile qui sont plus grosses que sa tête.

— Être gentille, c'est pas trop mon truc. Je ne sais pas d'où ça vient, mais les mots ne sonnent jamais comme je voudrais.

À mon sens, elle vient de résumer l'une des caractéristiques les plus importantes de l'humanité.

— Aucun problème.

— Merci de ne pas t'arrêter à ce que tu vois. C'est rare.

— Comment ça ?

— Moi, je me suis toujours arrêtée à ce que je vois. Je sais que c'est un tort.

Il y a toute une histoire derrière cette phrase, tout un monde que je peux deviner sans parvenir à le voir vraiment. Une seconde, je sens qu'elle va s'ouvrir en deux et tout me montrer, mais très vite la fenêtre se referme et me la rend inaccessible.

Je la raccompagne jusqu'à la pâtisserie de ses parents. Elle m'explique qu'à l'étage se trouve un petit studio qu'elle occupe pour éprouver un semblant d'indépendance, tandis que sa famille vit derrière l'église. Au moment de rentrer chez elle, elle pivote vers moi en faisant s'envoler sa chevelure blonde ; la cascade de boucles la plus lumineuse que j'aie jamais vue.

— Tu vas revenir ?

— Où ça, au magasin ?

— Non, vendredi prochain, au *Café Bleu.* Tu reviendras ?

— Je... Oui.

C'est sorti comme ça, sans hésitation, avec assurance. Elle me salue d'un geste de la main et s'engouffre à l'intérieur du bâtiment. Je reste plantée dans la rue encore fréquentée par quelques touristes qui profitent d'une promenade à la fraîche.

Je me dis que ça y est, j'ai une vie sociale.

Pour la première fois depuis le décès de mamie, je m'endors sans souffrance. J'ai presque failli ne pas m'en rendre compte.

CHAPITRE 8

« J'ai toujours eu foi en la bonté des inconnus. »
Un tramway nommé Désir, 1951.

— Là, t'vois ? L'est tout en contrôle, le Luks. Il tient l'entrée des différentes voix, tout en douceur. Faut dire qu'la *Messe en si* est une œuvre très austère. L'avait la pression, le Luks. D'ailleurs, t'vois, les solos de hautbois, on sent que c'pas non plus l'extase, il est coincé. C'est juste propre. Et voilà qu'le miracle s'produit. Écoute ce solo !

Albert ferme les yeux tandis que la musique s'envole au-dessus de nos têtes. J'acquiesce à ces paroles, mais j'aurais pu tout aussi bien les applaudir. Albert, le gardien du cimetière, la créature de Frankenstein, est un grand mélomane. Il voue une passion à la musique classique au point de connaître par cœur chaque interprétation des grands chefs d'orchestre de ces deux dernières décennies. Je ne comprends rien à la musique, pas plus qu'à cet homme.

Les premiers temps, Albert et moi n'avons pas échangé plus que les salutations de base entre collègues. Et puis, au bout de deux semaines, tandis que je prenais des notes sur ce que je voulais planter sur la partie ancienne du cimetière, j'ai remarqué qu'il m'observait avec insistance. J'ai fait semblant de ne rien voir, je sentais qu'il ne fallait pas l'effrayer. Albert a fini par me demander si j'y connaissais quelque chose en musique classique. Je lui ai répondu que si certains airs m'étaient familiers pour les avoir entendus dans des films, mes connaissances s'arrêtaient là. Son visage s'est défroissé et a repris des couleurs, comme si quelqu'un avait retiré d'un coup le voile gris qui recouvrait sa figure. À partir de cet instant, Albert s'est imposé comme mission de faire mon éducation musicale, car selon ses dires, une vie sans se nourrir de l'œuvre de Tchaïkovski ne valait pas la peine d'être vécue.

Aujourd'hui, tandis que je traque les broussailles et soigne les rares végétaux des lieux encore en vie, la symphonie de Bach fait éclater dans l'atmosphère déjà chaude un son complexe et puissant. La solennité de la plupart des morceaux choisis par Albert donne de la grandeur à notre tâche. Nous désherbons comme nous menons une croisade.

À chacune de nos pauses, que nous prenons sous le chêne le plus imposant du jardin où le père Grégoire a fait installer une table et des chaises pour que nous puissions déjeuner à l'ombre, Albert me présente un nouveau chef d'orchestre et m'explique ses techniques, ses faux pas, ses forces et ses faiblesses. À mon grand étonnement, je trouve ses histoires passionnantes. La leçon musicale de ce midi passionne particulièrement Albert, car il est un grand fan du chef d'orchestre Václav Luks.

— J'aime bien ce morceau, dis-je en mâchant une énorme fraise, il est épique.

— T'aimes bien les œuvres r'ligieuses, j'ai remarqué, répond Albert en affûtant son couteau de poche qui n'a de poche que le nom. Tu savais que Gustav Holst, un aut' grand compositeur, avait inspiré les musiques de ton *Star Wars* ?

— Tu connais cette saga ?

— J'connais plein de trucs sur plein d'autres trucs, gamine, jubile Albert. Au fait, devraient pas d'jà être là les gamins qui nous aident ?

Comme promis, la municipalité nous a accordé des étudiants vacataires en renfort. Ce sont sans doute de gentils garçons pleins de bonne volonté, mais, à leur âge, se débarrasser d'une souche n'a pas la même importance qu'une grasse matinée. En fait, ça n'a pas d'importance du tout.

— Si. Ils vont venir.

— T'en sais rien, en fait, grogne-t-il.

— Ils ont besoin d'argent parce qu'ils veulent partir en Espagne au mois de septembre, m'ont-ils dit. Donc ils vont venir.

— Pfff, quelle idée, y a quoi en Espagne ?

— Des filles en bikini, je crois.

— On peut pas lutter.

Valentine passe le portique du cimetière. Depuis que nous nous voyons en fin de semaine au *Café Bleu*, nous avons remarqué que nous avions pas mal de goûts cinématographiques en commun. Elle a cependant une petite préférence pour le format séries, alors je m'y suis mise pour échanger avec elle et les autres. Dans le petit groupe que nous formons, je ne suis plus la créature bizarre qui a osé plaquer Lyon pour Luserne, je suis juste l'encyclopédie du septième art et ça semble être une qualité appréciée. On se donne des films à regarder dans la semaine et on échange le vendredi autour de thés glacés et d'énormes glaces. La routine est banale, sans doute, mais pour moi c'est tout un nouveau monde qui s'ouvre.

Valentine ne vient jamais nous voir au cimetière entre midi et deux, mais aujourd'hui, j'imagine que sa mère a dû juger que le nombre de clients ne justifiait pas les heures interminables que sa fille doit passer au magasin.

— Bonjour à vous deux ! lance-t-elle de sa voix chantante. Je vous ai apporté des parts de tarte aux fraises.

Albert grommelle et je traduis le remerciement. Chaque fois que Valentine arrive quelque part, elle offre des pâtisseries comme si c'était le payement de son droit d'entrée. Je penche aussi pour le fait qu'elle mange un peu par procuration.

— Oh, ça avance bien, commente-t-elle en ajustant sa casquette blanche de golfeuse, on voit déjà mieux l'allée sans toutes les mauvaises herbes.

— En fait, je ne suis pas encore occupée de ce coin-là.

— Oh.

Valentine se mord l'intérieur de la joue tandis qu'Albert étouffe un ricanement.

— T'en fais pas, dis-je sur un ton rassurant, il va falloir du temps pour voir le changement. J'ai fini de cartographier tout l'espace et je vais pouvoir commencer à imaginer le futur jardin. Je voudrais que le parc végétal se transforme selon les saisons pour qu'on ait des ambiances différentes toute l'année.

— Tu me parles chinois, Adèle, soupire-t-elle avant de se reprendre : Enfin... je suis sûre que ce sera très bien, hein.

Je décide de changer de sujet. De ce que je peux constater, peu de gens s'intéressent aux aménagements des jardins de cimetière.

— Ça tombe bien que tu sois venue, Valentine, Nicolas a dit qu'il passerait. Nous devrions peut-être l'attendre avant de manger le dessert.

— J'ai faim, précise Albert.

— Je ne crois pas qu'il vienne, non, répond Valentine en avalant de minuscules gorgées d'eau, il a été convoqué par son chef. À mon avis ça va durer trois plombes.

— Il y a un problème ?

— La voiture, répond Albert en fourrant dans sa bouche la moitié de la tarte.

— Il l'a abîmée ?

— Il la prend, corrige Valentine.

J'écarquille les yeux.

— Ah, donc, cette histoire de faire sa tournée en voiture, ce n'est pas n'importe quoi ? Lucien m'en a parlé, mais je croyais qu'il dramatisait tellement ça me paraît ubuesque, cette affaire. Qu'est-ce que ça peut faire qu'il prenne un véhicule, l'essentiel reste quand même qu'il livre le courrier, non ?

— Apparemment, certains habitants se sont plaints qu'il est en retard parce qu'il ne peut pas se garer partout, donc il doit trouver une place et finir à pied.

— Sérieusement ?

Mon auditoire acquiesce avec vigueur.

— Bien sûr, ce sont des conneries ! s'exclame Valentine. On sait tous que le vrai problème, c'est que dans leur tête quelqu'un de gros est moins compétent, et surtout, qu'il fait tache dans le décor. Ici, peu importe les saloperies que tu fais, tant que tu colles à la norme et qu'elles ne se voient pas.

Les épaules d'Albert s'affaissent un peu et, soudain, son expression ressemble à celle d'un chien battu.

— Non, décidément, le problème de Luserne, ce sont ses habitants, souffle Valentine.

— Pas tous, si ?

— Quasi. T'as pas encore assisté à une réunion du comité ?

La nouvelle évocation du comité me laisse une drôle d'impression.

— Non. J'ignorais que c'était ouvert à tout le monde.

Pour être honnête, l'existence de ce comité m'était complètement sortie de la tête, mais le fait qu'il soit mentionné en des termes à ce point peu flatteurs par deux personnes aux profils aussi différents que Lucien et Valentine excite ma curiosité autant que mon imagination.

— Si, tout le monde peut assister aux réunions mensuelles. Le comité adore avoir un public, et ça lui permet de jauger l'opinion des habitants.

Albert émet un grondement guttural.

— Ouais, et de l'influencer aussi, répond Valentine qui n'a pas de mal à comprendre l'homme à tout faire. Tu devrais accompagner Lucien, tu comprendrais dans quoi tu as mis les pieds et peut-être que tu voudras retourner dans ta grande ville.

— Valentine, tu as conscience que je suis en train de m'imaginer un scénario à la Stephen King, là ?

Ma propre réplique me tire un sourire, mais je remarque vite que la jeune femme reste sérieuse.

— On voit que tu n'as jamais vécu dans un village, qui plus est un village majoritairement composé de bourgeois venus ici pour acheter un petit paradis au soleil et qui pensent que parce qu'ils payent beaucoup d'impôts, la destinée de Luserne est de leur responsabilité. Mais personne n'est dupe, ils veulent juste en faire un ghetto de riches. Et on sait comment ça fonctionne, un ghetto : ses habitants, leurs lois et tous ceux qui ne rentrent pas dans le rang sont poussés vers la sortie.

— Y d'vrait fout'e l'camp de ce merdier, le p'tit postier, l'est jeune.

— Il ne le fera pas, soupire Valentine. Nicolas croit qu'il peut faire évoluer les mentalités sur plein de sujets, dont celui de la grossophobie.

— C'est courageux, dis-je avec respect, et je pense qu'il a raison.

— C'est complètement con. Il *devrait foutre le camp*. Lui, il peut.

Les propos de Valentine me font tiquer et je ne résiste pas à saisir la perche.

— Pas toi ?

Elle hausse les épaules. Son visage s'assombrit et perd le peu de couleur qu'il a.

— Ce n'est pas parce qu'on n'est pas en prison qu'on est pour autant libre de faire ce qu'on veut, répond-elle sur un ton automatique de citation apprise par cœur.

Ayant passé les dernières années de sa vie incarcérée dans un corps en plomb, mamie disait que nous ne sommes pas libres quand nous pouvons aller où nous voulons, nous le sommes quand nous pouvons décider de le faire ou non. Pour elle, la liberté était une latitude mentale, pas physique, plutôt un espace de potentialité dans l'imagination.

Valentine n'ira pas plus loin dans la confidence, la posture de son corps comme l'expression de son visage sont sans équivoque. Un silence presque aussi lourd que l'air s'installe entre nous et je ressens le besoin impérieux d'y mettre un terme.

— Vous connaissez l'exposition féline qui a lieu à Argelès la semaine prochaine ?

Je ne me trouve pas très subtile ; en revanche, c'est efficace.

— Tous les amoureux des chats y vont, s'empresse de répondre Valentine, c'est l'une des plus importantes de la région.

Ses yeux se mettent à former une fente qui lui donne un air cruel.

— Laisse-moi deviner : Lucien t'a fait la grâce d'accepter que tu l'accompagnes. C'est un challenger très connu dans le coin, tu sais.

— Il ne m'a rien demandé, mais j'avoue être très curieuse d'y assister, et puis je pourrais même l'aider.

Albert éclate d'un rire lugubre qui me fait frissonner.

— Tu ne sais pas dans quoi tu t'embarques, met en garde Valentine sur un ton non moins lugubre. Ces expositions, c'est la même ambiance que dans *Game of Thrones*, tu vois le genre ?

— On est bien en train de parler d'un salon de chats ?

— Oh, c'est tellement plus que ça ! En vrai, les propriétaires se livrent une guerre sanglante pour décrocher des prix de beauté. Tu n'as pas idée du nombre de drames qui se produisent toutes les années. Tout le monde attend avec impatience l'ouverture de la saison des salons. Crois-moi, ça en occupe des commères dans le magasin.

— Des drames, carrément ?

Face à mon air incrédule, Valentine se lance dans une énumération qu'elle décompte sur ses doigts :

— Du sabotage, des subordinations de juge, des altercations, du resabotage, des coucheries et j'en passe… Et ton Lucien n'est pas en reste, c'est l'un des concurrents les plus acharnés.

Même si ce n'est pas l'envie qui m'en manque, je n'ose pas revenir sur le concept de « coucherie ». D'expérience, il vaut toujours mieux ne pas ouvrir cette satanée boîte de Pandore. Il n'empêche qu'imaginer mon logeur en seigneur de guerre pour une cocarde féline ne me choque pas tant que ça, ce qui m'inquiète un peu.

En jetant un coup d'œil automatique à sa montre, Valentine sursaute.

— Merde ! Je n'ai pas vu l'heure passer. Je vais me faire défoncer par la vieille. À plus, vous deux, et bon courage !

*

Lorsque, vers 16 heures, une fois mon travail achevé, je repasse par l'église pour dire au revoir au père Grégoire, je soupire d'aise dès que la fraîcheur de la nef m'entoure. Pour un peu, j'envisagerais presque de devenir nonne.

— Ça y est ? Terminé pour aujourd'hui ? lance le prêtre depuis la sacristie.

— Oui. Je venais vous souhaiter une bonne fin de journée, mon père.

Et profiter du frais avant de repartir dans le four de Luserne.

— Puis-je profiter de votre passage pour vous demander un service ?

— Bien sûr.

— Pourriez-vous donner ceci à Joachim, l'homme des pompes funèbres que vous avez croisé le premier jour ? Ce recueil appartient à la famille du défunt, j'avoue que cela m'arrangerait de ne pas y aller. Cet homme parle beaucoup et j'ai encore du travail.

— Bien sûr, avec plaisir.

— Vous voyez où se trouve leur établissement ? Au bout de la rue de la pâtisserie de Valentine.

J'acquiesce, telle une bonne élève, puis je saisis le carnet qu'il me tend et prends congé. Remettant mon chapeau en place, je traverse la place en suivant scrupuleusement l'ombre projetée des arbres comme un vampire obligé de sortir en plein jour, puis rase les murs en pierre de la ruelle. De nombreux magasins ont installé la climatisation, si bien que je subis les bouffées d'air brûlant des tuyaux d'évacuation chaque fois que je passe devant. Quelle absurdité ! La climatisation réchauffe l'extérieur autant qu'elle refroidit l'intérieur, et ainsi de suite, par un lien pervers de cause à effet qui finira sans doute par tous nous tuer.

J'atteins enfin ma destination. L'enseigne des pompes funèbres annonce en lettres d'or son existence depuis 1897. Je pousse la porte et frissonne : il fait mille fois plus froid que dans l'église. L'intérieur peint en couleur claire est illuminé par un puits de lumière très moderne. Je fais le tour mais ne vois personne.

— Il y a quelqu'un ?

Silence. Je réitère mon appel. Du bruit s'élève qui semble provenir de l'arrière-boutique. Comme le magasin est encore ouvert, je n'ose pas déposer le recueil de peur que quelqu'un ne s'en empare. J'avance en direction du son que je continue d'entendre de façon confuse.

— Excusez-moi, je viens de la part du père Grégoire. Il m'a chargée de remettre quelque chose à un certain Joachim. Je m'appelle Adèle Moreau.

J'arrive dans une immense salle aux murs blancs et au mobilier en inox. On se croirait dans un laboratoire, l'atmosphère aussi saturée de produits détergents. L'un des murs est couvert de portes de placard carrées, alignées sur trois niveaux. Deux tables à roulettes couvertes d'un drap blanc se trouvent en plein milieu. Un jeune homme gît sur l'une d'elles. Je recule en réalisant où je me trouve : la salle d'embaumement.

— Ah, pardon… Je…

J'ai le sentiment profond de troubler le repos et l'intimité du mort. Je ne suis pas croyante, je n'ai jamais cru que quelque chose de sacré se produise dans le corps des vivants, encore moins dans celui des défunts. Pourtant, je ressens de la peine pour cet inconnu qui semble endormi. Il est si jeune. Mes yeux s'humidifient, malgré moi. Il y a peu, mamie était à la place de l'inconnu. Seule sur un revêtement froid, sans personne autour d'elle pour la première fois depuis longtemps. Ce jeune homme aussi est seul et sa famille n'en a aucune idée. Pourtant, il semble étrangement serein, allongé là. Comme si la mort n'était pas si terrible !

Je dépose le recueil sur une table disponible à l'abri des clients, quand, soudain, quelque chose me tétanise. Un léger mouvement, quelque part. *Ça* a bougé quelque part, dans le coin de mon champ de vision. Dans cet endroit, il n'y a personne et je suis la seule créature à posséder la capacité de remuer. Je tourne la tête aussi lentement que possible, je traque le moindre élément qui pourrait expliquer que je suis sûre d'avoir vu quelque chose bouger. Tout un tas d'images de films d'épouvante me reviennent en mémoire qui me font regretter amèrement d'aimer ce genre à ce point. Quelque chose remue encore !

Quelque chose… Il bouge à nouveau. Le mort.

Je pousse un hurlement.

CHAPITRE 9

« De tous les bars, de toutes les villes dans le monde,
il fallait qu'elle entrât dans le mien ! »
Casablanca, 1942.

En fait, le mort n'en était pas un et il s'appelle Ed.

S'il avait l'air si paisible et serein, comme lorsqu'on s'abandonne à une sieste réparatrice, c'est parce que c'est précisément ce qu'il était en train de faire. Ed occupe le poste d'embaumeur, le seul de la ville et de plusieurs autres aux alentours.

— Je… Je suis désolée d'avoir hurlé, dis-je, honteuse d'avoir cru en la possibilité de me trouver face à un zombie.

— D'ordinaire, ici, personne ne crie jamais, ça me change, répond-il en s'étirant. Pardon de vous avoir fait peur.

Je scrute mon interlocuteur et trouve qu'il fait un bien étrange sujet d'étude.

— Sans vouloir juger, enfin, si, en fait, je juge, mais c'est un endroit assez étrange pour dormir, non ?

— C'est vrai, répond-il de façon nonchalante, un canapé serait bien plus approprié, surtout quand on me demande de préparer deux corps en urgence dans la nuit. Cela dit, pour être honnête, j'aime m'allonger là de temps en temps. J'ai l'impression de me sentir plus proche de ceux dont je prends soin. C'est à ce moment-là que vous devez normalement penser au mot « psychopathe ».

Je pense plutôt à « dingue » mais la dernière chose que j'envisage, c'est de le contredire. Quand mamie s'en est allée, il ne me restait d'elle que son enveloppe de chair. J'ai continué de parler à cette coquille vide le temps que le médecin de famille arrive et constate le décès, soit deux heures après. J'avais conscience qu'il n'y avait plus rien d'humain dans ce corps, pourtant je n'arrivais pas à arrêter de lui dire que je l'aimerais toujours et qu'on se reverrait bientôt. À bien y réfléchir, ce Ed n'est peut-être pas le seul dingue ici.

— Je m'appelle…

— Adèle, j'ai entendu. Et je pense que vous êtes la fameuse Lyonnaise qui s'est installée chez Lucien Vidal et qui travaille comme jardinière pour le père Grégoire.

Il a oublié de mentionner que j'étais Verseau ascendant Vierge et allergique aux pommes.

— Je tiens tout ça de Bernard, il a été très précis sur la description, poursuit-il en renouant le lacet de sa chaussure.

— Bernard ?

— Mon banquier.

Il y a des questions que je dois absolument arrêter de poser.

— Je peux vous laisser ce recueil ? C'est ce que je suis venue remettre à Joachim de la part du père Grégoire.

— Bien sûr.

Ed se lève. Debout, il est aussi grand que Lucien mais se déplace de façon moins vieille-élite-aristocratique-fière-d'avoir-survécu-à-la-Révolution-française-en-pactisant-avec-l'ennemi. Je suis fascinée par la noirceur de ses yeux. Je sais bien que cette couleur n'existe pas, et qu'en réalité ses iris sont simplement et ordinairement marron foncé, n'empêche que, de là où je me trouve, ils paraissent d'un noir parfait.

— Vous avez fini votre journée ? demande-t-il après avoir rangé le recueil dans le tiroir d'un bureau.

— Oui.

À son tour, il m'observe et mon intuition me fait conclure qu'il doit aussi me voir comme une expérience insolite.

— Jardinier, c'est un métier sacrément physique, et par cette chaleur, ça ne doit pas être facile.

— C'est vrai, mais j'aime travailler dehors et là, je dois dire que je suis servie. Bon, j'ai été ravie de vous rencontrer, je vais y aller maintenant.

— Je vous suis, je dois aller chercher ma commande chez Valentine.

— Valentine ? Une jolie blonde qui travaille dans la pâtisserie juste à côté ?

— Tout à fait. Vous la connaissez ?

Je ne suis pas peu fière de pouvoir enfin répondre par l'affirmative à ce genre de question.

— Oui, nous nous voyons régulièrement autour d'un verre en fin de semaine.

— Le *Café Bleu* ?

— Oui, c'est ça. Vous voyez où c'est ? Bien sûr que vous voyez, le centre de Luserne fait la taille d'une assiette à dessert.

Ed possède un sourire singulier, à la fois discret et un peu tordu. Après avoir éteint toutes les lumières de l'établissement et enclenché l'alarme, il donne un tour de clé à la porte. Nous nous retrouvons dans la rue l'un à la suite de l'autre. D'ordinaire, quand je quitte mon travail, je passe toujours saluer Valentine. Évidemment, je crains qu'Ed ne pense que je suis en train de le suivre, et j'en viens à me dire que, juste une fois, je pourrais me passer de mon chausson aux poires. Tandis que mon esprit commence à échafauder des plans machiavéliques ridicules, je mets un moment à remarquer que l'embaumeur me fixe d'un air entendu, auquel hélas je n'entends rien.

— Quoi ?

— Ça vous dit de m'accompagner la voir ?

J'acquiesce avec retenue, lassée de ne jamais penser à l'option la plus évidente et la plus simple. Moins de cinq minutes plus tard, nous entrons dans la boutique et apercevons Valentine derrière l'une des vitrines, en train de réaliser une ambitieuse pyramide de macarons colorés. Je n'ai pas réussi à savoir si c'était par manque de moyens ou par radinerie, mais le fait est que Valentine est presque toujours seule avec sa mère dans le magasin, quels que soient le nombre de clients et le jour. Il y a pourtant toujours énormément de monde, assez pour justifier de faire appel à une serveuse de plus, au moins pour la saison touristique. Quand nous passons devant son champ de vision, l'expression exsangue et terne de Valentine se métamorphose en joie.

— L'embaumeur et la jardinière du cimetière, quasi main dans la main, c'est trop beau pour être vrai comme histoire. Qu'est-ce que je sers à mes deux plus grands gourmands ?

Ed et moi échangeons nos coups de cœur réciproques, si bien que notre commande s'allonge et s'éternise au grand dam de la file d'attente. Pendant que Valentine s'engage dans une partie de *Tetris* pour faire entrer un maximum de gâteaux dans les boîtes, je trouve un nouveau sujet de conversation pour couvrir les soupirs des dix personnes visiblement pressées et coincées derrière nous.

— Tu as eu des nouvelles de Nicolas depuis ce midi ? Son rendez-vous avec sa direction s'est bien passé ?

— Je l'ai eu au téléphone à ma pause, répond Valentine en nouant le ruban autour de la boîte d'un coup si sec qu'elle manque de le casser.

— Un problème ? s'inquiète Ed.

— Trois fois rien. Ces connards lui ont carrément demandé de maigrir pour montrer qu'il fait des efforts et qu'il se sent concerné par sa mission.

Ed et moi mettons un petit temps avant de digérer l'information.

— Remarquez, son chef a été sympa, il lui a dit : « Perds juste un peu, de quoi calmer tout le monde et ne pas te faire remarquer. »

— Valentine ! s'écrie une petite bonne femme toute ronde, au regard perçant et aux gestes nerveux, en faisant irruption derrière le comptoir.

— C'est bon, maman, je me dépêche, les gens peuvent attendre. Vous pouvez attendre, n'est-ce pas ?

Les clients derrière nous ne prennent même pas la peine de faire semblant d'acquiescer par politesse. Sa mère la fustige d'un regard d'une dureté que j'ai rarement vue chez quelqu'un, puis, changeant d'expression, elle se met à sourire démesurément à la vieille dame derrière moi.

— Madame Bertier, qu'est-ce que je vous sers ? demande-t-elle d'une voix charmante. Alors, comment ça se passe avec votre sœur, parce que j'ai entendu des choses, madame Bertier, des choses terribles...

— Le chef de Nicolas a vraiment dit ça ? interroge Ed d'une voix énervée.

Valentine opine d'un air à la fois dépité et en colère, avant de nous faire discrètement signe de nous décaler vers les vitrines réfrigérées chargées de gâteaux glacés, à l'autre bout du comptoir. Elle sert ensuite les trois clientes restantes derrière nous à une vitesse impressionnante, puis longe le comptoir afin de se retrouver face à nous, sous l'œil manifestement agacé de sa mère.

— Je ne sais pas ce qui me met le plus hors de moi, reprend Ed à voix basse : que son chef lui ait tenu ce genre de propos ou que ce genre de propos soit précisément celui qu'on a entendu il y a trois mois au comité !

— Tu vois, Adèle, ajoute Valentine en faisant semblant d'astiquer le plan de travail. Tout ce que je t'ai dit à midi est vrai : un ghetto de blancs riches et minces.

J'aurais aimé dire quelque chose mais, d'une part, je ne peux pas croire que de nos jours une association, même d'utilité publique, puisse avoir autant d'impact sur la vie des citoyens et, d'autre part,

Valentine, Ed et moi sommes des blancs minces, et tout ce que j'ai envie de dire sonne comme une imposture dans mon esprit. Pourtant, ça me révolte.

— Il ne peut pas laisser passer ça ! s'exclame Ed. Ça m'étonnerait que ce soit légal, ce genre de demande.

— Et qu'est-ce que tu veux qu'on fasse ? demande Valentine. Il n'y a pas eu de compte-rendu de son entretien, j'imagine. Ils pourront toujours dire que Nicolas a mal compris, ou mieux, que c'était pour son bien parce que l'obésité est signe de maladies graves. Tu connais ce genre de discours aussi bien que moi.

— Il faudrait des témoins, dis-je alors en picorant les morceaux d'amande sur mon chausson aux poires.

— Et comment ?

— Si ce fameux comité a déjà parlé de Nicolas en ces termes et si, comme tu me l'as dit, les réunions sont publiques, vous pourriez les filmer et relayer ses propos auprès d'un syndicat professionnel ou même de la presse locale.

Valentine et Ed me dévisagent. Je suis fan de thrillers et de polars, j'imagine que ça me donne une petite longueur d'avance en matière de complot et d'organisation de piège.

— Tu as raison, dit Ed. On pourrait trouver le moyen de les amener sur ce sujet lors de la prochaine assemblée et les obliger à se justifier.

— Mais on ne nous écoute jamais, tu sais bien ! s'exclame Valentine avec amertume. On va encore essayer de poser une question et on va juste se taper la honte, comme d'habitude.

— Si on ne dénonce pas ça, on est complices, poursuit-il.

Le sourire solaire de Nicolas me revient en mémoire.

— Il a dû se sentir si humilié…

— C'est pas son genre de se confier sur ses peines, soupire Valentine, il fait toujours comme si rien ne le touchait.

— Valentine, tu n'es pas en pause ! claque soudain la voix de sa mère comme un fouet.

— Oui, maman, répond Valentine en roulant vers nous des yeux exaspérés.

Une idée me vient qui, pour une fois, me met dans une nouvelle posture de leader ; Valentine me regarde avec un grand sourire.

— Tu as raison ! La dernière chose qu'il doit faire, c'est ruminer tout seul dans son coin comme il fait toujours. Je lui en parle et vous tiens au courant.

Puis Ed et moi fuyons le magasin avant que la mère de Valentine ne nous mette dehors à coups de pied aux fesses. Une fois dans la rue, nous restons figés l'un en face de l'autre, comme si nous hésitions sur la manière de nous dire au revoir. Je finis par rompre le silence.

— Ces gens à ce comité, ils sont si terribles qu'on le dit ? Lucien tient envers eux des propos tout aussi durs et je t'avoue que j'ai un peu l'impression d'être dans un univers parallèle.

— Il y a beaucoup de gens bons dans ce comité, qui font de chouettes choses grâce aux énormes fonds que brasse le comité. Mais depuis quelque temps, des personnalités, disons, charismatiques ont pris l'ascendant, et ce sont des gens qui aiment la peur et le jugement de l'autre. Je ne sais pas d'où ça vient, il faut croire que s'en prendre aux autres pour se sentir plus soudés et plus forts, c'est plus sexy que la solidarité et l'altruisme.

Un silence s'installe à nouveau. Je devrais juste le saluer et tourner les talons. Je préfère attendre qu'il le fasse.

— Bien, donc on se reverra sûrement au *Café Bleu*, dit-il en glissant une main dans sa poche de jean.

— Avec plaisir, dis-je de la façon la plus banale qui soit.

— OK.

— OK.

C'est le pire dialogue joué depuis l'invention des dialogues.

— Alors à plus tard, achève-t-il en nous libérant de cette gêne mutuelle et inexplicable.

— Oui, à plus tard. Ah, et encore désolée d'avoir hurlé comme si je rejouais une scène d'un Romero, c'était ridicule.

Pourquoi faire encore une allusion à une référence de film comme si tout le monde avait passé sa vie collé derrière un écran ? *Salut* aurait fait l'affaire.

— *La Nuit des morts-vivants* ou *Le Crépuscule des morts-vivants* ? répond-il, amusé.

Mon cœur bat plus vite, décidément, nous sommes entre membres de la même espèce.

— *Le Crépuscule*, bien sûr.

Ma réponse le comble.

— Viens hurler quand tu veux dans ma salle.

Je ris intérieurement, mais mon visage ne sait pas quoi afficher comme expression. Nous bifurquons chacun d'un côté de la rue. Les températures ont raison de mon envie de promenade. Je rentre donc chez Lucien et suis surprise de le voir à la maison. À cette heure, je le croise rarement. Il se trouve en pleine conversation téléphonique et, même si je m'éloigne en direction de la cuisine, je peux encore entendre. Il parle de la future exposition féline et je comprends que Jupiter part favori. Aux dires de Lucien, c'est tout le problème. La jalousie des autres concurrents pourrait compliquer sa participation et créer des tensions. Il a l'air en colère, assez pour que les révélations de Valentine sur cette exposition me reviennent en pleine tête comme un boomerang.

Il me rejoint après avoir raccroché et je lui propose une tasse de café.

— Vous sentez le sucre.

Je le transpire sans doute beaucoup aussi.

— J'ai fait une halte à la pâtisserie de l'église. J'aime ce qu'ils font et je m'entends bien avec la fille des propriétaires, Valentine. Une jolie blonde qui…

— … je vois parfaitement qui c'est, je vis ici depuis un millier d'années. Je constate que décidément vous aimez la compagnie des gens en détresse, vous les attirez comme du papier tue-mouches.

— Je ne comprends pas du tout ce que vous voulez dire.

— Nicolas, le facteur que tout le monde veut virer, Albert, le fossoyeur handicapé dont tout le monde a peur, et Valentine, l'ancienne reine du lycée martyrisée par sa mère et rongée par l'anorexie. Félicitations, vous vous êtes constitué une vraie cour des miracles.

Je comprends brusquement les soupirs d'agacement de mes proches quand il s'agit de mes sarcasmes.

— Ce que je note, c'est que vous connaissez leur prénom et que vous semblez bien les connaître. Moi, je les aime bien.

— Je n'en doute pas une seconde.

— Vous devriez vraiment m'accompagner un vendredi soir pour les rencontrer, vous pourriez être surpris par vos points communs.

— Le fait que je vous tolère consume entièrement mon goût des relations mondaines.

— Le goût, ça se développe.

— Vous avez toujours réponse à tout.

— Je m'entraîne beaucoup.

Sur la table, je laisse en évidence une part de tarte aux fraises. J'ai remarqué qu'il aimait ces fruits. Il fait mine de ne pas voir la pâtisserie. Après lui avoir servi une tasse de café, j'enchaîne de façon détachée :

— Je voulais vous demander, est-ce que vous accepteriez que je vous accompagne à l'exposition féline ?

Il cille.

— Pourquoi voudriez-vous faire une telle chose ?

— Parce que je suis curieuse, je ne suis jamais allée à un tel événement. Et puis, j'aime bien Jupiter et je crois que c'est réciproque.

— Jupiter est comme vous, il aime tout le monde et ça n'a jamais été une qualité.

— J'aimerais être là pour le soutenir.

Lucien réfléchit tout en touillant sa boisson chaude, laquelle ne contient pas de sucre.

— Si vous m'accompagnez, ce n'est pas pour bayer aux corneilles ni jouer les ingénues.

— Qui de nos jours aime jouer les ingénues ?

— Vous devrez m'aider et il y a beaucoup de choses à faire.

— J'ai nettoyé la zone de non-droit qui vous sert de jardin sans aucune aide, je me sens de taille.

— Et vous ferez exactement ce que je vous dis ?

— Ai-je déjà fait autrement ?

Il me fixe, il veut vérifier dans les tréfonds de mon âme si je suis sérieuse. Puis sa figure se détend, même son impeccable moustache semble moins rigide. Il acquiesce et, après avoir avalé son café en silence, retourne à ses occupations. Il n'a rien dit sur la tarte, ce que j'analyse comme une victoire.

Je passe la soirée dans ma chambre, la fenêtre ouverte sur le jardin pour laisser les odeurs de fleurs brûlées embaumer l'air. Assise en travers du lit, je regarde à nouveau le contenu de la pochette de ma grand-mère. Je m'attarde sur les coupures publicitaires qui parlent de l'Égypte et décide de visionner quelques péplums avant de m'endormir.

Ces derniers temps, le coucher devient plus facile. Je m'endors moins crispée et je me réveille les yeux moins gonflés. C'est peut-être l'air du Sud, le parfum des pins ou la cymbalisation des cigales. Ou peut-être les gens d'ici.

*

Le lendemain matin, lorsque j'arrive au cimetière, je suis surprise d'y trouver le père Grégoire en grande conversation avec Albert. D'ordinaire, à cette heure, je suis toujours seule. Ils sont si concentrés sur leur échange qu'ils me donnent la désagréable impression de devoir interrompre un concile.

— Tout va bien ?

Albert grogne, et je comprends que quelque chose de grave s'est produit dans la nuit.

— Pas vraiment, répond le prêtre avec dépit. Figurez-vous que, cette nuit, nous avons été victimes de vandalisme.

J'écarquille les yeux.

— De vandalisme ?

— Je vais vous montrer, ce sera plus clair.

Le père Grégoire ouvre la marche, et je le suis en prenant garde de ne pas distancer Albert à qui sa jambe abîmée impose un clopinement sévère. Une fois dans la partie ancienne du cimetière, il ne me faut qu'un rapide coup d'œil pour comprendre le problème. Ou plutôt : l'étendue du problème. Plusieurs tombes sont couvertes de canettes de bière, de frites écrasées et de restes de hamburgers et de pizzas. L'endroit ressemble à l'intérieur d'une poubelle de fast-food, un soir de finale de match de foot. Les fleurs déposées par les familles ont été arrachées et éparpillées un peu partout, comme si on s'était livré une bataille à coups de chrysanthèmes. Je suis effarée mais pas au bout de l'horreur. Par endroits, l'odeur d'urine qui saute au nez indique que les visiteurs ne se sont pas contentés de manger.

— On pense que des jeunes sont venus faire la fête et qu'ils se sont mis dans un tel état qu'ils n'ont plus réfléchi à ce qu'ils faisaient.

Le prêtre a tort, il faut beaucoup de persévérance et de concentration pour composer un tel Armageddon.

— P'tits cons à cerveau de canard ! s'écrie Albert.

Je partage son analyse.

— Je ne sais pas si c'est lié, explique le prêtre, mais depuis le début du mois, plusieurs incidents de ce genre ont été signalés à Luserne, notamment dans les jardins du château des Deux-Sources et même dans la commune d'à côté. Ce qui me fait penser qu'il s'agit de jeunes, c'est que, pour la plupart d'entre eux, les cours viennent de se terminer.

Je ne peux m'empêcher de lâcher :

— Si c'est leur façon de tromper leur ennui, qu'est-ce qu'ils vont nous faire à la fin du mois d'août ?

— Si j'les chope, m'en vais leur arracher les dents par le trou du cul !

Toujours de l'avis d'Albert.

— Va m'falloir la matinée pour tout ramasser leur merde, poursuit-il. Qu'est-ce qu'y foutent à la mairie, ils se bran…

— … il faut des preuves pour agir, vous le savez, interrompt le prêtre. Or, pour l'instant, personne ne les a pris sur le fait. Difficile de convoquer tous les ados de la région et de les interroger.

— Juste leur coller des raclées. Pour faire circuler l'sang dans leur caboche, ça les tuerait pas.

— Albert, souvenez-vous de mon sermon sur la violence qui appelle la violence et…

— … et qu'y faut lui répondre, conclut l'homme à tout faire.

Je sors les clés du local de ma poche avant de déclarer :

— Bon, allez, mettons-nous au travail avant que les gens n'arrivent. Essayons de nettoyer le plus gros sur les tombes afin de ménager les familles.

— Merci, je vais demander de l'aide, vous ne serez pas seuls. Enfin, d'abord, j'aimerais déposer plainte auprès de la gendarmerie. Ça ne changera pas grand-chose, mais au moins il y aura une trace.

— Nous devrions aussi prendre quelques photos, dis-je en sortant mon téléphone. On ne sait jamais, pour le dossier.

— Vous avez raison, acquiesce le prêtre en me laissant prendre plusieurs clichés de la scène de crime.

Le père Grégoire nous quitte sans attendre et Albert et moi prenons quelques secondes pour apprécier l'étendue des dégâts. Sans faire de mauvais esprit, mais un peu sans doute, la montagne de détritus a sans doute fait peur au prêtre, vu l'empressement avec lequel il a pris congé de nous… Mais il en faut plus pour nous effrayer, Albert et moi. Nous sortons de la remise tout ce qui pourra nous servir pour faire un miracle, puis nous nous répartissons un secteur géographique pour prendre en tenaille les détritus. Mais aujourd'hui, Albert ne met pas de musique, il n'a pas le cœur à ça. Le cimetière, l'église et le jardin sont son royaume, je ne suis qu'une invitée. Albert est seul, vraiment seul : le genre de solitude qui finit par se solidifier en remparts. Je reconnais ce genre de murs quand je les vois. À l'intérieur, dans le cœur des gens, se trouve toujours un sanctuaire, un saint des saints qui désespère d'être visité. Vandaliser les lieux, c'est vandaliser le temple d'Albert, c'est le vandaliser lui. À vrai dire, je le comprends, et je ne peux pas éviter de me demander ce que j'aurais pensé, si ça avait été la tombe de mamie qu'on ait vandalisée de la sorte.

En milieu de matinée, Nicolas et Valentine, dont c'est le jour de congé et que j'ai prévenus, viennent nous prêter main-forte. Ils sont rejoints une demi-heure plus tard par Ed. Le voir provoque en moi une joie plus aiguë que celle que j'éprouve pour les autres, et j'en oublie presque le motif de sa présence. La nouvelle du vandalisme a déjà fait trois fois le tour de Luserne et des alentours, bien avant que j'aie envoyé mon message. Aux dires de Valentine et Ed, tout le monde en ville a déjà sa théorie, et même des idées de moyens d'action pour punir les coupables. Question circulation d'informations, cette ville devrait donner des leçons à tous les gouvernements du monde… Mais, je reste de l'avis du prêtre : sans savoir qui sont les auteurs, impossible de mettre les lieux sous cloche ou d'enclencher une chasse aux jeunes au seul motif qu'ils ont l'air de s'ennuyer et qu'ils sont en vacances.

— Moi, je sais ce qu'il faudrait faire, annonce Nicolas, essoufflé par l'effort physique. Ce qui serait vraiment efficace.

— Y foutre des pièges partout, répond Albert, comme pour les belettes.

Personne ne relève, mais Ed lui tend une bouteille d'eau en le gratifiant d'un sourire dont la complicité ne m'échappe pas.

— Le truc, c'est de les prendre en pleine action. Et à mon avis, ils vont recommencer, vu qu'ils ne se font pas prendre.

— Et comment tu comptes faire ça ? interroge Valentine. La gendarmerie ne voudra jamais faire des rondes de nuit. On n'est pas dans *New York Police judiciaire.*

— Je ne pensais pas aux gendarmes. Je sais bien qu'ils s'en fichent qu'on saccage le cimetière.

— Y's'foutent de tout, ces bran…

— … alors, à qui tu penses ? insiste Valentine, toujours sceptique.

— À nous. On devrait organiser des tours de garde durant les prochains jours, surtout les week-ends.

On le dévisage tous de la tête aux pieds.

— Tu veux dire passer la nuit ici et surveiller, assis sur Maurice Pierrat, notre bien-aimé père et ami, mort en 2007 ? réplique Ed en lisant l'inscription sur la stèle la plus proche, celle qui a le plus souffert des jets de mayonnaise.

— Et pourquoi pas ? Bien sûr, on ne s'assied pas sur Maurice. On est tous bientôt en vacances et on n'a rien de prévu.

— Moi, je ne suis pas en vacances, précise Ed, mais c'est vrai que l'été, les gens meurent moins, ils attendent plutôt les fêtes de fin d'année.

Je suis à la fois amusée, excitée et honteuse de l'être. Ma réaction n'échappe pas à Ed qui me sourit, ses yeux sombres brillant de malice.

— Entre n'avoir rien de prévu et passer nos nuits au cimetière, il y a peut-être un peu moins radical, tu ne crois pas ? hésite Valentine.

— Pique-niquer ici à la belle étoile ne doit pas être une expérience si terrible, persiste Nicolas en s'asseyant un instant par terre pour reprendre son souffle.

— T'as parlé à Jazz récemment ? demande Ed.

— Non, pourquoi ?

— Parce que tu as l'air d'avoir parlé à Jazz récemment.

— Maurice Pierrat approuverait vot' idée, intervient Albert. Il était policier. C'tait un gars bien et honnête.

— En fait, vous êtes vraiment en train d'y penser, soupire Valentine. Les chances qu'on les prenne sur le fait sont ridicules. Et admettons qu'on tombe sur eux, qu'est-ce qu'on leur dit : « Oh c'est pas bien, mais alors pas bien du tout de faire pipi sur Maurice ! »

Je ne trouve pas l'idée si saugrenue, sans doute parce qu'elle a l'air tout droit sortie d'un film de série Z.

— On n'est pas obligés de leur parler, il faut juste les filmer, dis-je sous les regards reconnaissants de Nicolas et Ed.

— Ah oui, donc, vous êtes tous sérieux, conclut Valentine en secouant la tête.

— On peut au moins y réfléchir et voir si c'est possible ? ajoute Ed que la perspective amuse visiblement autant que moi.

— En fait, soupire la jeune femme en pointant Nicolas du doigt, ma mère a raison, tu lis beaucoup trop de comics. OK, si tout le monde est partant, je veux bien vous suivre. Mais qu'on soit clairs, personne ne la ramènera quand je vous dirai : « Je vous l'avais dit que c'était une idée à la con. »

Nous acquiesçons avec beaucoup de solennité.

— Et si ça marche pas, on y fout des pièges, comme pour les belettes.

Chacun préfère se remettre au travail plutôt que de commenter les envies meurtrières d'Albert. Soudain une évidence s'impose à moi, une vérité qui, je le sens au plus profond de moi, va changer irrémédiablement ma façon de voir la vie. Ed, Valentine, Nicolas, Albert, ils sont autour de moi, ces inconnus d'il y a encore quelques semaines, et pour la première fois, je me sens aussi faire partie du tout. Je suis dans le groupe et non plus en dehors à l'observer derrière une fenêtre. Et tandis que je me plais à comparer la grâce naturelle d'Ed avec celle de Gene Kelly, je comprends que venir à Luserne a été la meilleure décision que je pouvais prendre, car, sur de nombreux plans, cette petite ville est infiniment plus grande que Lyon.

CHAPITRE 10

« J'ai dégusté son foie avec des fèves au beurre,
et un excellent chianti. »
Le Silence des agneaux, 1991.

Valentine avait raison. Valentine a souvent raison. D'ailleurs, je lui en fais part dans un chuchotement :

— Depuis hier, je suis dans un épisode de *Game of Thrones*, exactement comme tu l'avais dit.

En accompagnant Lucien à l'exposition féline pour laquelle il se prépare depuis le moment où j'ai emménagé chez lui, je pensais juste admirer des chats. Je ne pouvais pas me tromper davantage. Depuis que nous avons débarqué dans cette immense salle des fêtes, à l'aube, je me retrouve au beau milieu de compétiteurs acharnés. Ils s'observent dans les allées, l'air de Caligula, se jettent des coups d'œil criant d'hypocrisie haineuse et s'intimident à coups de cocardes ostensiblement épinglées sur les cages d'exposition. Jusqu'à aujourd'hui, je ne soupçonnais pas la violence de la provocation d'une cocarde bleue.

Ce samedi soir, Nicolas et Valentine sont venus nous rendre visite, à Lucien et moi, plus pour me faire plaisir que par réelle curiosité. Le geste me touche au-delà de ce que je pourrais le dire.

— Personne n'en est venu aux mains ? demande Valentine.

— Je ne crois pas.

— Alors, ils ne sont pas encore à fond. Ça va venir. L'odeur de sang, vous sentez ?

— Je ne suis pas sûr de savoir ce que sent l'hémoglobine, nuance Nicolas.

— Génial, dis-je en soupirant, il nous reste encore toute la journée de demain et je ne sais même pas d'où viendra le coup.

À son niveau de compétition, Lucien a très peu d'adversaires à sa hauteur – ou plutôt, à celle de Jupiter –, mais une seule suffit : Geneviève Parizot. Celle-ci talonne le chartreux de très près avec Faustus, un impressionnant mâle siamois de deux ans. Les deux chats concourant dans la même catégorie, à savoir les poils courts, ils finissent souvent par se retrouver face à face devant les juges. Selon Lucien, mon unique source d'informations pour cet événement, Geneviève Parizot est au fair-play ce que Vladimir Poutine est à la démocratie. Tout à fait relative.

— Bonjour, monsieur Vidal, lance Nicolas quand Lucien revient à son stand.

Mon logeur ne fait aucun effort pour se montrer sinon agréable, du moins poli. Et c'est tout le problème : Geneviève Parizot possède une cour d'admirateurs qui fait défaut à Lucien. Son manque de diplomatie et de sociabilité empêche toute forme de popularité, même embryonnaire. Je ne résiste pas à faire part de mon inquiétude à mes amis, tout en prenant garde à ce que Lucien ne m'entende pas :

— Il n'arrête pas de me parler d'une Geneviève Parizot, sa plus grande adversaire, mais je ne sais même pas à quoi elle ressemble.

— C'est la petite vieille à la tête de framboise, juste derrière les maine coons, indique Valentine en désignant une femme d'un geste discret. Lucien a raison, c'est un vrai roquet. Enfin, je devrais plutôt la comparer à un chat. Mais je n'y connais rien, quelle race est super agressive ?

Je réponds sans aucune hésitation :

— Le chat de Blofeld.

— Qui ?

— Le chat blanc plein de poils du pire ennemi de James Bond. Approuver des meurtres au quotidien, ça déplace forcément le système de valeurs.

— Ah OK, acquiesce Nicolas qui visualise la scène, eh bien, la Geneviève, c'est exactement ça.

— Putain, mettez des sous-titres à vos références quand vous parlez tous les deux, soupire Valentine.

— Et au niveau des résultats, vous en êtes où ? demande le facteur.

— Pour l'instant, Jupiter a décroché le *best in show* dans sa catégorie et un *best of best.* Demain, il nous faut encore le *best suprême* et enfin le fameux *suprême des suprêmes.*

Mes interlocuteurs marquent un silence.

— Tu ne sais pas du tout de quoi tu parles, fait enfin Valentine.

— Non, j'ai tout appris par cœur. Lucien m'explique les différents titres depuis une semaine, mais ça ne veut pas rentrer. Jamais je n'aurais cru à quel point il est compliqué de dire que tel chat est le plus beau.

— Le maine coon, sans hésiter, répond Nicolas.

— N'importe quoi ! rétorque Valentine, outrée, c'est le sacré de Birmanie, tout le monde sait ça.

— Bon, bref, c'est surtout demain que tout va se jouer. Tant que la vieille framboise reste tranquille, ça devrait bien se passer. Mais vu à quel point Lucien est d'humeur exécrable ces derniers jours, je n'ose imaginer la façon dont il réagira s'il perd contre elle.

— Tu pourras toujours dormir dans mon studio, propose Valentine.

Elle ne croit pas si bien dire. Rien que d'imaginer notre retour dans la voiture en cas de défaite me colle déjà des palpitations.

— Tu me conseilles quoi pour surveiller les faits et gestes de cette Geneviève ? dis-je avec appréhension. Je ne peux pas mettre une alarme à la cage de Jupiter.

— Je suis sûr que ça existe et si ce n'est pas le cas, il faut breveter le concept, déclare Nicolas.

— Un filet électrifié placé dans la cage, dis-je enthousiasmée par mon idée, voilà qui serait assez dissuasif.

— Ouais, et interdit par le règlement intérieur du salon. Il y a quelques années, l'un des concurrents l'a fait. Ça s'est mal terminé.

Peut-être qu'il a juste manqué de talent.

— Vous avez eu des nouvelles d'Ed ?

Les yeux de Valentine s'éclairent aussi fort qu'un projecteur. Je regrette aussitôt la question.

— Non, pourquoi ?

— Pour rien. Vraiment, pour rien.

— Donne-moi ton téléphone, ordonne-t-elle.

— Quoi ? Pourquoi ?

— Donne et arrête de paniquer, tu ressembles à un hamster qui ne retrouve pas la sortie de sa roue.

Pour la calmer, je n'ai d'autre choix que d'obtempérer. Elle pianote quelques instants et me le rend. La crainte doit se lire sur mon visage. Une crainte de collégienne ridicule.

— Je t'ai enregistré son numéro, annonce-t-elle avec fierté, comme ça, tu peux l'appeler ou lui envoyer des messages. Tu lui dis que ça vient de moi.

Les yeux de Nicolas clignotent. Après la panique, j'éprouve un immense soulagement et une légère excitation à l'idée de savoir que je peux contacter Ed quand je veux. C'est ridicule, mais pas assez pour me raisonner.

Valentine et Nicolas me tiennent compagnie encore une heure, puis finissent par nous quitter en saluant Lucien qui lève à peine le nez de son tableau Excel de pronostics de concours. Lucien a gardé tous ses réflexes professionnels de directeur de palace, excepté le sourire commercial. Quant à moi, je retourne à mes fonctions d'hôtesse qui sait à peine distinguer un persan d'un spitz nain.

Malgré cela, le dimanche arrive vite. Trop : je suis aussi fraîche que les quiches aux poireaux du stand de nourriture du salon. Enfilant mon costume de parfaite exposante, je réussis à amuser quelques organisateurs et même certains de nos voisins qui me parlent de façon de plus en plus détendue. J'en éprouve beaucoup de fierté. À voir leur indifférence du samedi matin, j'ai opéré un vrai miracle. Et je suis vidée. Vers 14 heures, Lucien m'ordonne de profiter du salon, il ne veut pas qu'on l'accuse d'exploitation. Il tient à désamorcer tous les procès imaginaires que je pourrais lui faire.

Je m'exécute, même si je suis plus intéressée par les murmures qui circulent entre les exposants que par les chats. J'essaye de glaner quelques pronostics quant au dernier titre tant convoité, le *suprême des suprêmes.* De l'opinion générale circulant dans les travées, Jupiter part toujours favori. Lorsque je regagne notre stand, je ne veux pas procurer de fausse joie à Lucien, aussi je ne lui parle de rien. Comme l'affluence baisse, je traîne sur Internet en scrollant sur l'écran de mon portable. Je sursaute lorsque le nom « Sexy Ed » apparaît sur mon écran, en même temps qu'un message. Mais je n'ai pas le temps de maudire Valentine, puisque je me précipite pour le lire.

Valentine m'a prévenu qu'elle t'avait donné mon numéro. J'ai pensé que ce serait mieux d'être à égalité. J'espère que personne n'est encore mort au salon, j'ai pris un RTT.

J'aurais aimé que mon gloussement reste intérieur et discret. Je lui réponds par la négative, mais que la salle est assez grande pour cacher convenablement un corps. Après coup, je me souviens avoir lu dans un magazine féminin chez le dentiste qu'en matière de discussion par messages téléphoniques, il convient d'observer quelques conventions, comme celle de ne jamais répondre dans la foulée. L'article avait l'air très sérieux. Il me paraît étrange que je ne me sois jamais posé la question d'aucune convention avec Grégory. Le mal étant fait, je chasse ma culpabilité et range mon portable.

Quelques participants qui n'ont plus aucune chance de concourir commencent à s'ennuyer dans les allées. Certains s'attardent devant le stand. À mon grand étonnement, Lucien se place à mes côtés et répond aux questions. Les gestes de mon logeur en disent bien plus que ses mots. Si son ton est calme mais sur la réserve, le feu de son regard brûle avec force. Il apprécie de pouvoir s'entretenir avec d'autres passionnés de félins qui, même perdants, savent reconnaître et admirer un grand champion. S'il ne dépensait pas tant d'énergie à être froid et condescendant, il pourrait laisser s'exprimer quelques-unes des qualités que je sens en lui, ou que j'imagine.

Pendant qu'il s'entretient avec deux adversaires malheureux, je remarque qu'une femme un peu âgée cherche à caresser Jupiter par l'interstice de la cage. Je m'approche. Les visiteurs viennent pour câliner de jolies boules de poils, mais chaque poil fait l'objet d'un toilettage et d'un placement précis qui ne souffre aucun tripotage intempestif. Lucien m'a définitivement retourné le cerveau. J'invite la curieuse à ne pas toucher notre champion, avec suffisamment de sourires pour ne pas la braquer, mais assez de conviction pour la dissuader de recommencer.

C'est enfin le grand moment. Lucien attrape Jupiter dont le calme olympien est admirable. Les gestes du vieil homme sont précis et sûrs, mais je sais qu'il est nerveux. Toute la semaine, Lucien m'a expliqué les différences entre les concours auxquels Jupiter allait participer. Le *suprême des suprêmes* a toujours été son but à chaque exposition. Je suis obligée de rester sur le stand pour ne pas le laisser sans surveillance. Il est heureusement près du podium sur lequel les juges exposent les chats en lice. Geneviève passe avant Lucien. Faustus fait admirablement le travail : il toise le public, méprise les juges qui tâtent chaque partie de son corps et affiche un dédain de châtelain qui séduit les spectateurs. Puis vient le tour de Jupiter. Le présentateur couvert d'un tablier blanc et portant des gants en plastique vaporise une solution désinfectante sur la table d'exposition avant de prendre Jupiter dans ses bras. Les qualités exceptionnelles de ce chartreux – dont je suis bien incapable de me souvenir malgré les nombreux exposés de Lucien – produisent une nouvelle forte impression sur le public. En équilibre sur la pointe des pieds, je retiens mon souffle.

Mais tout à coup, l'ambiance change. Il y a un problème. *Un grave problème.* De mon poste d'observation, je remarque que les juges s'agitent tous. La gêne, la consternation et la pitié remplacent l'admiration sur leur visage. Le public se fige et les murmures s'élèvent dans les rangs. Lucien s'impatiente. Le président du jury s'avance vers Jupiter et regarde sous sa patte arrière gauche. Il grimace. Lucien hésite à monter sur l'estrade, il sait que c'est interdit. Finalement, le président lui fait signe de le rejoindre. Il s'exécute et regarde à l'endroit indiqué par le juge. Son visage se décompose. Le ton monte d'un coup. Les spectateurs les plus proches laissent éclater leur indignation. Au micro, le présentateur déclare Jupiter forfait et octroie le titre de *suprême des suprêmes* à Faustus. Lucien fend la foule, dont la moitié affiche son allégresse et l'autre sa colère. La scène a duré à peine quelques minutes. Lucien dépose Jupiter dans son sac de transport et commence à plier le stand. Je ne sais pas comment réagir. Je me penche vers le chat et l'examine sous toutes les coutures en m'attardant du côté de la patte arrière gauche.

Soudain, je comprends. À cet endroit se trouve un trou dans la fourrure d'environ trois centimètres de long sur deux de large. C'est trop net pour être dû à des lames de ciseau, aussi je pense plutôt à une tondeuse. On a mis un coup de tondeuse dans le poil de Jupiter pour le disqualifier ! Mais quand ? Je regarde autour de moi, comme si le saboteur allait se dénoncer en me faisant un clin d'œil. Quelque chose m'alerte néanmoins. La femme que j'avais surprise à tripoter Jupiter quelques instants avant le concours fête la victoire de Faustus aux côtés de Geneviève. Elle me fixe soudain d'une façon si étrange que je pourrais jurer qu'elle me fait justement un clin d'œil.

— On rentre ! tonne Lucien dont la colère autant que le chagrin déforment les traits.

Sa voix me fait sursauter. Je m'exécute sans mot dire, tandis que la culpabilité m'envahit. Si seulement j'avais été plus observatrice, j'aurais pu comprendre ce qu'elle faisait et peut-être l'arrêter avant qu'elle ne sabote le concours…

En un éclair, nous avons tout remballé, Jupiter compris. Je vois bien que des personnes tentent de venir nous apporter leur soutien, leurs expressions désolées me paraissent sincères. Mais Lucien les ignore. Je remercie les gens autant que le pas accéléré de mon logeur me le permet. Je cours derrière lui, les bras chargés des décorations de la cage et, quelques minutes après, nous nous retrouvons dans sa voiture.

— J'imagine que maintenant, vous ne penserez plus que j'exagère quand je vous parlerai de la cruauté et de la sournoiserie des gens d'ici !

Je ne vois pas quoi lui répondre à part qu'il a raison, une mention qui me paraît aussi inutile que malvenue.

— Ah, elle m'en a déjà joué des tours, cette vieille bique de Geneviève, mais tondre mon chat, alors là, vraiment, elle a dépassé les bornes ! Elle ne va pas s'en tirer comme ça !

— Je… Je crois que je sais qui l'a fait.

Ma voix tremble, tout mon corps tremble. Il me jette un coup d'œil aussi noir que possible. Je déglutis.

— J'ai surpris une femme qui passait la main dans la cage, comme si elle voulait caresser Jupiter. Elle s'est arrêtée dès que je lui ai demandé de le faire. Je n'ai rien entendu de suspect, mais il y avait beaucoup de bruits autour. C'était peu de temps avant le concours et, après, je l'ai vue discuter avec Geneviève.

J'ai tout déballé d'une traite sans respirer. Il marque un silence avant de répondre sans colère :

— À tous les coups, c'est la Magda, le petit chien de Geneviève. La soixantaine, cheveux poivre et sel dégoûtants, petits yeux de rongeur et rang de fausses perles de supermarché ?

J'opine, excepté pour la qualité des perles dont je ne suis pas experte.

— Alors, toujours heureuse de vous être installée dans une petite ville du Sud ?

— Je ne crois pas que le problème vienne des lieux. Il vient des gens. Toujours.

— Si : les villages concentrent le pire de l'être humain, là où les grandes villes peuvent le diluer.

— Alors, pourquoi être revenu vivre ici au moment de votre retraite ?

Dès l'instant où ma bouche se referme, je regrette ce qui vient d'en sortir. Je m'étais juré de le laisser me parler de son passé lorsqu'il serait prêt. L'ambiance est si pesante dans la voiture que j'ai l'impression que l'air me compresse. Le reste du trajet, nous ne prononçons plus aucun mot. Une fois de retour à la maison, Lucien donne une friandise à Jupiter, lequel ne semble pas saisir l'ampleur de l'incident. Je m'attarde un instant dans le salon, les bras ballants, puis je monte dans ma chambre prendre une douche.

Lorsque je redescends dans un pyjama maculé de licornes joufflues, Lucien est assis à la table de la cuisine. Il touille un café noir dans lequel il n'y a toujours aucun sucre. J'hésite avant de m'installer en face de lui. Je dépose devant lui une petite bouteille en verre opaque.

— Qu'est-ce que c'est encore que ça ? grogne-t-il.

— Un mélange d'huile de ricin, de nigelle et de moutarde. Après la deuxième chimiothérapie de mamie, une infirmière m'a recommandé ce mélange pour accélérer la repousse des cheveux. Ça a plutôt bien marché.

— Vous pensez pouvoir toujours tout régler ?

— Je *pense* que c'est toujours une bonne idée d'essayer.

— Pourtant, vous savez que souvent c'est en vain.

— Souvent, oui. Mais pas tout le temps. Jupiter est toujours aussi beau, beaucoup aujourd'hui pensaient qu'il devait remporter le prix. Il y aura d'autres concours et nous serons encore plus vigilants.

— Nous ?

— J'ai bien retenu votre calendrier, je sais qu'il y a d'autres conventions dans les mois à venir et je n'ai pas l'intention de laisser tomber Jupiter. Il mérite son *suprême des suprêmes.*

— On fait comme si rien ne s'était produit. Est-ce là votre secret ? demande-t-il sur un ton à la fois doux et triste dont je devine qu'il remonte à bien plus loin que la défaite de Jupiter.

— En fait, mon secret, c'était plutôt d'éviter tout contact avec l'extérieur. Ça m'allait très bien. Mais voilà, je me suis jetée dans ce monde, et vous savez quoi ? C'est la meilleure chose que j'ai faite. Parce que les autres représentent le mouvement, la surprise et l'aventure. Les autres, dans leur pire comme leur meilleur, c'est la vie.

Il s'empare de la bouteille et renifle le bouchon en grimaçant.

— Vous savez, parfois, la vie est un peu surévaluée.

— Nous sommes seuls responsables du pouvoir que nous donnons à l'extérieur. (J'hésite à poursuivre.) Enfin, c'est ce que mamie disait.

J'entends sa voix se superposer à la mienne. C'est la première leçon qu'elle m'a enseignée quand je suis arrivée chez elle abandonnée, triste et amorphe. Une gamine de dix ans, élevée par un couple qui ne lui avait pas appris grand-chose d'autre que des hurlements, et qui n'avait aucune chance de saisir le sens exact de ces mots. Mais à force, j'ai fini par comprendre et, sans doute parce que la tâche me paraissait insurmontable, j'ai préféré ne pas me frotter trop à cet extérieur.

Perdue dans mes souvenirs, je remarque à peine que Lucien m'observe avec insistance.

— J'espérais qu'elle reviendrait, confie-t-il.

— Pardon ?

Je retiens mon souffle.

— Vous m'avez demandé pourquoi j'étais retourné dans un village que je déteste et dont les habitants m'ont fait beaucoup de mal.

— Oui ?

— Je l'ai fait parce que je pensais que, peut-être, une fois veuve, Mahaut reviendrait. Quand nous avons été séparés, nous nous sommes fait la promesse de nous retrouver, même si ça devait prendre une vie. Nous savions qu'il y aurait forcément un moment où plus personne ne pourrait nous empêcher de le faire. Ce n'était qu'un serment fait par deux enfants, mais j'y croyais. Et voilà, un jour, vous surgissez sur mon perron et, sans le savoir, vous anéantissez mes derniers espoirs.

Ma bouche s'ouvre mais rien n'en sort. Dehors, les cigales semblent se réveiller. J'entends à peine les pensées qui se bousculent dans ma tête. J'ignore si je dois réagir pour l'encourager à continuer ses confidences ou fuir dans le silence de peur de le braquer. Finalement, je prends le risque.

— Avant de mourir, dis-je en me raclant la gorge, elle a pris soin de mettre de côté une série de documents et un mot. C'étaient ses dernières volontés, en quelque sorte. Il y avait tous les projets qu'elle n'avait pu mener à terme et dont elle chérissait assez le souvenir pour les avoir précieusement conservés. Elle avait beaucoup de regrets et voulait éviter que ma vie prenne le même chemin. Et comme elle a placé vos lettres en haut de la pile, je dirais que vous avez été son plus grand regret.

Lucien se lève et ouvre un placard en hauteur qui se trouve hors de ma portée. Quand il se retourne, il tient un mug dans lequel il a glissé un sachet de thé. Depuis quand cache-t-il du thé dans ses placards ? Après avoir fait chauffer de l'eau, il me sert et se rassied.

— Vous lui ressemblez beaucoup. Bien sûr, pas physiquement : elle serait morte trois fois plutôt que de porter ces vêtements. Mais vos mots sont *ses* mots sur bien des aspects.

— Sans doute parce qu'elle a été tour à tour mon père, ma mère, mon amie, ma grand-mère. Je n'ai pas eu d'autre référent. Et puis, lorsque je me remémore quelque chose qu'elle disait souvent, que je le prononce à voix haute, c'est un peu comme si elle me parlait encore. J'ai… J'ai peur de l'oublier, un jour.

C'est la première fois que je le dis à voix haute et j'ai honte. Comment peut-on craindre d'oublier la personne qui a le plus compté dans sa vie ?

— Le souvenir de ceux qu'on aime se transforme au fil des années et ce n'est pas parce qu'il devient plus flou qu'il perd en force. Il s'intègre juste à nous et nous transforme. Les morts ne nous enlèvent rien, ils s'ajoutent à nous.

Lucien et moi nous parlons vraiment. C'est le premier souvenir que je veux garder de lui et graver en moi : lui, touillant son café noir dans sa cuisine impeccable et s'inquiétant de ce que j'apprécie mon thé. Penchée au-dessus des effluves parfumés, je souris et me repais du merveilleux silence qui s'installe entre nous.

CHAPITRE 11

« J'aime l'odeur du napalm au petit déjeuner. »
Apocalypse Now, 1979.

— J'vais y fout' le feu à tous ces p'tits demeurés finis à la pisse de chat errant !

— Ça ne s'arrange pas, soupire le père Grégoire.

Deux semaines de répit. C'est tout ce que les saccageurs nous ont laissé avant de gratifier les tombes de nouvelles attentions. Le pire ? Ils ont réalisé leur forfait à peu près au même endroit que la première fois. Ils n'ont pas compris que le cimetière comptait plus d'une allée.

— Faut faire quéqu'chose ! tonne Albert en remuant son râteau comme un jacobin sa fourche.

— Je vais retourner à la gendarmerie, annonce le prêtre d'un ton solennel, et cette fois, je ne pars pas sans obtenir la garantie d'une aide. Il doit bien y avoir un moyen qu'ils fassent des rondes pour dissuader ces vandales.

J'hésite à lui faire part de l'idée de Nicolas d'opérer nous-mêmes une surveillance la nuit.

— S'ils n'en font pas une priorité, dis-je, nous pourrions surveiller les lieux quelques soirées durant les week-ends, puisque les deux fois se sont produites un samedi.

— Adèle, je ne peux pas vous demander ça. Ce ne sont peut-être que des jeunes désabusés, ou peut-être pas. Il vaut mieux laisser les professionnels agir.

On oublie le soutien religieux.

— Je pense aussi en parler au comité, poursuit-il. Jeudi soir se tient la prochaine réunion, ce sera l'occasion. Il peut faire pression sur la municipalité qui fera pression sur la gendarmerie. Ces dégradations sont le problème de toute la ville, après tout.

L'information s'enregistre dans mon cerveau. Je compte bien me rendre à la réunion de ce comité dont tout le monde me parle dans cette ville. Non pas que j'imagine que ses membres vont s'organiser en milice active pour trouver les saccageurs, mais la curiosité est forte de voir cette structure apparemment tentaculaire et toute-puissante en action.

Dès que le père Grégoire nous abandonne Albert et moi, ce qui nous paraît déjà devenir une routine, j'appelle Nicolas et lui relate les récents événements. J'en profite pour réaffirmer mon soutien total quant à son idée de nous débrouiller seuls. À l'autre bout du fil, je perçois son excitation. Il me dit qu'il se charge de tout, que ça va être génial et que le Bien va triompher du Mal. Je ne suis pas spécialiste des comics, mais à un moment de la conversation, il parle de justiciers et de chauves-souris qui me rappellent vaguement quelque chose.

Le nettoyage nous prend une bonne partie de la matinée, un peu moins cependant que la fois précédente. L'habitude est en train de s'installer. À la pause de midi, Valentine m'appelle, déjà au courant des moindres détails que j'avais rapportés à Nicolas. Après m'avoir confié qu'elle trouve ce dernier *vraiment craignos avec cette idée de rondes dans le cimetière,* elle me propose de nous accompagner à la réunion du comité.

Vers 14 heures, ma journée terminée, je m'apprête à dire au revoir à Albert avant de partir mais je me fige en l'apercevant, et je sens une brève décharge électrique parcourir ma colonne. Ed est en train de discuter avec Albert. Je me fais discrète. J'aime l'observer sans qu'il le sache et j'essaye de ne pas y voir un début de névrose psychologique. Je reste en retrait, comme devant une scène que je peux apprécier sans m'impliquer. Ed porte une chemise claire et fluide à manches courtes et un pantalon chino ajusté. La pâleur de sa peau irradie sous le soleil et je remarque à quel point son corps est sec. Bien que mince aussi, le corps de Grégory avait cependant un aspect plutôt mou. Enfin, je crois : je ne l'ai guère regardé. Il n'avait pas tort en m'accusant de n'avoir jamais vraiment été avec lui.

Je finis par m'avancer vers eux.

— J'arrive après la bataille, lance Ed en me saluant.

— C'est qu'Albert et moi, on commence à savoir s'y prendre avec les détritus, dis-je en me sentant aussi heureuse que gênée à l'idée qu'il ait pu me voir le reluquer en douce.

— Tu as fini ta journée ?

— Oui, enfin ! Je rêve d'une douche depuis au moins deux heures.

Albert ne réagit pas, pourtant, lui devrait en rêver depuis une semaine.

— Je te raccompagne ?

— Avec plaisir.

Ma réponse vient sans doute un peu trop vite. Albert grommelle, ce à quoi je réponds par un « à demain ». Mon registre de vocabulaire concernant son langage s'est considérablement enrichi et il reste très peu de grognements auxquels je ne trouve aucun sens. Ed et moi traversons l'allée principale du cimetière et, par coquetterie, je mets suffisamment de distance entre nous pour qu'il ne puisse pas remarquer que je transpire. S'en douter est une chose, y être confronté en est une autre.

Du coin de l'œil, j'observe le regard d'Ed aller d'une tombe à l'autre, comme s'il était absorbé par les stèles.

— Tu les connaissais ?

— Pas personnellement, répond-il, je les ai juste préparés pour leur dernier jour au milieu des vivants.

— Bien sûr. J'ai tendance à oublier ton métier. J'imagine que bon nombre de nos résidents sont passés entre tes mains.

— Pas mal, en effet.

— Je dois t'avouer que j'admire ta vocation.

— Vraiment ?

— Vraiment. Tu interviens dans l'un des moments les plus importants de l'existence d'un individu et de ses proches. Tu es celui qui matérialise et facilite la transition entre la vie et la mort.

Ed m'observe, ses pupilles noires me renvoyant pourtant de la lumière. Son regard est vraiment hypnotisant.

— Merci, répond-il avec un semblant de gêne, mais je crains que ma tâche soit moins poétique que ça.

Ce que je fais aide surtout les proches à pouvoir dire une dernière fois au revoir à celui qu'ils ont perdu.

— C'est déjà pas mal.

En réalité, voir mamie dans sa robe préférée, arborant des couleurs sur un visage qui n'en avait plus depuis longtemps, ne m'a pas aidée. L'image de son corps dans un cercueil, singeant un sommeil de vivant, m'a laissée de marbre. Je suppose que pour d'autres, c'est différent. J'aurais aimé que le dernier baiser déposé sur son front maquillé et glacé m'apporte du réconfort et me fasse accepter la logique implacable de sa mort. Il n'en a rien été.

— Valentine m'a dit que nous allions le faire ? change-t-il brusquement de sujet.

— Quoi ?

— Les tours de garde du cimetière, façon Gotham City.

— Ah oui, exact. Franchement, je pense qu'on peut faire aussi bien que la gendarmerie, car on connaît bien les lieux et, contrairement à ses agents, on peut être opérationnels tout de suite.

— Dans le pire des cas, on se sera payé une bonne balade au clair de lune entre les tombes.

— Quoi de plus romantique ?

Il sourit. Mes joues chauffent. Des milliers d'options de réponses me viennent à l'esprit. Il enchaîne et je respire.

— T'as parlé à Jazz ?

— Non, mais à vous entendre tous, elle va adorer participer à tout ça.

— Un cimetière la nuit, crois-moi, elle va adorer.

Nous atteignons la sortie et traversons la place de l'église. Je vais dans le sens opposé de celui de la boutique des pompes funèbres.

— Demain soir, dis-je en cherchant un peu mes mots, Valentine m'a demandé de l'accompagner à une réunion du comité de ville. Le père Grégoire va évoquer les problèmes de vandalisme, je me suis dit que ce serait peut-être intéressant de voir comment ça se passe.

— Si tu veux comprendre comment fonctionne cette ville, explique-t-il en perdant son regard en direction des pins parasols, c'est là qu'il faut aller. Je pense qu'ensuite, tu pourras dire que tu habites à Luserne et que tu connais bien.

Nous savons tous les deux que je ne peux pas encore comprendre son sous-entendu. Pour l'instant.

CHAPITRE 12

« Il est fort dangereux, Frodon, de sortir de chez soi, on prend la route et si on ne regarde pas où on met les pieds, on ne sait pas jusqu'où cela peut nous mener. »
Le Seigneur des anneaux : La Communauté de l'anneau, 2001.

Valentine et moi nous sommes donné rendez-vous devant le gymnase à 20 heures. Un petit gymnase construit dans les années 2000 avec un crépi beige bon marché et des baies vitrées donnant sur une salle faisant office de terrain de basket, de volley, de tennis, de handball, et de salle de réunion du comité. Je ne sais pas à quoi je m'attendais. Sans doute à quelque chose de plus solennel et grandiose qui marque les esprits, avec une symphonie tragique en musique de fond.

À l'entrée du bâtiment, une vieille dame dont les membres n'arrêtent pas de trembler reporte les noms des participants sur un registre de présence, et nous renvoie dans le hall vers quelques amuse-gueules, chips, cacahuètes et autres boissons non alcoolisées. Aux dires de Valentine, l'association comprend une vingtaine de membres permanents dont quelques-uns rémunérés à temps plein. Dans la salle de sport principale, une trentaine de chaises pliantes sont installées en rangées scolaires face à quelques tables disposées en U, où sont posés plusieurs ordinateurs portables.

Au sein des grappes de personnes déjà présentes, l'ambiance est détendue ; pourtant je sens que Valentine et Nicolas, qui vient de nous rejoindre, ne sont pas à l'aise. Je compte environ une quarantaine d'individus, massés autour du buffet, et les visages de quelques-uns me sont familiers. Les gens parlent fort et se plaignent beaucoup de la chaleur précoce cette année, tout en louant l'idée de génie du comité d'avoir œuvré pour l'installation de la climatisation dans le gymnase. Beaucoup me dévisagent. En mettant les pieds ici, je revendique une installation définitive à Luserne et je n'ai pas besoin d'être télépathe pour entendre la seule pensée que ça leur inspire : *qu'est-ce qu'une Lyonnaise excentrique vient faire chez nous, à part chercher des problèmes ?*

Dehors, le vent se lève ; il annonce l'orage de la soirée à venir. Soudain, un mouvement s'opère. Les personnes s'éloignent du buffet pour prendre place sur les chaises. Une dame minuscule annonce d'une voix suraiguë que la réunion va commencer. Valentine, Nicolas et moi prenons place à côté de Jazz et Ed, arrivés après nous sans passer par la case cacahuètes. Ed me fait une place à côté de lui et Valentine me gratifie de plusieurs clins d'œil fort peu discrets. Dire qu'elle en fait des tonnes serait un euphémisme.

Trois rangées devant nous, j'aperçois Lucien. Avec son costume trois-pièces impeccable, il dénote autant que moi dans le paysage. Le père Grégoire se trouve, quant à lui, au tout premier rang. Albert est absent. Quand je lui ai demandé s'il comptait venir, il a répondu que le comité n'était qu'un ramassis de « crétins ignares et snobs ». Je ne l'ai jamais entendu parler si distinctement. Après quoi, il a exigé que je lui fasse un compte-rendu précis de la réunion.

— Bien, nous n'allons pas attendre plus longtemps avant de commencer la séance. Un peu de silence, je vous prie.

L'homme qui prend la parole affiche une soixantaine fatiguée par les excès épicuriens. Sa figure boursouflée et couperosée luit malgré la climatisation. Valentine sous-titre tout, ce qui facilite ma compréhension des moult épisodes précédents qui m'échappent. C'est le directeur de la supérette de Luserne, me dit-elle, et il assure la présidence du comité depuis six ans. C'est un homme honnête, mais pas le crayon le mieux taillé de la boîte selon Valentine. À sa droite siège le médecin le plus connu de la ville, un quinqua charmant très dévoué à ses patients et son travail. Sur la gauche, une femme plus jeune – ou plus figée par la toxine botulique, dont l'usage excessif ne peut échapper à personne –, coiffeuse de son état, essaye en vain de communiquer avec sa voisine, une rentière aux magnifiques cheveux nivéens et dont le sang bleu se voit à travers la peau. Enfin le boucher, un homme de couleur à l'air nonchalant ferme le U et assure la partie comptable de l'association.

— Alors, commence le directeur de la supérette, je vous propose de démarrer par la question de l'agrandissement de la bibliothèque dont nous a parlé la municipalité le mois dernier et…

L'assemblée s'agite.

— Excusez-moi, intervient une femme aux cheveux rouge vif (une des institutrices de l'école primaire, précise Valentine sur un ton glacé), je pense qu'il y a peut-être plus urgent comme sujet, non ? Je ne sais pas ce que vous en pensez, mais on pourrait parler des jeunes qui ont vandalisé le cimetière et l'arrêt de bus.

Dans les rangs, beaucoup acquiescent, et je prends conscience seulement aujourd'hui que Luserne possède des bus.

— Connasse, murmure Valentine sans aucune raison apparente, si ce n'est son animosité envers cette femme.

— D'accord, d'accord, accepte le président pour calmer l'auditoire. Parlons de ces jeunes…

— Attendez, coupe une autre personne de l'auditoire, nous ne savons pas encore s'il s'agit bien de jeunes. À moins que vous ayez des informations que nous n'avons pas ?

— Rien de tout ça, intervient le père Grégoire. J'ai déposé une main courante à la gendarmerie, hélas, ils n'avaient aucune information sur l'identité de ceux qui ont fait ça, ni même aucune piste, je dois bien l'avouer.

— Il paraît que le mois dernier, il y a eu des cas de vandalisme à Argelès. Mon père, vous ont-ils dit si ça pouvait avoir un lien ?

— Non, malheureusement, ils ne m'ont rien dit.

— Oh, je vous en prie, réplique l'institutrice aux cheveux rouges, est-ce qu'on pourrait arrêter avec la vision bisounours des choses ? On sait bien que ce ne sont pas des quadras qui, le soir venu, se gavent d'alcool bon marché et de Big Mac pour aller les vomir sur des tombes ! Soyez logiques.

Jazz s'agite sur son siège. J'ignore qui est cette femme, mais elle semble contrarier mes amis.

— Sans faire d'amalgame, je pense que la théorie de Sylvie se tient, renchérit le boucher en grattant sa barbe. On est tous d'accord pour dire qu'on voit mal des parents s'adonner à ce genre de conneries, pardon, de forfaits.

La majorité de l'auditoire approuve.

— Écoutez, je comprends bien votre agacement, calme le médecin, mais peu importe qui fait ça. Le problème est que nous devons dire à la municipalité d'en faire sa priorité. Nous sommes en pleine saison touristique, et beaucoup de visiteurs passent par le cimetière pour visiter l'église avant d'aller au château des Deux-Sources. C'est le circuit traditionnel, on ne peut pas se permettre de leur donner une mauvaise image.

— Je ne suis pas d'accord, revient à la charge Sylvie, l'institutrice. Bien sûr que c'est important de savoir qui fait ça, sinon je ne vois pas comment on va pouvoir régler le problème. Le mois dernier, ils ont explosé l'arrêt de bus. Et en début d'année, ils ont saccagé la salle des fêtes et abîmé deux de nos chars d'apparat les plus anciens !

— On ne sait pas du tout si ce sont les mêmes personnes qui ont fait tout ça, tente le médecin.

— Ben, voyons ! Docteur Clément, toujours voir le bon chez les gens vous colle des œillères. Sortez un peu de votre cabinet et ouvrez les yeux ! On laisse s'installer n'importe qui dans les nouvelles résidences, sous prétexte de faire venir du monde. Mais moi, je vois les parents tous les jours à l'école. Ils en ont marre de toutes ces incivilités.

L'assemblée s'électrise, Sylvie se sent pousser les ailes de la propagande et poursuit de plus belle :

— Vous voulez un argument de plus ? Les mineurs savent tous qu'ils ne risquent rien et se vantent assez dans la cour du collège. Admettons que la gendarmerie se rappelle comment effectuer son travail et les arrête. Que va-t-il se passer ? Ils seront relâchés, et comme leurs parents n'ont pas de moyens, ils ne rembourseront aucun dégât.

— Mais, vous voulez faire quoi ? intervient Jazz d'une voix forte mais monocorde. Attraper au hasard quelques ados dans des logements sociaux et les pendre à un olivier ? Parce que ce sont bien ces personnes que vous visez, n'est-ce pas, et non des petits bourgeois ?

— Je serais vous, ma petite, je me montrerais discrète sur la question, pique Sylvie, l'œil mauvais.

— C'est-à-dire ? rétorque Jazz.

— C'est-à-dire qu'avant que vous ne débarquiez avec vos amis satanistes, on n'avait jamais eu de problèmes à Luserne. Simple constatation des faits.

— *Mes amis satanistes* ? Vous délirez !

— Oui, oui, bien sûr, c'est moi qui délire. En attendant, le cimetière, la nuit, c'est un peu votre credo.

Jazz réplique en faisant un doigt d'honneur qui donne malheureusement du grain à moudre à l'institutrice et à ses partisans. Valentine s'avance sur son siège pour prendre la parole, mais la main implacable de sa mère surgit derrière elle, lui saisit l'épaule et la colle contre le dossier du siège. On se demande tous à quel moment celle-ci s'est glissée derrière nous.

— Quand je vous dis qu'on a un sérieux problème avec les jeunes générations, la preuve !

s'exclame Sylvie en levant les mains dans un geste de triomphe.

— Bon, calmez-vous s'il vous plaît, intervient le médecin, cette discussion est stérile et ne nous avance pas.

— Sans doute parce qu'il ne s'agit pas d'une discussion, mais d'un réquisitoire, déclare Ed, bras et jambes croisés en une posture fermée.

— Allez-y, moquez-vous, feule l'institutrice, n'empêche que quand Luserne ressemblera à une rue de Paris, vous ne direz pas que je ne vous ai pas prévenus !

— Juste pour information, à quand remonte votre dernier voyage à Paris ? demande-t-il.

— Vous pouvez faire de l'humour, vous n'avez pas d'enfant, donc vous ne craignez pas qu'ils se fassent harceler par des bandes de petites racailles qui se croient au bled partout où ils sont.

Mes yeux sont sur le point de sortir de leurs orbites. Cette caricature extrémiste qui me paraît aussi ridicule que stupide semble pourtant avoir de nombreux partisans. Je me penche vers Ed et demande tout bas :

— Y a-t-il une criminalité qui m'a échappé à Luserne ?

— Si tu parles de la violence des propos tenus par cette femme et ses amis, je dirais qu'il y en a une énorme.

Comme le président traîne à réagir, le docteur Clément décide de se lever et de hausser le ton.

— Bon, ça suffit ! Nous sommes tous d'accord pour dire que ce vandalisme est un problème. Vous avez souhaité que nous en parlions ici pour que nous alertions la municipalité et ce sera fait. À ce stade, nous ne pouvons rien faire d'autre.

L'assemblée apprécie moyennement la conclusion hâtive du médecin. Le président sort enfin de sa léthargie pour reprendre la parole :

— Je vous demande un peu de silence. Passons au sujet suivant, qui intéresse les commerçants du centre de Luserne que je vois nombreux ce soir. Nous sommes en pleine négociation avec la mairie pour revoir l'aménagement du parc de stationnement et passer la rue du château en zone piétonne jusqu'à la rentrée.

Cette bonne nouvelle apaise les rangs, même si Jazz paraît toujours tendue. Son magasin de toilettage fait partie des commerçants qui bénéficieront de cette mesure, toutefois cela ne semble pas compenser l'agression verbale dont elle a fait l'objet et qui n'a guère choqué la foule. D'autres sujets auxquels je ne comprends pas grand-chose sont ensuite abordés. Cependant, ils soulèvent bien moins d'enthousiasme que la chasse aux vandales. Les bavardages deviennent de plus en plus assourdissants. Deux heures plus tard, les questions diverses annoncent la fin de la réunion du comité. Enfin, une personne que je reconnais prend la parole. La framboise maléfique des concours de chats, Geneviève Parizot, se lève après avoir demandé la parole.

— Comme nous avons du temps avant les préparatifs de la prochaine fête des chars du printemps, je voudrais reparler du projet de création d'une convention féline à Luserne sur lequel travaille mon association depuis septembre dernier. Au stade où nous en sommes, nous aurions besoin de bénévoles, surtout en ce qui concerne la gestion du mailing et des exposants.

La voix de Lucien couvre soudain toutes celles des autres.

— Une exposition où le sabotage sera officiellement autorisé, je suppose ? Voilà un concept réellement novateur. Je suis certain que ce sera une réussite.

— En tout cas, les mauvais perdants ne seront pas autorisés, ça, vous pouvez en être sûr, rétorque-t-elle vertement.

— S'il vous plaît, intervient le président visiblement encore moins passionné par le sujet des chats que par celui du vandalisme. Le comité va relayer vos besoins auprès de ses membres, je ne doute pas que vous trouverez toute l'aide dont vous avez besoin.

— Dont celle d'un bon psychiatre, je pense, tacle Lucien, alors que Geneviève feint de ne pas l'entendre.

Le président lève enfin la séance. Les chaises inconfortables ont engourdi mes fesses et, tandis que je remue les jambes, je constate que les personnes s'attardent dans le gymnase et débriefent la réunion par petits groupes d'intérêt. Valentine, Ed, Jazz, Louis et moi en formons un à part des autres.

— Sylvie est une vraie connasse, Jazz, on le sait tous, console Valentine alors que nous sentons des regards braqués sur nous.

— J'aurais dû me taire, regrette la jeune femme. Il y a plein de mes clients ici. J'ai déjà eu du mal à ce qu'ils ne fuient pas devant mon look. Si Sylvie commence à mettre dans la tête des gens que les vandales sont des satanistes et que les satanistes sont des gothiques, mon carnet de commandes va fondre comme neige au soleil.

— Les gens ne sont quand même pas aussi bêtes, intervient Nicolas, ils l'écoutent, mais ils savent comment elle est.

— Bonsoir, monsieur Simon, lance une femme âgée en passant tout près de nous. Ravie de vous voir en meilleure forme. Ça vous va mieux.

— Bonsoir, madame Ramirez, répond poliment Nicolas, en meilleure forme, c'est-à-dire ?

En témoins ahuris et sidérés, nous observons la vieille dame tapoter sans gêne le ventre du facteur, l'air complice.

— Je crains qu'on ne vous ait raconté des histoires, madame, intervient Ed d'une voix de velours, les bébés ne se trouvent pas là. Mais, un jour peut-être, la science fait tellement de progrès.

La vieille fronce les sourcils et lâche un couinement pincé. Elle s'apprête à ajouter quelque chose, cependant Ed la coupe en lui souhaitant une excellente fin de soirée. Il crochète le bras de Nicolas et l'entraîne vers la sortie.

— Pas tous aussi bêtes ? Tu parles, grogne Valentine.

Avant de rejoindre Ed et Nicolas, je jette un dernier coup d'œil à l'assemblée. Au centre d'un groupe imposant, Sylvie a l'air de faire campagne. Travailler avec des enfants l'a bizarrement transformée en militante antijeunes. Drôle d'effet secondaire. Vues ensemble, les personnes présentes ont l'air normales : des mères et des pères de famille, des adolescents, des sœurs, des tantes, des commerçants qu'on croise tous les jours et qui nous ressemblent.

Bref, des gens ordinaires.

CHAPITRE 13

« Bouclez vos ceintures de sauvetage,
la nuit va être mouvementée. »
Ève, 1950.

Cimetière, 21 heures.

Je suis la première sur les lieux. En fin d'après-midi, Jazz a prévenu Valentine qu'une dizaine de jeunes transportant des bouteilles d'alcool zonaient sur la place de l'église. Selon ses pronostics, ils devraient être en état de vomir tripes, boyaux et fast-food pas trop tard dans la soirée. Valentine a appelé Ed, Ed a prévenu Nicolas qui, dans la foulée, m'a contactée. En moins de vingt minutes, l'équipe était prête. *L'équipe* n'a pas grand-chose à faire de ses soirées, pour être honnête. Après avoir assisté à l'échantillon de propagande extrémiste de Sylvie, l'institutrice aux cheveux rouges, nous étions plus que jamais certains de devoir agir.

Albert a beaucoup regretté de ne pouvoir participer à l'entreprise nocturne, du fait de son handicap. Au moment où il me remettait les clés du portail pour pouvoir revenir la nuit, j'ai lu dans ses yeux autant de regret que d'excitation.

Nicolas est le premier à me rejoindre. Le *dress code* de rigueur est bien entendu le noir. Toutefois, l'énorme sac à dos qu'il traîne m'interpelle.

— T'as mis quoi là-dedans ?

— Des provisions, répond-il un peu penaud.

— T'as cru qu'on allait jusqu'au Mordor se débarrasser de l'Anneau unique ?

— Comme on avait parlé de *toute la nuit*, je me suis dit qu'on allait avoir faim.

Jazz et Valentine arrivent un peu après. La première n'a rien changé à sa garde-robe habituelle. Bon nombre de gothiques sont naturellement prêts pour toute entreprise nocturne dans un cimetière. Valentine, en revanche, s'est enturbanné les cheveux d'un épais foulard sombre et ressemble à une veuve corse.

— Quel look, commente Nicolas, amusé.

— J'ai les cheveux super clairs, avec la pleine lune, je vais scintiller comme Barbie luciole. Et elle, personne ne lui dit rien ?

Comme elle désigne mes oreilles, je réalise que je n'ai pas enlevé mes boucles en forme de flamants roses. Je les retire.

— Désolée, la monochromie me fait paniquer. Tu as les talkies-walkies ?

— Oui, on a de la chance que mon père aime tous ces gadgets. Un pour chacun. (Valentine nous les distribue.) Canal trois. Pour parler, on appuie sur ce bouton et on relâche quand on a fini.

Dès l'instant où nous prenons ces objets en main, nous nous sentons tous comme des espions. Je me fiche de trouver les vandales, je veux juste parler dans mon talkie.

— Ed va nous rejoindre ? demande Jazz.

Je tends l'oreille.

— Plus tard, répond Valentine, je crois qu'il n'arrivait pas à coudre une bouche, un truc dans le genre.

— C'est vrai que c'est pas évident, fait Jazz, l'air entendu.

— Bon, maintenant, on procède comment ? je demande en réprimant un frisson.

Sans nous être concertés, nous nous tournons tous vers Jazz.

— Vous êtes sérieux ? dit-elle en levant les yeux au ciel.

— Ça va, on se disait juste que, peut-être, dans ta jeunesse…, se défend Nicolas, avant d'enchaîner sur un ton de chef des armées : Bon, d'abord, ne restons pas plantés vers le portail, pour ne pas avoir l'air de comploter, si des gens passent devant. Quand il fera complètement nuit, on fera des petits groupes et on ratissera les allées.

Le facteur passe en mode Batman, et nous voilà, d'un coup, enrôlés dans sa ligue des justiciers. Vers 22 h 30, nous commençons à circuler dans le cimetière. La chaleur devient enfin supportable. Une heure plus tard, comme il ne se passe rien, nous faisons le point en nous asseyant en cercle vers le grand chêne sous lequel je prends mes repas de midi. Nicolas déballe un choix impressionnant de choses à grignoter. En cas d'apocalypse, c'est le seul qui aurait fait preuve de bon sens. Tandis que nous mangeons, je prends conscience que nous commençons sans doute de la même façon que les saccageurs. Peut-être ne sont-ils, eux aussi, qu'une bande de geeks se prenant pour des héros de comics et ajoutant de l'alcool au scénario ?

— Non, mais c'est pas pareil, déclare Nicolas en décryptant remarquablement bien mes pensées, nous on nettoie après. Et on respecte les morts.

— Pas tous les morts, nuance Jazz sur un ton mystérieux que nous préférons ne pas creuser.

Aux alentours de minuit, et tandis que le calme et l'inaction désespèrent nos rangs, Nicolas reprend les choses en main et déclare :

— Je pense qu'on devrait se planquer.

— Comment ça ? demande Valentine.

— Faire comme si le cimetière était désert. J'imagine que les coupables doivent s'assurer qu'il n'y a personne avant de se lâcher. Là, on est très visibles. Je propose qu'on trouve un endroit plus en retrait et qu'on passe en mode furtif.

— *En mode furtif*, répète Valentine sur un ton blasé, non mais toi, t'es pas bien.

Je me redresse.

— Nicolas a raison. Une planque, ça ne veut pas dire pique-niquer sous un arbre.

Nous optons alors pour un déploiement stratégique des troupes afin de mieux surveiller le périmètre. Je m'installe à l'extrémité sud du parc. Jazz se poste vers l'église, Nicolas vers la partie ancienne du cimetière et Valentine à côté du columbarium. La brise légère adoucit le feu de l'été. Les lieux baignent dans la sérénité et des odeurs de végétaux piqués toute la journée par les dards du soleil s'échappent enfin en effluves agréables. Si le sol n'était pas aussi inconfortable, j'apprécierais de dormir là.

Mon talkie-walkie grésille soudain.

— Chevalier noir à la Résistance, rien à signaler de mon côté et vous ? Terminé, annonce Nicolas.

— Est-ce qu'on peut prendre deux secondes pour reparler de cette super idée de faire des groupes de un ? rétorque Valentine. Parce que je rappelle qu'étant la seule vraie blonde de l'assemblée, les probabilités que je meure pendant le générique du début sont assez élevées.

— RAS aussi chez moi, dis-je.

Silence.

— Jazz, tout va bien ? s'inquiète Nicolas.

— Elle invoque Satan, là, elle peut pas tout faire, raille Valentine.

— Le comique de répétition, c'est un classique, réplique finalement la supposée sataniste.

Je presse le bouton.

— On savait qu'il y aurait peu de chance pour qu'on les surprenne le premier soir. Il faut se montrer patient.

— Adèle a raison, commente Nicolas, patientons.

— C'est facile pour toi, t'as la bouffe, note Valentine.

— Tu es anorexique, précise Jazz avec une franchise qui me sidère.

— C'est la possibilité de manger qui est importante, répond Valentine sur un ton détaché, la possibilité.

— Bon, chut, maintenant. Silence radio, ordonne Nicolas.

C'est la première fois que j'entends le groupe mentionner ouvertement la maladie de Valentine. La légèreté avec laquelle le sujet est abordé me laisse perplexe. Et puis, je me souviens que mamie et moi dédramatisions beaucoup ses multiples récidives à travers l'ironie. Quand on se moque d'un monstre, il devient moins effrayant, même s'il demeure.

Reprenant mon observation, mon attention diminue à mesure que je sombre dans une torpeur agréable. La pleine lune jette sa lumière spectrale sur les lieux. Je ne serais pas surprise d'entendre le grognement guttural de quelques zombies se tortillant hors de leurs tombes.

Je secoue mes jambes attaquées par les fourmis de l'immobilisme. Bientôt 1 heure du matin, puis 1 h 30. Calée contre un tronc d'arbre, je commence à somnoler.

— Alors, j'ai raté quelque chose ? s'élève soudain la voix d'Ed dans mon dos.

La surprise me fait frôler l'arrêt cardiaque. Je me retourne : il est accroupi juste derrière moi et je me demande comment j'ai pu ne pas l'entendre.

— Je ne voulais pas te faire peur, dit-il, amusé.

— C'est ce que disent tous les ninjas. Par où tu es passé ?

— Par-derrière.

— Mais quel derrière ?

Un silence gênant s'installe et m'afflige.

— Je veux dire que je ne t'ai pas vu.

— Il m'a semblé que tu fermais les yeux, ça n'aide pas. Le portail n'était pas fermé.

Cette ronde est un fiasco, du moins du point de vue de mon groupe de *un*.

— Alors, ça donne quoi ? demande-t-il en s'asseyant à côté de moi.

— Aucun vandale à l'horizon. Il fallait s'y attendre. Sinon, je pense que Nicolas va exiger une Batmobile pour les prochaines rondes.

— Au moins, personne ne trouverait rien à redire sur son véhicule de fonction.

J'étouffe un rire et lui donne un léger coup de coude. C'est notre premier contact physique et mon cerveau prend la scène en photo. Mon talkie grésille.

— On a des talkies ? siffle Ed d'admiration.

J'acquiesce, non sans fierté.

— Je crois que j'ai vu de la lumière, prévient Jazz dans l'appareil.

Mes poils se hérissent. Je n'ai jamais envisagé que l'opération marche, j'ai juste joué avec l'idée. Le plan de départ défile dans ma tête : s'approcher des intrus, les filmer et repartir discrètement.

— T'es sûre ? répond Valentine.

— Oui. Ou alors, j'ai réussi à convoquer un démon, allez savoir.

— Un point, réplique la blonde.

J'appuie sur le bouton.

— Jazz, sois prudente. On te rejoint ?

— Attendez que je confirme. La lumière bouge dans tous les sens. Ils doivent être bien bourrés. Terminé.

Nous laissons à nouveau les bruits de la nuit nous envelopper : quelques cigales somnambules, une chouette perchée au loin et plusieurs chats en colère ou très amoureux. Avec eux, on ne sait jamais. Les secondes se transforment en minutes et nous patientons, suspendus au moindre crépitement de communication. Une branche craque. Je sursaute. Ed pose la main sur le haut de mon dos d'un geste évident et naturel. Je frissonne. Nouveau grésillement.

— Chevalier noir à la *league,* déclare Nicolas sous l'œil dubitatif d'Ed, c'est une fausse alerte.

— Comment ça ? demande Valentine.

— C'est pas les vandales, élude Nicolas.

— C'était quoi ? Jazz, tu vois quoi ?

Quelques secondes de silence interrompent l'échange, quand soudain :

— C'était moi, avoue Nicolas de façon à peine audible.

— Hein ? s'étonne Valentine.

— J'ai fait tomber mon paquet de chips, et j'ai enclenché la torche de mon portable. Je me suis vautré. Y a des cailloux partout par terre, aussi. Désolé.

Je lâche un soupir. À mes côtés, Ed tente en vain d'étouffer un fou rire.

— Tu ne t'es pas fait mal ? je demande.

— Non, ça va. Mais Jazz est contrariée. Elle me fait un peu peur.

L'hilarité de mon compagnon me gagne. Notre planque est sans conteste la plus pathétique de l'histoire des planques. Ed et moi finissons par manquer de souffle. Je reprends mes esprits en m'allongeant sur le dos afin de soulager mon fessier. À travers les feuillages, je laisse mon regard se perdre dans le ciel rempli d'étoiles. Ed m'imite. Nous restons un moment à ne rien dire, partageant le même espace sous les branches épaisses du chêne.

— C'est fou comme elles sont nombreuses.

— Tu n'étais pas au courant ? ironise Ed.

— D'une certaine manière, non. Avant de venir ici, il ne m'était jamais venu à l'idée de les observer.

— Je crois qu'il n'y en a pas au-dessus de Lyon.

— La pollution les a tuées, probablement.

— Alors, pas de regret d'avoir posé tes valises ici ?

— Non. Je ne dis pas que c'est tous les jours facile. Mon ancienne vie me manque, mais je sais qu'elle ne reviendra pas. Je me serais éteinte là-bas, je crois.

— Ici, le ciel est assez grand pour que tu puisses y briller, crois-moi.

Je lui jette un regard discret qui se fond dans l'ombre.

— L'important, c'est de respirer, ajoute-t-il sur un ton pensif, le reste suit toujours.

C'est facile de parler avec lui, c'est facile de parler avec ces gens qu'on dit solaires. Ils irradient et on n'a plus qu'à se nourrir de cette chaleur. J'envie cette capacité à attirer l'autre et à le fasciner. Moi, je me suis toujours vue comme étant lunaire : froide, immobile, spectatrice et lointaine.

Nous échangeons encore un moment. Il me parle de son amour pour sa région et de sa passion pour l'histoire cathare, et je me laisse bercer par son récit tandis que des images épiques envahissent mon esprit. C'est comme s'il créait un film rien qu'avec des mots. Et puis, quelque chose change dans le ciel. Le tissu noir se déchire, quelques traînées claires sortent de nulle part et annoncent l'ascension inexorable du soleil. La nuit s'est enfuie. Je ne m'inquiète que maintenant du fait que mon talkie n'a pas parlé depuis un moment. Mes partenaires se sont-ils endormis, ou bien Jazz a-t-elle finalement convoqué Lucifer ?

J'ouvre le canal.

— Quelqu'un ? Tout le monde va bien ?

Après quelques secondes, la ligne chevrote et se clarifie.

— Nicolas a survécu, répond Jazz.

— Donne-nous une preuve, plaisante Ed.

— J'ai dit que j'étais désolé, se défend le jeune homme, je crois qu'on a un peu somnolé.

Nous ricanons.

— Hé ! interrompt Valentine. Vous devriez venir voir.

Ed et moi pressentons que la nuit n'a pas été aussi vaine qu'on le croyait.

— Qu'y a-t-il ?

— Je préfère vous montrer, je ne suis pas sûre de comprendre ce que je vois. Je suis vers les grands rosiers.

Mon compagnon d'aventure m'aide à me relever et je me rends compte que j'ai mal partout. Nous nous dirigeons vers l'endroit indiqué. Quelques minutes plus tard, nous croisons Jazz et Nicolas. Si ce dernier a l'air d'avoir été prémâché, elle, en revanche, est impeccable. Devant nous, Valentine se tient à côté d'une tombe que je reconnais sans peine. Le défunt qui l'occupe a été mis en terre en début de semaine. Il s'agit d'un homme de soixante-quinze ans, décédé d'un cancer des poumons, anciennement directeur de l'école primaire puis du collège jusqu'à sa retraite. Je me souviens qu'il y avait foule à son enterrement.

— Je pense qu'on a un nouveau problème, annonce Valentine en désignant la stèle.

Inscrits au marqueur rouge, les mots « menteur, tricheur, voleur » occupent presque toute la surface de la pierre tombale et juste en dessous est scotchée une grosse enveloppe de papier kraft.

— C'est quoi ce délire ? demande Nicolas en la décrochant.

Son geste provoque un cri de protestation dans le groupe.

— Quoi ?

— Tes empreintes ! s'exclame Valentine.

— Merde ! répond Nicolas en essayant de recoller l'enveloppe.

— Comment t'as fait pour survivre jusque-là ? demande Ed en secouant la tête.

— Je suis désolé…

— Non, mais c'est bon, ouvre-la maintenant, ordonne Valentine.

Nicolas s'exécute. Il sort une liasse de quelques feuillets A4. Nous nous rapprochons de lui pour en prendre connaissance. L'auteur y présente un véritable réquisitoire à l'encontre du mort. L'ancien directeur aurait notamment profité de ses fonctions pour détourner des fonds publics afin de financer des achats somptuaires. Une suite de dates, de numéros de comptes, de montants et d'achats étaye chaque accusation.

— C'est quoi un *ornithoptera allotei* qui coûte un bras de bébé ? demande Valentine en s'attardant sur une ligne.

— Le papillon le plus rare du monde, répond Jazz en provoquant notre admiration à tous.

— Il a payé tout ce fric pour un papillon ?

— Mort, précise-t-elle.

— À ce tarif-là, il devrait être en vie et chanter a capella.

— Je pense que ça va être compliqué de démonter ces accusations, c'est très étayé, commente Ed, il y a des bordereaux au nom de la régie de l'école et des extraits de son budget. Bernard Lefevbre était connu ici, si tout ça est vrai, ça va provoquer un scandale.

— On est un cran au-dessus des hamburgers et des frites écrasées, dis-je.

— Bon, qui appelle la gendarmerie ? demande Valentine.

— Je pense qu'il vaut mieux que ce soit moi. Je suis la seule à avoir une bonne raison de me trouver dans le cimetière.

— Tu en es certaine, Adèle ?

Je la rassure en hochant la tête. J'insiste pour déclarer avoir passé une partie de la nuit seule au cimetière. Légalement, il n'y a rien qui m'interdit de le faire. Comme Nicolas a posé les doigts sur l'enveloppe, nous convenons de dire aux forces de l'ordre qu'il est venu me rejoindre quelques heures auparavant. Après mon appel, Valentine, Jazz et Ed se dépêchent de rentrer chez eux. Une vingtaine de minutes plus tard, deux gendarmes arrivent au cimetière. Nicolas et moi leur servons le même témoignage.

— Vraiment, je n'ai pas réfléchi quand j'ai pris l'enveloppe, s'excuse le facteur.

Sa tête de chérubin fait merveille sur ses interlocuteurs. Les gendarmes recueillent les premiers éléments de notre récit sans faire preuve d'un grand zèle. Ils nous demandent de nous rendre dans les locaux de la gendarmerie pour que nos dépositions soient enregistrées. Deux heures plus tard, je peux enfin rejoindre la maison de Lucien avec la sensation qu'un train m'a roulé dessus. Il est encore tôt, je prends garde de ne faire aucun bruit.

— J'espère que vous avez été plus discrète au moment de perpétrer votre forfait.

Raté. Lucien est posté en sentinelle à l'entrée du salon. Je tente de nier avec conviction :

— Je n'ai pas *perpétré de forfait*.

— Aucune boîte de nuit digne de ce nom ne vous aurait fait entrer dans cette tenue, même si je reconnais un certain effort de sobriété.

— J'ai passé la soirée chez des amis.

— Votre soirée impliquait-elle de vous rouler dans la terre et le gravier ?

— Pardon ?

— Vous avez des traces de terre sur vos chaussures et du gravier plein les cheveux.

— Vous avez été dans la police ou quoi ?

— J'ai contrôlé le travail d'une centaine de personnes dans trois palaces pendant trente ans. Je suis bien meilleur que la police.

— Est-ce qu'on peut en reparler quand j'aurai dormi quelques heures ?

— En aucune façon. Je vous fais du café, déclare-t-il en allumant la cafetière.

Je grimace et supplie.

— Non, pas de café maintenant.

— Il fallait y penser avant de vous vautrer dans l'illégalité. Assise.

Je n'ai pas la force de lutter. Je m'installe sur la chaise face à la table, comme une petite fille prise la main dans le sac de bonbons. Lucien dépose devant moi la tasse fumante. L'odeur de caféine me soulève le cœur.

— Je vous écoute, dit-il avant de s'installer face à moi.

Je prends deux ou trois secondes pour réfléchir, puis je me lance dans un résumé précis et concis des événements qui nous ont amenés à patrouiller dans le cimetière. Je me trouve remarquablement claire, compte tenu de l'état de fatigue dans lequel je suis. Il me dévisage au fur et à mesure de mon récit.

— C'est une plaisanterie ? Imaginez que ce soit une bande de vrais voyous, vous pouvez vous retrouver au milieu d'une bagarre. Ce genre de choses dégénère très vite.

— Ils se battent à coups de frites et de pizzas, franchement, il y a peu de risques que ce soit un gang.

— Bien, alors continuez à faire n'importe quoi, ça a l'air de vous épanouir. Il n'empêche que vous êtes dans une ville où tout le monde juge tout le monde. Je vous conseille donc d'éviter de vous faire remarquer, en jouant les justicières dans un cimetière avec des gens qui n'arrivent pas à s'intégrer !

L'agacement monte en moi.

— Oui, je sais. Lors du comité, j'ai bien remarqué que les deux spécialités de Luserne sont les préjugés et les ragots.

— Je vous l'avais dit, il me semble.

— Je n'ai pas l'intention de me laisser dicter ma conduite par des hystériques paranoïaques et des petites gens aux idées courtes. Je suis comme je suis.

— Félicitations, vous commettez les mêmes erreurs que moi. Buvez votre café. Et donc, j'en conclus qu'en plus d'être ridicule, l'entreprise a aussi été inefficace.

— Je ne vois pas ce qui vous fait dire ça.

— Votre air pathétique.

Je soupire de contrariété, ce qui n'a aucun effet sur mon interlocuteur.

— Vous avez donc passé la nuit à compter les tombes, c'est bien cela ?

Ce qu'il peut m'énerver, je pourrais lui renverser la table sur la tête.

— Je crois que les vandales sont le moindre de nos problèmes.

Je n'avais pas dans l'idée de lui révéler ce que nous avions trouvé, mais la perspective de pouvoir lui clouer le bec me ferait faire n'importe quoi.

— Comment ça ?

Je lui rapporte tout ce qui s'est passé concernant la tombe de Bernard Lefevbre ainsi que mon passage à la gendarmerie.

Pour une fois, Lucien reste muet, et ce spectacle restera gravé en moi le reste de mes jours. L'expression de son visage est indescriptible. Est-il en colère, surpris, contrarié ? Fait-il un AVC ? Soudain, il éclate de rire. Un rire cruel et jouissif à la fois qui me provoque un frisson d'angoisse.

— Cet été va être mémorable !

À mon tour de rester muette.

CHAPITRE 14

« J'ai toujours pensé que ce sont les choses qu'on ne choisit pas qui font de nous ce que nous sommes. »
Gone Baby Gone, 2007.

« L'affaire de la tombe marquée », telle que titrée par l'unique journal local, a mis moins de deux jours pour faire le tour de Luserne et renvoyer celle des jeunes qui vomissent des hamburgers dans les limbes de l'oubli.

Dès le lundi suivant, le pavé dans la mare jeté par le corbeau, Albert et moi avons remarqué que quelque chose avait changé du côté du cimetière. On vient le visiter comme un lieu de curiosité. Dans un espace majoritairement fréquenté par des endeuillés, on identifie vite les touristes : ils errent entre les allées, le nez en avant comme s'ils cherchaient des truffes, jusqu'à ce qu'ils se perdent dans le parc et quittent l'endroit un peu déçus. Nous n'apprécions guère leur attitude. Aussi faisons-nous semblant de ne pas remarquer leur présence, et lorsque certains nous demandent si nous savons où se trouve la tombe de *l'affaire*, nous répondons par la négative. Ou plutôt, nous *grognons* par la négative.

Mais au fond de moi, je comprends leur curiosité. Cette histoire est passionnante, le mythe du corbeau du village encore plus. Il s'en prend à la ville, il l'infecte de poison jusqu'à ce que les habitants, malades, s'en prennent les uns aux autres. Et plus un corbeau croasse, plus les choses tournent mal.

Appuyée sur mon râteau, plus petit que celui d'Albert mais dans le même esprit, je fixe la stèle marquée par les insultes rouges et dont quelques taches diluées subsistent encore. La gendarmerie ne nous a autorisés à la nettoyer qu'hier soir. Le père Grégoire a dû faire pression, car les forces de l'ordre n'étaient guère pressées de réagir.

— Excusez-moi, n'étiez-vous pas à la dernière réunion du comité ? Votre style vestimentaire me dit quelque chose.

Je tourne la tête en direction de la voix qui s'est élevée derrière moi. Je n'ai aucun mal à replacer la propriétaire : visage tout en longueur, aux traits pincés qui la vieillissent prématurément et chevelure rouge de teinture bon marché. Sylvie, l'institutrice, se trouve dans mon cimetière. Elle ne s'est pas déplacée seule, même s'il me faut plus de temps pour remettre sa voisine. Puis, celle-ci bouge et alors je reconnais le maniérisme du sang bleu de cette élégante dame d'un certain âge faisant partie du bureau du comité.

— Oui, en effet.

Avec elle, ma ligne de conduite se résume à rester polie et, surtout, prudente.

— Donc, vous travaillez là ? s'étonne Sylvie, et je décèle une pointe de condescendance.

— C'est la petite Lyonnaise que la mairie a engagée il y a quelques semaines, explique l'aristocrate aux cheveux aussi blancs que la neige, je t'en ai parlé.

— C'est vrai, oui, pourtant j'aurais dû me souvenir de cette information, c'est quand même assez peu courant comme choix.

— Guère plus qu'un autre.

— Au contraire. Vous avez quoi, même pas trente ans ? Vous quittez Lyon pour passer vos journées à bêcher les tombes dans un petit cimetière du Sud. Étonnant.

— On ne bêche pas une tombe. C'est interdit.

— Enfin, pardon, nous ne sommes pas là pour déranger, s'excuse Sylvie en se détournant.

Sa politesse sert en réalité à me congédier sur mon propre lieu de travail.

— Vous ne me dérangez pas, c'est devenu un peu mon univers, ici.

— Comme vous y allez ! sourit Sylvie sans sympathie. Il faut gagner son titre de Lusernois, jeune fille. Ces Lyonnais, ils se croient partout chez eux.

Mes doigts se crispent et blanchissent autour du manche de mon râteau. Les deux femmes vont stationner un peu plus loin pour discuter à l'abri des indiscrétions. Du moins le pensent-elles, car je connais les lieux comme ma poche et je sais qu'en faisant mine de m'éloigner dans le sens opposé, un sentier va me mener derrière plusieurs arbustes, non loin d'elles. Je mets mon plan à exécution et tends l'oreille.

— Je n'arrive pas à croire ce qui s'est passé, s'offusque l'aristo. Ça n'arrive que dans les films, ce genre de choses.

Elle prend le problème à l'envers. Il faut d'abord que *ça arrive* dans la réalité pour que *ça arrive* ensuite dans les films.

— Luserne est devenue très prisée, répond Sylvie, comme toutes les petites villes tranquilles du Sud. Elles attirent tout un tas d'étrangers qui pensent pouvoir s'acheter un deux cents mètres carrés là où ils n'ont qu'un deux-pièces dans un quartier pollué. Mais en vrai, ce sont des racailles égoïstes qui se donnent des airs de grands seigneurs. Je ne serais pas étonnée que ça vienne d'un de ces nouveaux résidents.

L'aristocrate acquiesce. C'est la théorie la plus tirée par les cheveux à laquelle j'aurais pensé. La victime était un vieux notable de la ville et les accusations remontaient à plusieurs décennies : tout désigne un Lusernois pure souche dont la lignée pourrait remonter à Philippe le Bel, ne leur en déplaise.

— Tu penses qu'il faut convoquer une assemblée extraordinaire ? demande l'aristocrate.

— Bien sûr ! On ne peut pas compter sur la gendarmerie.

— Quand même, je ne vois pas ce que nous pourrions faire.

— Nous connaissons chaque habitant, nous avons des oreilles partout. Crois-moi, les forces de l'ordre ne seront jamais aussi bien renseignées. Dans l'enveloppe, il y avait des documents qui venaient du régisseur de l'école, on devrait commencer par là.

Je suis sidérée que Sylvie connaisse aussi bien le contenu de ce que nous avons trouvé sur la tombe. C'est comme si elle avait été avec nous, cette nuit-là.

— Oui, c'est vrai, approuve la femme aux cheveux blancs, on devrait mettre Maud dans le coup. Tout le monde lui parle dans sa pâtisserie, elle n'aura qu'à poser les bonnes questions.

En toute logique, je conclus qu'elles doivent parler de la mère de Valentine, car son établissement est le plus fréquenté de Luserne.

— Bernard Lefevbre comptait parmi les notables, lâche Sylvie d'un ton aussi mauvais que si on l'avait personnellement visée. En l'attaquant, on attaque toute la ville.

— Si seulement nous pouvions avoir la copie de tous les documents qui se trouvaient dans l'enveloppe. Ça nous serait d'une grande aide.

— Ne t'inquiète pas, je m'en occupe, affirme Sylvie avec certitude.

— Comment ?

— J'ai mes contacts à la gendarmerie. L'avantage de s'occuper de tous les rejetons des habitants.

Connaître les super pouvoirs de Sylvie et réaliser qu'elle peut contaminer à loisir toute une nouvelle génération dans le cadre de son métier d'institutrice me fait frissonner de la tête aux pieds.

— Quand même, dans quelle époque vit-on ? se lamente la royaliste.

— Ça dérape parce que nous nous planquons derrière le respect de la liberté de chacun. Les « Ce ne sont pas mes affaires, chacun fait ce qu'il veut » sont en train de nous tuer, Blanche.

Comment n'ai-je pas deviné son prénom ? Il est pourtant évident. Après avoir échangé quelques autres banalités, les visiteuses décident de quitter les lieux.

La cloche de l'église sonne 13 heures. Tout en remontant l'allée centrale, je prends le temps de me féliciter. Les lieux commencent à ressembler à ce que j'avais en tête lorsque j'ai pris mes fonctions et il faudrait beaucoup de mauvaise foi et d'aveuglement pour ne pas constater le changement. Plus je travaille pour la nature, plus elle me nourrit et m'intègre à un tout qui…

— J'vais vous trancher le gras du cul, bande de dindes !

Je sursaute.

— Albert !

Je me précipite vers l'endroit d'où je l'entends hurler. Au bout de l'allée, le gardien clopine avec une rapidité étonnante derrière un groupe de cinq jeunes filles. Il mouline son râteau comme s'il avait décidé de prendre la Bastille, tandis que les gamines poussent des cris d'effroi.

— Albert, que se passe-t-il ?

Sa figure cabossée a viré au rouge, au point que je crains qu'il fasse un malaise.

— Ces poules d'eau douce viennent ici s'prendre en photo d'vant les tombes ! Elles y grimpent dessus en agitant leur croupion et elles ruinent les fleurs. J'vais leur faire bouffer leurs sandales, l'temps qu'elles chient à nouveau droit, on s'ra tranquille !

Je me place entre lui et la direction qu'elles ont prise.

— Du calme, elles sont parties, repose cette four… ce râteau, s'il te plaît.

— Ouais, qu'elles filent, j'les ai à l'œil.

Je lui fais de l'air en agitant l'éventail que j'ai toujours dans mon sac. Il souffle comme un bœuf en fin de vie.

— Il faut que tu t'asseyes et que tu boives.

— Ça va !

— Albert, tu te rends bien compte que tu ne peux pas poursuivre les gens de cette manière.

— Elles s'en remettront.

— Imagine qu'elles racontent la scène à leurs parents, tu pourrais avoir des problèmes.

— Parlons-en d'leurs parents. Elles sont pas nées avec le QI d'une huître et l'instinct de survie d'une brosse à chiottes, ils les ont un peu aidées, non ?

Beaucoup d'images m'assaillent malgré moi.

— Je sais, mais d'un point de vue extérieur, tu passes pour un dingue qui poursuit des mineures avec un truc qui peut passer pour une arme. La prochaine fois, au moins, pose-la avant.

Ma réflexion lui tire un sourire, tandis que sa respiration se calme.

— Au fait, t'es pressée ?

— Ça dépend ?

— S'pas pour du boulot.

— Alors, je n'ai rien de prévu.

— Je voulais t'montrer quéque chose. J'savais bien que Moreau, ça me causait. J'vieillis, ma cervelle, c'est de la figue molle.

L'albertien est une langue complexe. Même quand on croit l'avoir comprise, elle vous échappe. Mais j'ai confiance en lui, alors je le suis quand il me fait signe de l'accompagner. Il se dirige vers la partie ancienne du cimetière, derrière l'église.

— Y a des tombes qu'on aime plus que les autres, confie-t-il. C'pas une question de décorations, c'est quéqu'chose de plus profond.

Quand Albert parle, je le laisse dérouler sa pensée sans l'interrompre, car elle finit toujours par avoir un sens. Nous nous arrêtons dans une allée que je n'ai pas encore travaillée. Le sol est si caillouteux qu'il me faudra bien plus qu'une bande de jeunes motivés par l'envie d'emballer des filles en Espagne pour arranger le décor.

— Hugues et Catherine Moreau, déclare-t-il, en pointant un magnifique tombeau en pierre grise.

Sur la façade de ce qui forme un cube orné de motifs floraux, un lettrage argenté composé de pleins et de déliés dessine une série de noms que je lis mentalement. Le cœur possède une raison que lui seul comprend. Voilà qu'il se met à cogner fort comme s'il voulait attirer mon attention. *Regarde ! Sois attentive !* Pourquoi s'excite-t-il autant ? Je n'ai jamais connu ces personnes, j'en ai à peine entendu parler, *à peine* de quoi retenir leur prénom.

— Mes arrière-grands-parents, je crois.

— Ben, y a pas d'autres Moreau dans l'coin.

— Mamie ne parlait presque jamais de ses parents : Hugues et Catherine. En fait, elle ne parlait jamais de sa famille.

Ils ne sont pas les seuls à se trouver enterrés là. Je lis quatre autres épitaphes de défunts dont les noms ne me disent rien. Des cousins, des oncles ou des tantes, peut-être ? Mon arbre généalogique est un mystère. Pourtant, vu la taille du tombeau, la famille avait dans l'idée de rester soudée après la mort.

— Ça va ? demande-t-il.

Je perçois son inquiétude.

— C’est bizarre. Il y a plein de membres de ma famille allongés dans ce tombeau. Des morceaux de mon histoire dont j’ignore tout. On dit que nos racines font ce que nous sommes. Je me demande ce que ça signifie dans mon cas.

— Qu’au moins tes aïeules, qu’ont sû’ement fait un tas d’erreurs, les ont pas p’ojetées sur toi pour t’influencer et décider d’ta vie à ta place.

Parle-t-il toujours de moi ? Cette bouffée de mélancolie est ridicule. Ces inconnus en poussière, empilés à quelques mètres de moi, ont ruiné la belle histoire d’amour de ma grand-mère. Voilà tout ce que je saurai jamais d’eux.

— Merci, Albert.

— Sûre ?

— Absolument. Grâce à toi, je ne suis plus l’étrangère qui vient d’une grande ville, je suis celle qui revient au pays.

Et je ne vais pas me gêner pour jeter ma généalogie à la figure de Sylvie, dès que l’occasion s’en présentera.

CHAPITRE 15

« Les démons restent en enfer ?
Ils n'ont pas l'air au courant. »
Constantine, 2005.

Sans que je m'en rende compte, les vendredis soir au *Café Bleu* ont amené les dimanches midi au salon de toilettage de Jazz. Celui-ci est installé au rez-de-chaussée d'une jolie demeure en pierres épaisses datant des années 1940, et se nomme sobrement « Jazz toilettage ». Ce dimanche, Ed et moi sommes les premiers à arriver, bien que nous ne nous soyons pas donné rendez-vous. J'aurais bien aimé pourtant. Seulement, même sans beaucoup d'expérience, il m'apparaît que l'enthousiasme et l'impatience de nos rencontres se trouvent majoritairement de mon côté. Je me console en me disant que c'est dans l'ordre des choses et que le voir avec les autres, c'est toujours le voir. Valentine nous rejoint dans la foulée, les bras chargés de ce qui ne s'est pas vendu à la pâtisserie. Nourrir les autres, ou plutôt les gaver, est au moins aussi obsessionnel chez elle que de refuser de s'alimenter. Ses cernes se creusent et ses pommettes s'affûtent de semaine en semaine, et, comme tout le monde, je fais semblant de trouver ça normal.

Nous prenons place sur le grand canapé d'angle, à la couleur « ténèbres douces » – un banal bleu nuit –, et dès l'instant où Ed s'assied, les trois chats de Jazz, deux siamois et un norvégien, se collent à lui.

— Un verre d'eau, s'il te plaît, vite, demande-t-il avant d'éternuer trois fois d'affilée.

Ed est allergique aux chats. Il avale deux antihistaminiques et tente de négocier une trêve avec les félins qui, en bons pervers narcissiques qu'ils sont, ne lui en accordent aucune.

— Tu es la seule personne qu'ils aiment vraiment, tu sais, déclare Jazz en nous servant un thé noir dans un service de la même couleur.

— Ce n'est pas de l'amour, c'est de la torture, corrige-t-il en se contorsionnant sur le canapé.

Valentine sort une bouteille de cidre d'un énorme sac qu'elle n'est pas censée pouvoir soulever.

— Mon père a tenu à ce qu'on en boive avec la farandole crêpière que j'ai récupérée. En ce moment, il nous en fait des tonnes pour compenser l'hystérie de ma mère. Comme d'habitude. Dans une semaine, il voudra m'acheter un poney.

Je demande :

— Pourquoi, hystérique ?

— Depuis quelques jours, elle se prend pour un chef d'état-major qui organise des réunions au sommet en plein milieu du magasin. Et toutes les poules de Luserne viennent caqueter dans la boutique, un vrai bordel sans nom.

— Ce n'est pas ce qu'elles faisaient déjà ? enchérit Ed, en se collant à moi pour s'éloigner des chats.

Ce contact fait remonter en moi… non, en fait, il ne fait rien remonter. Les contacts entre Grégory et moi me paraissent maintenant si glacés. Alors que frôler un bras ou une cuisse peut visiblement produire beaucoup de chaleur.

— Non, mais là, depuis l'affaire de la tombe, elles passent toutes des heures à réfléchir à des théories. Quand je pense que je n'ai même pas le droit de parler cinq minutes avec vous quand je vous sers. Franchement, avec le recul, quand elles parlaient des sous-vêtements de la maire, c'était pas si chiant.

Je la regarde avec des yeux ronds.

— Le… Les sous-vêtements de la maire ?

— Notre maire met toujours des chemisiers transparents de couleur claire et des soutiens-gorges sombres, explique Ed. Depuis qu'elle a son siège, les habitants font régulièrement des paris sur les prochaines couleurs de ses futures interventions.

— Il se passe tellement de trucs passionnants dans cette ville, intervient Jazz.

Je roule des yeux.

— Et c'est Nicolas qu'on emmerde pour utiliser une voiture de fonction !

— Il serait moins emmerdé s'il couchait avec la maire, répond Jazz.

— En tout cas, déclare Valentine en servant des parts disproportionnées à tout le monde, par rapport à ce que j'ai entendu à la boutique, tu as dû en voir défiler, du monde, au cimetière.

— Ça n'a pas arrêté de toute la semaine, dis-je en soupirant. Y a même des gens qui se sont pris en photo devant les tombes. Ce n'était même pas la bonne. Albert va finir par embrocher quelqu'un.

— Le père Grégoire devrait faire payer l'entrée du cimetière, plaisante Ed. Lui qui se plaint toujours que les finances ne sont pas au beau fixe.

On toque soudain à la porte.

— Sûrement Nicolas, suppose Jazz en se levant.

— Ne bouge pas, j'y vais ! fait Ed en en profitant pour s'éloigner des boules de poils, et de moi dans la foulée.

Je vois Valentine se recoiffer avant de préparer une assiette de pâtisseries pour Nicolas. Elle a toujours des attentions particulières pour lui, comme si elle devait le consoler d'un gros chagrin. Quand les deux garçons remontent, Nicolas n'a pas l'air dans son état normal.

— Vous ne devinerez jamais ce que je viens de découvrir ! s'exclame-t-il.

— De nouveaux manuscrits de la mer Morte ? tente Jazz en servant du thé.

— C'est de l'humour, ça, Jazz, je souris.

— Ah oui ? s'étonne-t-elle, mais oui, c'est vrai.

— Cette fois, on s'en est pris à l'église, déclare-t-il sur un ton grave.

Nous nous figeons.

— Comment ça ? demande Valentine.

— Ce matin quand le prêtre a ouvert, il a vu d'énormes tags sur la porte de l'église.

— Des tags ?

— Et pas n'importe lesquels : des pentagrammes.

Un silence abasourdi accueille sa révélation. Ed finit par se lancer :

— C'est le père Grégoire qui te l'a dit ?

— Non, je ne l'ai pas vu. J'ai rencontré mon dentiste qui le tenait de la fleuriste du centre qui l'avait appris de son kiné qui a croisé le prêtre tôt dans la matinée chez tes parents, Valentine.

Je souffle :

— C'est du délire…

— Carrément, approuve Jazz. Allons voir.

Valentine embarque une part de tarte et, moins d'une minute plus tard, nous sommes dans la rue. Cette fois, inutile de chercher où se trouve l'acte de vandalisme, car personne ne peut le rater. Sur la place, la porte de l'église est très exposée aux regards. D'énormes dessins réalisés dans une peinture bleu clair maculent presque tout le bois.

— Ce sont bien des pentagrammes, confirme Jazz une fois devant, mais pas très bien faits.

— Bordel, souffle Valentine.

— Nos vomisseurs de hamburgers, vous croyez ? je demande.

— Le tracé me paraît assez approximatif et naïf, répond Ed, ça ne donne pas l'impression d'être fait par des adultes ou des gens qui s'y connaissent vraiment.

Tandis que Jazz confirme, nous voyons le père Grégoire sortir de l'église avec un énorme seau qui le déséquilibre. Ses yeux sont si tristes, il fait peine à voir. Je l'aide à le déposer devant la porte.

— Merci, Adèle, ce n'était pas la peine de venir. Les dernières fois, c'était le cimetière, c'est vous qui avez nettoyé ; aujourd'hui l'église, c'est à moi de le faire.

— Je suis désolée, mon père.

— Ça aurait pu être pire. Au moins, il n'y a pas de casse et la peinture a l'air de partir assez facilement.

— Laissez-moi faire, propose Ed en prenant l'éponge des mains du prêtre. Vous avez eu le temps de déposer plainte ?

— Je peux officiellement dire que la gendarmerie est une annexe de l'église. Je pourrai bientôt y prêcher.

— Vous devriez vous asseoir, il fait chaud. Je vais vous chercher une chaise.

Je fais l'aller-retour entre le chêne où nous déjeunons et le parvis de l'église pour récupérer un siège et y installer le père Grégoire. Il fournit un gros effort pour conserver son sourire affable, mais le cœur n'y est pas.

— Je vous ai apporté une part de tarte, mon père, déclare Valentine en la lui tendant. Maintenant, la gendarmerie va peut-être bouger son cul !

— Valentine..., calme Nicolas.

— Oui, pardon pour mon langage, mon père. Mais ça me rend dingue, ils vont aller jusqu'où, sérieux ?

— Il y a quelque chose de pourri au royaume de Luserne, dit Ed tout en frottant énergiquement sur la paroi en bois. Et si vous voulez mon avis, ça ne va pas s'arrêter.

— Tu le crois vraiment ? s'inquiète Nicolas.

— Personne ne les arrête, pourquoi ne continueraient-ils pas leur petit jeu ?

— Ils veulent faire passer un message, répond le prêtre, et comme on ne les écoute pas, ils sont de plus en plus en colère. Si seulement je savais ce qui les motive.

— N'importe quoi ! Ce qui les motive, c'est la connerie, c'est tout. Ce sont de petits abrutis pourris gâtés qui se retrouvent coincés dans ce village tout l'été et le lui font payer.

— Valentine..., répète Nicolas.

— Quoi ? OK : pardon, pour mon langage, tout ça.

— On finira bien par les surprendre en flagrant délit, ajoute Nicolas, ce ne sont pas non plus des agents des renseignements. La prochaine fois, ils voudront faire encore plus spectaculaire et, là, ils se feront attraper.

Sans le faire exprès, Nicolas fait référence à tous les ressorts scénaristiques du genre thriller. L'ego du psychopathe lui fait toujours commettre l'action de trop, celle qui laisse des indices et met l'enquêteur sur la voie. Je rapproche le seau d'Ed et fixe le mouvement circulaire de ses épaules. Je le trouve beau dans l'effort, pas seulement parce que j'aime son allure, mais aussi parce que ce qu'il est en train de faire révèle ses qualités morales.

Valentine tapote mon bras et interrompt ma contemplation un peu déplacée en la circonstance.

— La Sainte Inquisition droit devant.

Sylvie, Blanche et deux autres personnes qui me sont inconnues approchent en rang serré comme un banc de piranhas. Leurs mines fermées n'augurent rien de bon. Mais Sylvie a-t-elle jamais eu une autre mine que celle-ci ?

— Mon père, c'est abominable ! s'exclame-t-elle, en exagérant le mouvement de sa bouche. Quand on m'a prévenue ce matin, honnêtement, j'ai cru que la personne divaguait.

— Si ça avait été le cas, elle aurait été tellement déçue, murmure Ed, en me décochant un coup d'œil complice.

— Avez-vous prévenu les autorités ? demande l'aristocrate sur un ton d'employeur à domestique.

— Oui, Blanche, répond le prêtre en dissimulant assez mal son agacement pour une question qu'il doit juger, comme nous tous, un peu stupide.

Sylvie gravit les marches pour se rapprocher d'Ed et, surtout, des graffitis. Elle coule vers moi un regard que je n'arrive pas à déchiffrer, mais qui m'indispose.

— Eh bien, on peut dire que vous arrivez au moment où tout bascule. Avant, il ne se produisait jamais rien à Luserne.

— Vous insinuez quoi ? attaque Valentine dans la seconde.

— Du calme, jeune fille, je plaisante. Je sais que vu votre état, la gestion des émotions est un défi, mais ne m'agressez pas.

Je suis prise d'une brusque envie de lui faire bouffer l'éponge pleine de peinture et de savon. En s'en prenant à Valentine, elle s'en prend à moi, et cet amalgame inconscient est une expérience nouvelle. Sylvie ne laisse à personne le temps de contre-attaquer, car elle enchaîne :

— Nous avons demandé une réunion extraordinaire du comité, mon père. Nous allons trouver une solution. Nous ne sommes pas une grande ville, si nous ouvrons tous les yeux et les oreilles, nous trouverons qui a fait ça et nous les punirons.

— Est-ce qu'elle pense à ce que je pense ? dis-je dans l'oreille d'Ed.

— À un brasier géant, c'est ça.

— C'est, je crois, une question dont il faut parler en effet, répond le prêtre. Surtout parce que nous devons éviter les chasses aux sorcières. Ce ne sont que des graffitis, ne l'oublions pas.

— Je vous en prie, ce sont des pentacles, mon père, rétorque Sylvie. Ce n'est pas tout à fait n'importe quels *graffitis.*

— Pentagrammes, corrige Jazz.

Nous dévisageons Jazz. Elle ne comprend pas pourquoi. Elle est le genre de personne qui fonctionne avec logique : une question appelle une réponse. Il n'y a jamais de double langage ou de langage caché. Sylvie la fixe, et je sens le poids de ses préjugés s'abattre sur mon amie.

CHAPITRE 16

« Preuve est faite que visages dévots et pieuses actions nous servent à enrober de sucre le Diable lui-même. »

V pour Vendetta, 2006.

Cette fois, le président du comité ne s'attarde pas à serrer des mains et à bayer aux corneilles, il prend sans attendre place derrière la table, suivi de près par Blanche, le docteur, le boucher et deux autres personnes.

La scène a un furieux goût de déjà-vu, à ceci près que les figurants sont plus nombreux. Le gymnase, ce soir, est plein à craquer au point que j'ai l'impression que tout Luserne a répondu à l'appel de la réunion exceptionnelle du comité. Il n'y a aucun buffet et la petite dame à l'entrée a renoncé à reporter sur sa feuille le nom des participants.

Nous n'aurions pas dû venir, j'en ai eu la conviction dès le départ. J'ai essayé d'expliquer à Valentine que je ne le sentais pas, mais aucun argument autre que *je ne le sens pas* n'est sorti de ma bouche, ce qui ne l'a guère convaincue.

— Je vous en prie, un peu de silence ! s'exclame le président avec plus d'énergie que la fois précédente.

La peur que son autorité soit débordée par un tel rassemblement lui donne un regain d'énergie et de leadership, deux qualités auxquelles il semble peu habitué, pas plus, visiblement, que ses collègues qui le dévisagent avec étonnement.

— Nous sommes nombreux ce soir, je vais donc vous demander de la discipline, si nous voulons mener à bien cette réunion.

Les voix dissonantes de l'assemblée fusionnent en un bourdonnement dont le volume diminue peu à peu. Au-dehors, la lumière flamboyante du début de soirée jette un voile de feu sur la salle de sport. La clim récemment installée ne fonctionne pas, le président sue déjà beaucoup.

— Vous avez été nombreux à demander qu'une réunion extraordinaire se tienne et, comme vous le savez, le comité a toujours à cœur de servir les intérêts de la communauté. C'est d'ailleurs ce qui a été à l'origine même de la création de cette ins…

— On pourrait peut-être entrer dans le vif du sujet, non ? s'exclame une voix que je n'identifie pas.

L'assemblée approuve avec vigueur. La figure du président vire au rouge. Ce qu'il redoutait le plus est en train de se produire et on sent déjà le stress monter en lui.

— D'accord, d'accord. Alors, l'ordre du jour de cette séance extraordinaire concerne évidemment la dégradation de la tombe de Bernard Lefevbre et des murs de l'église. Tout le monde s'accorde à dire que, dans cette affaire, nous sommes face à une escalade dans la violence dont il est urgent de s'inquiéter.

— Excusez-moi, qui vous dit que c'est lié ? demande une femme.

— Pardon ?

— Vous avez l'air de mettre les deux événements sur le même plan, comme s'ils faisaient partie d'un tout. Or, nous n'en savons rien, si ?

— On s'en fiche, c'est du détail ça ! s'exclame un jeune homme. On ne va pas déjà tergiverser sur le vocabulaire. On a un problème de délinquance, il faut le régler, point.

— Non, justement on ne s'en fiche pas, parce qu'avant de décider quoi que ce soit, il faudrait d'abord…

— Et ça y est, ça commence, on blablate sur des détails. C'est toujours pareil avec vous, les bobos intellos !

— Pardon ? Je ne suis pas une bo…

— Bien sûr que si. Vous adorez écouter le son de votre voix. Est-ce que les deux événements sont liés ? Sérieusement, c'est la première question qui vous vient ? Je vais vous le résumer, moi, le débat : y a des petits cons qui font n'importe quoi parce que leurs parents ne les occupent pas assez la journée. Et ils s'en prennent au cimetière parce que c'est le seul coin qui n'est ni éclairé ni surveillé la nuit. Voilà, c'est pas plus compliqué que ça. Maintenant, je vous donne la solution : on n'a qu'à barricader l'entrée, et y coller un gars de la sécurité. CQFD.

Le volume sonore de la foule augmente d'un coup.

— Nous avons déjà un gardien, si je puis me permettre, intervient le prêtre.

— Oui, bien sûr, mais non, mon père, soupire le même jeune homme, dont je vois les bras se lever au-dessus des têtes. Je voulais parler d'un vrai gardien, quelqu'un dont la sécurité est le métier et qui peut bouger et courir. On sait tous pourquoi vous avez recruté Albert et ce n'est pas pour son professionnalisme.

Le corps d'Ed se raidit aussi vite que si une aiguille planquée dans le dossier du siège venait de le piquer.

— Il fait très bien son travail.

— Pardon de vous contredire, mon père, déclare un homme plus âgé, mais j'ai entendu dire que ses coups de colère étaient allés un peu loin ces derniers temps. Apparemment, il s'en serait pris à des gamines à qui il aurait fait très peur. Avec tout le respect que je vous dois, il n'est peut-être pas l'homme de la situation. Ce n'est pas donné à tout le monde de savoir gérer les situations de crise.

— Oui, bah, c'est là qu'on voit les limites de la discrimination positive, reprend le jeune homme très énervé du début.

Un brouhaha envahit le gymnase, mais impossible de déterminer si c'est pour acquiescer ou s'offusquer. J'essaye de garder l'esprit ouvert et d'entendre la colère des habitants qui s'installent dans ce genre de petite ville en partie pour échapper à ce type d'incivilités.

— Moi, je ne vois pas pourquoi on devrait encore payer pour un gardien, intervient une vieille dame, les impôts locaux servent à quoi, si ce n'est à ce que la municipalité veille au bien-être de ses habitants ?

— Bonjour, bienvenue chez les bisounours ! raille le jeune homme qui n'a pas l'air de se fatiguer.

Les impôts servent surtout à régler la note des petits-fours du maire quand il fait ses vœux, si à votre âge vous n'avez pas encore compris ça, on ne peut plus rien faire pour vous. Personne à la mairie ne va bouger, ma petite dame, faut se débrouiller tout seuls.

— Je vous en prie, intervient le docteur, ne nous éloignons pas du sujet. L'idée de faire faire des rondes au cimetière pendant quelque temps pourrait être une piste à explorer.

Bonne chance.

— Il me semble que nous prenons le problème à l'envers.

Sylvie sort enfin de son étonnante réserve. Sa voix me crispe déjà, elle raye l'air tel le son d'une craie sur un tableau noir.

— Je pense qu'il y a assez de ressources, ici, pour que nous nous montrions un peu plus proactifs, pérore-t-elle sur un ton ampoulé. Dois-je vous rappeler que nous sommes tous responsables de notre confort de vie ? Laisser porter les pires accusations envers un notable tout juste décédé et insulter nos symboles en portant atteinte à notre église n'est pas digne de notre ville.

— Bien, que proposez-vous, Sylvie ? demande le président.

— Luserne est une petite ville, certains diraient que c'est un inconvénient, moi je pense que c'est un avantage. Actionnons chacun notre réseau, posons des questions autour de nous, bref, menons nos propres investigations. Après tout, qui connaît le mieux les Lusernois que les Lusernois eux-mêmes ? Tissons une immense toile où prendre les vandales.

— C'est du délire, soupire Valentine.

Un frisson fait trembler les poils de mes bras.

— Une chasse aux sorcières comme au bon vieux temps, en somme, commente Lucien. Quelle riche idée !

— Caricaturer mes propos ne les rend pas moins pertinents, monsieur Vidal. Il me semble qu'il n'y a pas de mal à poser quelques questions aux bonnes personnes. Reprenons les faits, si vous le voulez bien. Apparemment, les accusations portées à l'encontre de Bernard Lefevbre portaient sur des éléments de détournement de fonds extrêmement précis. Demandons-nous qui pouvait connaître ces informations.

L'assemblée gronde.

— Silence ! ordonne le président. Comment diable savez-vous de quoi a été accusé le défunt ?

— Comme je vous l'ai dit, Luserne est un réseau solidaire, rien ne reste secret longtemps et c'est ce qui va perdre les délinquants.

La jubilation jaillit dans chacun de ses mots. Pour un peu, on pourrait penser qu'elle a elle-même provoqué toute cette affaire, rien que pour jouir de ce quart d'heure de campagne électorale.

— Ensuite, passons aux dégradations de l'église, poursuit-elle. Le message est évidemment clair : nous avons affaire à des déviants qui s'en prennent à l'histoire de la ville et de la région. Il faut s'y connaître pour peindre ces signes cabalistiques. Il me semble que nous avons quelques habitants qui se réclament de cette mouvance gothique. Ils savent peut-être quelque chose qui pourrait nous apporter des éléments sur les vandales. Après tout, c'est une communauté assez fermée.

— Esthétique gothique et satanisme n'ont rien à voir, déclare Jazz dont la peau est devenue plus transparente qu'un papier de soie. Vous devez arrêter avec ces amalgames. Une personne qui s'habille en noir n'est pas une adoratrice de Satan qui vandalise les églises et les cimetières. Elle aime juste le noir.

— C'est toujours le même problème avec les gens comme vous, on ne peut rien dire sans que vous le preniez comme une agression. Vos références ou croyances, peu importe comment vous les appelez, reposent sur une esthétisation de la mort, de la sorcellerie et de la cabale, vous ne pouvez pas le nier. Donc, ce n'est pas vous insulter que de vous demander de poser quelques questions à d'autres comme vous.

— Justement, si, persiste Jazz, car en faisant ça, vous continuez à associer dans l'esprit des gens un type de mode vestimentaire et de maquillage à des superstitions sectaires et moyenâgeuses, et vous créez un lien de cause à effet entre les deux.

— C'est bon, arrêtez avec votre délire de persécution ! s'agace le jeune homme qui a pris la parole en premier. On vous demande juste un peu d'aide, au cas où la piste serait celle-là, c'est pas la mer à boire. Franchement, la plupart d'entre nous ne savent même pas où trouver les modèles de ces tags. Alors que vous, je suis certain que vous savez comment ça s'appelle et d'où ça vient.

— Je sais comment s'appelle un avion et de quelle compagnie il vient, pour autant on ne viendra pas me trouver pour que je donne mon avis après un crash aérien, intervient Ed d'une voix forte et claire.

— Le croque-mort qui défend la sataniste, si c'est pas du pur cliché, ça ? entend-on grommeler au fond de la salle.

— Je trouve quand même très surprenants, pour ne pas dire suspects, votre manque de solidarité et votre refus d'aider la communauté, insiste Sylvie en se levant de son siège. Si vous et vos petites copines n'avez rien à cacher, je ne vois pas pourquoi vous faites toute une histoire pour trois pauvres questions qu'on vous demande de poser.

— Mes copines ? s'étonne Jazz.

Mon sang se met à bouillir. Dans ma tête tournent plein d'arguments que je pourrais convoquer, là, maintenant, pour stopper cette escalade de sous-entendus, mais rien ne sort de ma bouche. Est-ce la peur ou la lâcheté ? Je me sens comme ces automobilistes qui ralentissent pour observer l'accident qui vient de se produire, curieux de reconstituer les faits et rassurés de ne pas en faire partie.

— Oui, vous avez très bien compris, votre communauté, quoi. On ne va pas jouer sur les mots.

— Hors de question que je demande quoi que ce soit à qui que ce soit, réplique Jazz.

— Pourquoi ? demande le jeune homme plein de fiel. Vous êtes une commerçante de Luserne bien implantée, le sort de notre ville devrait vous tenir à cœur, non ?

— Peut-être parce que vous la mettez tous mal à l'aise à insinuer qu'elle a plus ou moins un lien avec ceux qui ont tagué la porte de l'église, rétorque Ed.

— Excusez-moi, finis-je quand même par dire, les mains moites, je suis toute nouvelle à Luserne et, pour ceux qui ne me connaissent pas, je rénove le jardin de l'église et du cimetière. J'ai vu de très près les dégâts qui ont été faits, car c'est Albert et moi qui les avons nettoyés ensuite. Ceux qui ont fait ça s'amusent sans nul doute de leur forfait. Vous accuser les uns les autres sans preuve va dans leur sens. La suspicion ne sera jamais plus efficace que l'entraide et la solidarité.

— Je ne crois pas que vous ayez encore votre mot à dire, jeune fille, claque Sylvie. Comme vous le dites, vous venez d'arriver.

Ma mâchoire se crispe et je lui ferais bien ravaler son « jeune fille » par un certain orifice.

— Elle a tout à fait son mot à dire, au contraire, déclare Lucien. Elle habite et travaille ici dans un but d'intérêt général, en faisant une tâche que peu accepteraient de faire et dont le seul but est d'embellir Luserne. C'est bien mieux que certains d'entre vous qui vous exprimez ce soir.

La surprise de son intervention passée, je sens l'émotion me gagner.

— Bon, stop ! interrompt le docteur en élevant la voix. Nous tournons en rond. Je comprends ce que vous essayez de faire, Sylvie, et j'entends bien votre agacement. Mais on ne peut pas se faire justice soi-même, en poussant les habitants à espionner et à dénoncer leurs voisins. Il faut rester prudent.

— Ce n'est pas ce que j'ai dit ! se défend cette dernière.

— Alors, que va faire le comité ? s'élève une voix sur la gauche. Nous cotisons pour que vous preniez des décisions plus rapides que la commune, je vous signale.

Nouvelle vague sonore.

— Écoutez, je pense que la proposition de faire appel à des gardiens de nuit d'une société privée de sécurité est une solution envisageable, tente de calmer le président. Si vous êtes d'accord, je vais me renseigner et faire passer aux adhérents plusieurs devis. Puis, nous ouvrirons une cagnotte pour rémunérer cette société. Parallèlement, nous maintiendrons la pression sur la gendarmerie.

Chacun commence à réagir à ces propositions dans une cacophonie assourdissante. Jazz s'est rassise et baisse la tête. J'ai mal pour elle. Ed pose sa main sur la mienne. J'hésite, je ne sais pas comment réagir, alors qu'il suffit que je bouge, rien de bien compliqué. Je recouvre sa main et lui souris. Son expression m'échappe, mais il me regarde et je suis avec lui.

Des bras se lèvent. Ils viennent de passer au vote les propositions du médecin. Aucune ne me convient. Nous ne sommes pas des justiciers, encore moins ce genre de communauté qui croit pouvoir elle-même faire respecter ses lois au nom d'un bien commun défini par une poignée de forcenés. Je connais déjà le résultat, nous le connaissons tous. Ce sont toujours les Sylvie qu'on entend et les Sylvie qu'on suit, car il est plus facile de se cacher dans l'ombre d'un leader que d'assumer seul une décision.

Quand la séance se termine, Jazz est l'une des premières à se lever. De nombreux regards suivent son mouvement. Certains sont peinés, curieux, agacés, mais d'autres ont l'air satisfait. Ed, Nicolas, Valentine et moi lui emboîtons le pas. Nous la retrouvons dans la rue tandis qu'elle file sans s'arrêter vers son magasin.

— Attends-nous, Jazz ! s'écrie Valentine.

— C'est bon, je vais rentrer, laissez-moi.

— Non, sûrement pas, insiste Ed en la rattrapant grâce à ses longues jambes. En groupe, les gens sont cruels et stupides, tu le sais.

— J'en ai tellement marre, soupire Jazz, les larmes aux yeux. Je croyais qu'une fois adulte, ce genre de trucs ne m'arriverait plus. Ça a été le lycée, puis la fac, puis au début quand je suis arrivée ici. Quand on ne se moquait pas de mon maquillage, de mes piercings, de ma coupe de cheveux, on jugeait mon introversion. Et puis, ça a été des questionnements sur mon absence de petit copain et enfin le package habituel qui suit le coming out. C'est bon, j'ai eu tout le forfait de la discrimination, ça ne s'arrête donc jamais ?

— La plupart ne se rendent même pas compte de l'impact de leurs propos, déplore Ed. C'est ça, le pire. Ils pensent devoir donner leur avis et exprimer leur opinion, comme s'il s'agissait d'un droit inaliénable. Mais, ce qu'ils croient n'a d'importance que dans leur petite tête.

Valentine se rembrunit. D'habitude, elle est plus véhémente. Elle doit culpabiliser du rôle que sa mère joue dans le colportage de ces opinions nauséabondes.

— Alors, c'est quoi la solution ? demande Jazz. S'installer dans le désert ?

— Trouver de la force dans la dignité, répond Ed. Et compter sur tes amis. Nous sommes là avec toi. Notre soutien n'est pas moins fort que leur connerie, sous prétexte qu'on crie moins.

Jazz fait un petit mouvement de tête. Ses cheveux noir bleuté au lissage impeccable encadrent un visage de porcelaine, lui donnant un parfait air de Blanche-Neige.

— Ils aimeraient tellement nous formater à leur image pour être assorties à leur vie, dis-je en regardant nos robes, chacune à l'opposé du cercle chromatique.

— Au moins, toi, la seule pratique dont on peut t'accuser, c'est de vénérer les licornes, pas les démons, soupire Jazz avec amertume.

Nous demeurons un long moment à discuter sur un bout de trottoir. On passe en revue les grandes idées de justice, d'égalité et de neutralité. Une façon de refaire le monde qui ne sert à rien, si ce n'est à nous faire du bien et à réaffirmer les valeurs communes de nos groupes de gens à part, de gens pas comme les autres. Et on croit que ça suffit à nous rendre plus forts.

Nous nous quittons lorsque la nuit nous empêche de voir à plus de deux mètres. Nicolas raccompagne Jazz, tandis qu'Ed, Valentine et moi prenons le chemin opposé, et au moment où nos chemins se séparent, cette dernière nous gratifie d'un « bonne nuit » triste et tout juste audible. Je fais encore un bout de chemin avec Ed, puis il me dit au revoir sur un ton à la fois doux et désolé, tandis que son regard s'attarde sur moi. Peut-être se demande-t-il si tout ça ne va pas me pousser à rentrer à Lyon ?

Il y a quelques semaines, j'aurais sûrement été tentée, mais la vérité est que j'éprouve pour notre petite bande un très fort sentiment d'appartenance que je ne sais pas vraiment expliquer. Retourner à une vie de recluse n'a jamais été une option plus éloignée qu'à cet instant.

CHAPITRE 17

« Nos vies ne nous appartiennent pas. De la matrice au tombeau, nous sommes liés aux autres. »
Cloud Atlas, 2012.

— Jazz, je suis tellement désolée, dis-je avec tristesse. J'aimerais trouver des mots plus forts.

Ce qu'on peut être con parfois, souvent d'ailleurs, dans des moments où on devrait être tout sauf con. Rien de plus malin ne me vient, pourtant, je me sens obligée de parler, parce que dans le silence, l'inscription au mur me paraît prendre vie et crier.

— Essaye : « Qu'ils aillent tous se faire déboîter en enfer sans vaseline », répond-elle après s'être mouchée.

Le matin suivant la réunion exceptionnelle du comité, l'appel de Nicolas m'a tirée du lit à 8 heures un jour de congé. Sa voix blanche et ses mots terribles résonnent encore dans ma tête.

— Viens dès que tu peux au magasin de Jazz !

— Tout va bien ? ai-je répondu, à moitié endormie.

— Non, pas trop. Je préfère que tu viennes, tu verras par toi-même.

J'ai obéi et, effectivement, tout ne va pas bien, loin de là.

Dans la nuit, le magasin de Jazz a été vandalisé, ou plutôt foutrement vandalisé. Le spectacle de ce qu'il en reste est désolant : la baie vitrée a été entièrement brisée et l'intérieur de la boutique retourné comme si un ouragan était passé par là. Pourtant, ce n'est pas le pire. Inscrits à la bombe de peinture noire en lettres capitales sur l'un des murs, les mots « Sale gouine satanique » occupent tout l'espace.

Nicolas, Valentine et Ed sont arrivés avant moi et forment un cercle autour de Jazz, ratatinée sur une chaise, en pleurs. Je suis plantée au milieu des gamelles renversées, des étagères arrachées et je suis incapable de faire quoi que ce soit d'utile.

— On devrait prévenir le président du comité, propose Nicolas.

Ses mots me font tressaillir.

— Pour quoi faire ? s'étonne Valentine.

— Tu as lu les inscriptions ? Ça ne te rappelle pas quelque chose ? Ça vient forcément d'hier.

— Et alors ? Tu n'as aucune preuve, donc tu comptes leur dire quoi ?

— Au moins, ils seraient au courant, persiste Nicolas.

— Ils n'en ont rien à cirer, tu le sais bien ! s'exclame Valentine avec colère. Après tout ce temps, t'as toujours pas compris ? Quand cette connasse de Sylvie s'en est prise à Jazz devant tout le monde, tu as entendu quelqu'un réagir ?

À l'extérieur, quelques promeneurs ralentissent pour observer le carnage et le commenter, mais aucun ne s'arrête. Nous sommes comme le véhicule accidenté sur la bande d'arrêt d'urgence d'une autoroute.

— Alors, on ne fait rien ? s'emballe le jeune homme.

— Bah, en tout cas pas ça ! Sérieux, parfois, je me dis que ce village mériterait qu'on rase tout et qu'on recommence.

— Valentine, ne dis pas ça…

— Tu me fatigues avec ta gentillesse, Nicolas, qu'est-ce qu'il va te falloir de plus pour réagir ? Que des abrutis te demandent de maigrir pour monter sur un putain de vélo ? Ah non, c'est vrai, ils te l'ont déjà demandé. Qu'ils te chient dans la bouche, alors ? T'inquiète, ça va venir.

— Valentine, intervient Ed sur un ton ferme, on est tous bouleversés, mais fais attention à ce que tu dis.

Je la vois blêmir et se décomposer. Sa colère a une nouvelle fois parlé plus vite qu'elle et le regret se lit déjà sur sa figure. Valentine ne sait pas exprimer la douceur, et je crois que la faim la rend dingue, aussi. L'expression de Nicolas redouble de tristesse, pourtant il garde le silence.

— Il faut que tu déposes plainte pour ton assurance, conseille Ed en redressant une étagère.

— À quoi bon ? se lamente Jazz. Je viens juste d'en changer, ils vont mettre je ne sais pas combien de temps à me rembourser. Je n'ai pas beaucoup de trésorerie d'avance, j'ai besoin de travailler. C'est foutu.

J'essaye de secouer mon cerveau pour qu'il réfléchisse plus vite que d'habitude.

— Peut-être qu'on n'est pas obligés d'attendre qu'ils te dédommagent ? On est assez pour remettre ton magasin en l'état. Il faut juste trouver un professionnel en urgence pour la vitre. Il doit bien y en avoir un pas loin qui acceptera de faire un geste.

— Tu es naïve, Adèle, renifle Jazz, mais c'est gentil de proposer quelque chose.

Ed me fait signe de ne pas insister. C'est encore trop tôt pour proposer des stratégies. L'heure est à la sidération et à la colère. Puis il se tourne vers Nicolas.

— Tu peux l'emmener à la gendarmerie ? On va rester là pour déblayer le plus gros et bâcher l'ouverture.

Posant ses mains de part et d'autre des épaules de Jazz, il l'incite à se lever et à suivre le facteur.

— Je... Je vais avec eux, aussi ? interroge Valentine d'une voix de petite fille.

— Non, reste avec nous, on ne sera pas trop de quatre.

Tandis que Nicolas et Jazz s'éloignent, nous faisons le tour du magasin.

— Je vais aller chercher une bâche solide, annonce Ed en mesurant du regard l'ancienne baie vitrée.

— Où vas-tu en trouver une de cette taille ? demande Louis.

— Tu sais, sourit-il, dans mon métier, les bâches, ce n'est pas difficile à dégoter.

*

— Adèle, est-ce que tu sais avec quoi on peut faire partir ça ? Ce serait bien que ce soit moins lisible, quand Jazz reviendra de la gendarmerie.

Cela fait une heure que Louis et moi nous affairons à récupérer ce qui peut l'être et à essayer de mettre un peu d'ordre, et la pièce a désormais un peu moins l'air d'avoir été traversée par un ouragan. Mais lire ces abominables inscriptions sur le mur blanc continue à me soulever le cœur.

— J'ai deux ou trois recettes en tête qu'on peut tester avant de s'avouer vaincus et de repeindre. J'ai tout ce qu'il faut au cimetière.

Puis, je pose la question qui me brûle les lèvres depuis tout à l'heure :

— Louis, c'est déjà arrivé ?

— Quoi ? Saccager un petit commerce façon vindicte populaire moyenâgeuse ?

— Quelque chose du genre, oui.

— Pas que je sache. En revanche, des petits regards en biais bien condescendants pour les gens comme Jazz et moi, oui. Le problème des petites villes, c'est que nous passons plus difficilement inaperçus.

— Le problème, c'est de vouloir passer inaperçu ; on ne devrait jamais vouloir passer inaperçu pour ménager les autres.

— Tu sais, je ne suis pas aussi dur que Valentine concernant ceux qui vivent ici. Pris chacun isolément, la plupart sont des gens bien, parfois même de belles personnes. C'est cette satanée logique de groupe qui les transforme en zombies.

— C'est réellement si difficile de résister à la pression du plus grand nombre ? Personne ne risque plus le bûcher, même à Luserne.

— Disons que c'est juste plus facile de ne rien dire. On est tous pareils, on en bave déjà assez dans notre vie pour ne pas aller se mettre à dos ses voisins ou sa famille juste pour défendre son honneur ou celui d'un ami. Les êtres humains choisissent toujours la facilité. C'est dans leur nature.

— Oui, mais tu ne penses pas qu'à force, la vie, quand elle est subie, n'est plus la vie ?

Louis me dévisage, puis esquisse un sourire résigné qui met un point final à la discussion.

Quelques minutes plus tard, nous voyons Ed et Valentine pénétrer dans la boutique, suivis par deux hommes que je ne connais pas et qui portent l'énorme rouleau de toile en plastique destiné à obstruer le trou béant dans la vitrine.

— J'ai amené du renfort, annonce Ed. On ne sera pas trop de trois pour condamner la fenêtre.

Lesdits renforts nous saluent, puis se mettent au travail, et j'en profite pour me rendre au cimetière et revenir avec ce qu'il faut pour nettoyer les inscriptions.

Une heure plus tard, lorsque Jazz et Nicolas reviennent de la gendarmerie, les lettres peintes sur le mur ne sont plus qu'un halo de couleur diluée. Les gendarmes ne manqueront pas de critiquer notre initiative, mais ils devront se contenter des photos prises par Louis : aucun d'entre nous n'aurait accepté de laisser ces horreurs une minute de plus sous les yeux de Jazz. Lorsqu'elle entre dans le salon de toilettage, les traits de son visage se détendent d'un coup. À défaut d'avoir vraiment tout remis à la bonne place, nous avons au moins rangé ce qui était cassé et renversé.

— Vous avez effectué un travail énorme ! s'exclame-t-elle. Merci beaucoup.

— De rien. Par contre, on n'est pas sûrs d'avoir remis les objets où il fallait.

— Ne t'en fais pas, Adèle, de toute façon, je vais devoir dresser un inventaire. On peut circuler, c'est déjà ça.

— Tu pourras peut-être rouvrir plus vite que prévu, déclare Nicolas en faisant preuve d'un optimisme forcené.

C'est dans sa nature. Chacun la sienne.

*

— Bon, je pense qu'on a assez pleuré sur notre sort, déclare Ed en nous faisant tous sursauter, maintenant, plan de bataille ! Quelle est la priorité ?

— Faire bouffer leur acte de naissance à tous ces bâtards, répond Valentine.

Le *Café Bleu* aujourd'hui a viré au gris. Jazz est absente et nous ne cessons de jeter des coups d'œil désolés à la chaise vide sur laquelle elle s'installe habituellement. À tour de rôle, nous l'avons appelée pour prendre des nouvelles. Je crois qu'elle a baissé les bras. Moi, je débarque dans sa vie avec mes principes de privilégiée pas trop emmerdée par la société, j'oublie qu'elle a dû en voir d'autres, des insultes et des agressions de ce genre. À force, qui ne renoncerait pas ?

— Comme par *bâtards,* tu vises toute la population de Luserne, passons à la priorité suivante, pour des raisons évidentes de logistique.

— Elle doit retravailler vite pour ne pas perdre trop d'argent, dis-je sur un ton de bonne élève que je trouve ridicule.

— Je suis d'accord, dit Ed, la bâche est solide, nous sommes en plein été, elle peut se passer de vitre pour l'instant.

— Il reste les lavabos, intervient Louis, même si certains sont un peu abîmés.

— Le frère de mon voisin est plombier, indique Nicolas, je suis sûr qu'il pourrait venir faire les réparations sans rien demander. À mon avis, le problème n'est pas le matériel, mais les clients.

— Je confirme, renchérit Valentine, le client, c'est la plaie. Enfin, pas vous.

— Les personnes qui fréquentent le salon de Jazz ont certains moyens et donc certaines exigences, précise Louis. À choisir entre aller dans un endroit qui porte les traces d'un gros vandalisme et un autre rempli de coussins fleuris et de plantes vertes, la décision sera vite prise.

Soudain, il me vient une idée.

— Pourquoi ne pas tourner ça à notre avantage ? L'état du salon de Jazz le rend singulier par rapport à ses concurrents, donc allons au bout de sa particularité. Offrons une sorte de bonus aux clients et insistons sur le geste de solidarité et de soutien. Les gens qui ont de l'argent adorent pouvoir dire qu'ils sont venus en aide à quelqu'un.

Valentine me regarde d'un air peu convaincu.

— Tu penses à quoi, une distribution de limonade et de cupcakes ?

— Pourquoi pas ? Souvenez-vous de la réunion d'hier, les gens bouillonnent de pouvoir se montrer meilleur citoyen que les autres. Donnons-leur une cause à défendre et une victime à protéger.

— T'es sérieuse ? s'étonne Nicolas.

— Ouais, parce qu'à la réunion, justement, indique Valentine, Jazz est plutôt passée pour la complice des actes de vandalisme.

— Au milieu d'un groupe, ce sont toujours les fortes têtes qu'on entend, mais ça ne veut pas dire que tout le monde pense la même chose. Le saccage du magasin de Jazz, qui est un des commerces qui marche le mieux de Luserne, l'a fait passer dans le camp des victimes, croyez-moi.

— Elle a raison, intervient Ed, ceux qui ont fait ça l'ont, sans le vouloir, innocentée des suspicions de complicité avec les vandales. Servons-nous de ça pour créer un élan autour d'elle.

— D'accord, mais que propose-t-on ? interroge Valentine.

— On sait tous faire quelque chose, dis-je, remplie d'une énergie dont j'ignore l'origine. Par exemple, moi, je suis redoutable avec un sèche-cheveux et une brosse. Je pourrais proposer des brushings gratuits aux clientes pendant que Jazz s'occupe des animaux. Toi, Valentine, tu pourrais…

— Je suis la reine de la madeleine, tout le monde sait ça.

— Je confirme, dit Nicolas, des étoiles plein les yeux. Elle met un soupçon de fleur d'oranger et de Cointreau qui change tout.

— C'était un secret, maintenant, je vais devoir tuer tout le monde.

— Moi, ajoute Louis, je touche ma bille sur un ordi et suis très actif sur les réseaux sociaux. Je peux faire des affiches, des flyers, et communiquer sur mes sites.

— Moi, intervient Ed, je n'ai de compétence que si quelqu'un meurt, donc en attendant, je m'occupe de coordonner le plombier et les autres artisans.

L'assemblée prend plusieurs secondes pour apprécier cet instant de complicité, alors que quelques rayons de soleil percent la grisaille du jour. Parfait cadrage, parfait moment.

CHAPITRE 18

« Je suis comme la poisse, j'arrive là
où on ne m'attend pas. »
Indiana Jones et la Dernière Croisade, 1989.

Les paupières de Lucien forment deux fentes derrière lesquelles ses iris me fixent avec intensité. Il croit que la manœuvre est discrète parce qu'il se planque derrière son journal, mais je ne suis pas dupe.

Lorsque je lui ai expliqué ce que nous comptions faire pour aider notre amie Jazz, il s'est contenté de tordre sa bouche en une moue dubitative. Si je pensais qu'il allait en rester là, je me montrais bien naïve.

— Quel est le problème, vous n'aimez pas l'idée des madeleines ? dis-je en découpant une tranche de brioche que je pose sur la table de la cuisine.

— J'abhorre tout ce qui contient du sucre, vous le savez, répond-il en fixant mon goûter d'un air redoutable.

Il a dévoré ma tarte aux fraises dans le plus grand secret, cela ne fait aucun doute pour moi.

— Soit, alors, je vous ferai un brushing.

— Hilarant. Le problème avec votre idée géniale, c'est que vous payez pour obtenir la pitié des habitants de cette ville.

— D'abord, on paye plutôt pour de la compassion, et ensuite, je pensais que mon plan serait assez machiavélique pour trouver grâce à vos yeux.

— Même si vous leur faisiez un chèque en blanc, les clients de votre amie ne se déplaceraient pas plus.

— Vous n'en savez rien.

— Elle porte la marque des pestiférés, maintenant.

Je lève les yeux au ciel.

— Qu'est-ce que vous voulez encore dire ?

— Les gens d'ici exècrent les problèmes. Il ne faut pas qu'on les voie trop, parce que, sinon, ils deviennent contagieux. Ici, les habitants sont tellement attachés à leur image – en grande partie parce que leurs voisins la commentent tous les jours – qu'ils ne feraient rien pour sortir du cadre.

— Je pense que personne ne vous a prévenu qu'on n'est plus au Moyen Âge depuis un moment.

Je suis bien décidée à ne pas laisser le mauvais esprit de Lucien abîmer mon enthousiasme. Il replie calmement son journal et avance le menton. Je recule. Nous voici au moment où j'ai droit à un discours interminable.

— Imaginez la petite Josette, fraîchement retraitée de l'école maternelle de Luserne, vivant ici depuis plusieurs décennies et connaissant presque tout le monde. Elle fait toiletter son affreux yorkshire consanguin chez votre amie depuis quelque temps et, lorsqu'on la chahute un peu du fait de l'orientation sexuelle de sa toiletteuse, Josette fait semblant de ne pas comprendre, parce que, au fond, elle adore ce à quoi ressemble son animal à la sortie du salon. Imaginez, à présent, qu'elle décide de retourner dans ce salon, malgré les faits de vandalisme ouvertement homophobes. Elle devra répondre aux questions de sa voisine, de ses amies, de son coiffeur, de son fromager… « Ah bon alors, c'est vrai elle est lesbienne, mais tu n'as jamais vu de choses bizarres dans son salon ? » ou « Il paraît qu'elle adore le diable, tu n'as jamais remarqué des gens bizarres aller et venir ? », « Mais toi, tu les soutiens ces gens étranges ? » et encore : « On ne s'en prend pas comme ça aux gens, sans raison. Ceux comme elle sont beaucoup dans la revendication. Tu ne devrais plus y aller, tu pourrais avoir des problèmes, toi aussi ».

Ses imitations des commères de village me glacent le sang. Sans doute parce qu'elles ont une part de vérité – et ce qui me plonge dans l'angoisse est de connaître le pourcentage de cette part.

— De toute façon, l'alternative serait de ne rien faire et ce n'est pas envisageable. Je vais donc de ce pas me rendre là-bas et finir d'aider à tout préparer pour la réouverture demain.

Je me lève de table, nettoie les miettes de ma brioche avant de m'emparer du sac dans lequel j'ai glissé des gants et des produits ménagers. Et pendant que je m'active, je mets un point d'honneur à ignorer l'expression de réprobation qui ne quitte pas le visage de Lucien.

— Et sans vouloir insister, dis-je, Jupiter aurait grand besoin d'un petit rafraîchissement. Loin de moi l'idée que votre dextérité n'est plus ce qu'elle était, mais j'ai remarqué que les poils de son encolure étaient irréguliers. Enfin, ce n'est que du détail.

— Bien essayé, ma chère, mais Jupiter est une œuvre d'art que je ne peux laisser entre les mains d'amateurs, quels que soient les malheurs qui les frappent. Son encolure va très bien, je l'ai moi-même égalisée la semaine dernière.

— Peut-être est-ce un problème de lunettes, alors.

Sans attendre de réponse, je file hors de la maison en direction de la pâtisserie de l'église. Valentine profite de son jour de congé pour faire une première fournée de madeleines et calculer combien elle peut en produire en une journée. Lorsque je pénètre dans la boutique, sa mère me jette un coup d'œil hostile. Depuis le début, cette femme a décidé de ne pas m'aimer et j'ignore pourquoi. Et ça me vexe de ne pas savoir. Les deux autres femmes d'un certain âge avec lesquelles elle discute au comptoir me dévisagent avec une curiosité avide qui m'agace.

— J'ai rendez-vous avec Valentine, dis-je sur le ton le plus poli de mon répertoire et qui consomme toute mon intelligence sociale.

— Je ne suis pas au courant, répond sa mère en reprenant le fil de sa conversation.

Comme je ne me vois pas forcer le passage pour monter au studio du premier étage, je me résous à sortir pour appeler Valentine. Mais au moment de quitter les lieux, j'entends une voix masculine m'interpeller.

— Elle est en cuisine, passez par là.

Le père de Valentine, le pâtissier en chef de l'affaire familiale, un homme aussi grassouillet et jovial que son épouse est sèche et glacée, soulève un pan du comptoir à côté de la caisse enregistreuse pour me faire passer.

— Que fait-elle en cuisine, c'est son jour de repos ? interroge la patronne sans même lui jeter un regard.

— Laisse-la un peu respirer, soupire son époux, en me gratifiant d'un grand sourire et en accélérant le pas pour échapper à l'inquisition de sa femme.

Dans la cuisine de l'arrière-boutique, les effluves de sucre, de beurre et de fruits affolent mes sens. Ils ne savent plus où donner de la tête, et moi non plus. Valentine déplace une énorme plaque de cuisson qu'elle dépose sur un plan de travail. Il doit compter une trentaine de madeleines dont l'odeur met mes papilles en transe.

— Valentine, elles ont l'air divines !

— Elles le sont, crois-moi, mais pas touche, espèce de droguée !

Son visage ressemble de plus en plus à un crâne à peine recouvert d'un minuscule épiderme. Les cernes autour de ses yeux creusés et sombres ressemblent aux cavités béantes d'un squelette. Il n'y a plus de graisse sur les tempes, ou les joues, ou nulle part ailleurs. On dirait une version momifiée d'elle-même. Le spectacle m'effraye autant qu'il me fascine.

— Ça va ? demande-t-elle, interloquée par la manière insistante que j'ai de la regarder.

— Heu… oui, et toi ? Tout ça a dû te demander des heures de préparation.

J'évite le vrai sujet de façon lamentable, et j'ai envie de me mettre des claques pour ma lâcheté.

— Quoi, ça ? T'inquiète, j'en fais depuis que j'ai douze ans.

— Dix, rectifie son père avec tendresse. Les premières versions laissaient certes un peu à désirer, mais elles étaient quand même comestibles.

— Arrête, papa, je me souviens très bien : même le chien n'en avait pas voulu à l'époque, plaisante Valentine. Adèle, tu vas à la boutique ?

— Oui, j'ai promis à Ed et Louis de leur apporter de quoi grignoter.

Comment fait-elle pour ignorer ma tête d'ahurie ? Comment fait-on, tous, pour ne jamais parler de son état ? Quelque chose dysfonctionne, on devrait au moins réussir à s'avouer cette réalité.

— Je peux savoir ce qui se passe ici ? demande soudain sa mère, en faisant irruption dans la cuisine.

— Je fais des madeleines, maman.

— Tu en fais pour un régiment ou quoi ? réplique-t-elle en dévisageant les plateaux, l'œil mauvais.

— Je vais aider mon amie Jazz, en les offrant à ses clients et à ceux qui l'aident. Je t'en ai parlé hier.

— C'est ridicule, tu as déjà bien assez à faire ici pour t'occuper en plus de cette fille sur ton temps libre !

— Justement, c'est mon jour de congé, maman.

— Typique, soupire cette dernière, et pour faire tes madeleines, tu as pris sur le stock de la boutique, je suppose ?

— C'est moi qui l'ai autorisée à le faire, intervient son père.

Je vois les yeux de Valentine perdre leur dernière lumière sur une détresse à peine voilée.

— Tu es bien comme ton père, ronchonne la mère, tu ne vois jamais quand les gens profitent de toi. Tu donnes, tu donnes, et tu n'as rien en retour !

— Tu n'en sais rien, maman.

— Bien sûr que si, je le sais. Tu ne m'écoutes jamais et après tu es déçue et tu viens te plaindre à moi.

— Maman…

Cet échange m'attriste autant qu'il me met mal à l'aise. Je n'ai pas assez de souvenirs de ma mère pour savoir sur quel ton elle s'adressait à moi et si ça me blessait, mais mamie, elle, m'a toujours parlé avec bienveillance et amour.

— Pour les prochaines fois, nous avons fait une cagnotte pour acheter les matières premières. Il n'est pas question de tout faire payer à votre fille.

Mon intervention naïve n'améliore aucunement l'atmosphère.

— Et le temps et la fatigue que ça lui prend, vous les payez aussi ?

— Bon, allez, Christine, tente de calmer le père de Valentine, laisse-la faire ce qu'elle veut.

— Évidemment, je passe pour la méchante. En attendant, quand elle viendra pleurer, ce n'est pas toi qui la consoleras.

— Chérie, s'il te plaît, elle est majeure et il y a plus grave dans la vie que de faire des madeleines pour ses amis.

— Avec toi, rien n'est jamais grave, c'est bien le problème !

À mon grand soulagement, et à celui de Valentine, la sonnette du magasin retentit à l'entrée d'un client. Christine tourne les talons et disparaît de notre champ de vision. Un silence gêné s'installe dans la pièce.

— Je te fais un panier pour tes amis, déclare le père sur un ton artificiellement anodin.

Valentine se met à décoller ses madeleines de leurs moules, mais ses gestes sont automatiques et l'expression de son visage est fermée. J'aimerais pouvoir fendre son armure pour serrer dans mes bras tout ce qui se trouve à l'intérieur, mais je ne sais pas comment m'y prendre. Personne ne sait.

— Tu en as encore pour longtemps ?

— Une bonne heure, répond-elle. Je te rejoins au salon.

— Tu es sûre ? Tu ne veux pas que je t'aide ?

— Pour que tu engloutisses en douce la moitié de la production ? Même pas en rêve. Allez, file, mon père et moi, on gère.

La réponse de Valentine induit une absence totale de négociation. Comme son père soutient cette décision, je n'ai d'autre choix que de battre en retraite. Lorsque je me retrouve dans la rue, je réalise que l'air chaud du mois de juillet n'est rien comparé à l'étuve de la cuisine de la pâtisserie, et je m'en veux aussitôt d'avoir accepté que Valentine en fasse autant. Elle n'est visiblement pas en état. À mon avis, elle n'est même pas en état de marcher.

Je descends la rue. Il y a foule dans le centre de Luserne : nous sommes au mois de juillet, au cœur de la saison touristique, et les bars et les magasins ont installé des guirlandes lumineuses entre les oliviers pour une ambiance généralisée de guinguette. C'est fou, la rapidité avec laquelle on s'adapte à un nouvel environnement. En passant devant des vitrines que je connais maintenant par cœur, j'ai l'impression que je suis à Luserne depuis une éternité.

Quand j'arrive au salon de toilettage, je trouve Ed penché au-dessus d'un des lavabos à réparer le flexible qui sert à doucher les animaux. Il a troqué ses pantalons bien coupés et ses polos sombres pour un short et un bermuda. Et moi, je prends toujours quelques secondes pour le regarder en douce dans un angle mort.

— Tu sens bon d'ici, Adèle ! s'exclame-t-il. Je sais d'où tu viens.

Je détourne le regard, mes joues s'échauffent.

— Sucre numéro cinq, réponds-je en posant mon panier. Louis n'est pas là ?

— Non, il a dû rentrer faire une course. Nous ne sommes que tous les deux.

Et j'en suis heureuse, terriblement heureuse. Quelques jours plus tôt, nous avons contacté des amis de Jazz habitant à Argelès-sur-Mer, afin qu'ils l'hébergent le temps que nous remettions tout en ordre. Elle ne sait rien de ce que nous avons comploté et personne n'a envisagé qu'elle pourrait ne pas être d'accord. Nicolas a appelé tous ses clients programmés dans le mois pour les convaincre de maintenir leur séance de toilettage, mais beaucoup ont annulé, pour ne pas dire presque tous. Ils ont prétexté qu'ils craignaient que la boutique ne soit pas assez sécurisée et que leur animal puisse s'échapper. Bien sûr, ils ont promis de revenir dès que les travaux seraient effectués. On sait tous ce que ça veut dire. Des clients qui vont voir ailleurs sont des clients qui souvent ne reviennent pas. Peut-être que Lucien a raison, peut-être que nous achetons une pitié qu'ils n'ont pas… Louis a réalisé de super affiches qu'il a épinglées chez tous les commerçants qui ont bien voulu jouer le jeu. Sans le savoir, Jazz est censée rouvrir demain et, pour l'instant, le carnet de rendez-vous tenu par Nicolas est totalement vide, malgré toutes les distractions que nous avons prévues. Au moins, nous aurons des sucreries.

Ed pose ses outils sur le bac à douche avant de descendre presque la moitié de sa bouteille d'eau.

— Nous avons remis les rayonnages en place ce matin, tu peux y ranger ce qu'il reste de produits.

J'acquiesce en lui tendant le panier de provisions que j'ai assemblé et dans lequel le père de Valentine a glissé quelques madeleines.

— Je ne sais pas ce qu'elle met dedans, mais c'est délicieux, sourit-il en me dévisageant.

— Son âme, sans doute.

— Tout va bien ? Tu as l'air… contrariée.

— Non. Enfin… si, disons que je m'inquiète pour Valentine.

— Comment ça ?

— Je sais que personne n'en parle, enfin, pas sérieusement, mais son état de santé s'aggrave. Quand je suis arrivée ici, elle n'était déjà pas bien épaisse, mais là, elle n'a plus que la peau sur les os.

— Son poids varie souvent, tu sais. Elle perd beaucoup, mais elle remonte toujours.

— Toi qui la connais, pourquoi s'inflige-t-elle ça ? Elle est belle, intelligente, appréciée de ses amis, pourquoi se torture-t-elle de la sorte ?

— Les démons qui nous habitent se foutent de nos qualités réelles.

— Alors, d'où lui viennent-ils, ces démons ?

— D'elle-même. Ils viennent toujours de nous, ils sont juste plus ou moins méchants, plus ou moins domestiqués, selon les personnes.

J'ai la curieuse sensation que nous ne parlons plus uniquement de Valentine.

— Et toi, Adèle ?

— Quoi ?

— Tu n'en as aucun ?

La question me met mal à l'aise.

— Je n'en sais rien. Des blessures, oui, mais des démons, je ne crois pas. Toi, si ?

Ed hausse les épaules et son regard se tourne vers ses pensées.

— Nous avons déjà essayé d'en parler à Valentine, change-t-il de sujet après quelques secondes, elle a même été suivie par plusieurs spécialistes et fait plusieurs cures. Parfois, ça marche quelque temps, elle remange et regrossit, mais ça ne dure jamais longtemps.

— Ça pourrait finir par faire de très graves dégâts sur son organisme, il faut qu'elle s'en sorte.

— Ton syndrome de superman, enfin, superwoman, est très prononcé.

— Ne te moque pas.

— Je ne me moque pas. C'est très flagrant chez toi. Tu te tiens en retrait des autres, tu les observes, tu ne parles jamais pour ne rien dire et tu ne livres pas grand-chose de toi. En fait, aider les autres te sert aussi un peu de diversion, non ?

Je n'arrive pas à savoir s'il s'agit d'un compliment ou d'un reproche. Mais ce que je sais, c'est que j'aimerais me dérober et filer dans un trou.

— C'est juste qu'il n'y a pas grand-chose à dire sur moi.

— Ou que le rôle que tu préfères est celui d'observatrice plutôt que celui d'actrice.

— Si c'était le cas, serait-ce si grave ?

— Non, c'est juste dommage pour nous.

— Comment ça ?

— Tu n'ennuierais personne à te dévoiler. Bien au contraire.

— Dois-je comprendre que tu me trouves distante ?

L'idée que ce soit le cas me contrarie plus que je ne l'aurais cru.

— Je te trouve mystérieuse et j'adorerais que tu m'ouvres la porte de ton univers.

Mon cœur s'emballe, mais une petite voix discrète me murmure que je ne sais pas non plus grand-chose d'Ed.

— D'accord, mais alors, il faudra me rendre la politesse.

Ed sourit de façon énigmatique, le genre qui dit : « ni *oui* ni *non* ».

— En tout cas, on peut dire que ton arrivée a sonné le début du chaos, ici. Peut-être qu'en fait, tu es plus apocalyptique que mystérieuse.

— Pourtant, je jure d'être venue en paix.

Ed m'a toujours paru flegmatique, or, à cet instant, ce que je lis au fond de ses yeux semble être un feu ardent, et je meurs d'envie de comprendre ce qui en est à l'origine.

C'est le moment de me rendre à l'évidence : Ed ne me laisse pas indifférente. Rien à voir avec ce que je pouvais ressentir pour Grégory. Les choses de l'amour ne m'ont été enseignées qu'au travers de belles répliques de cinéma, et j'en connais des centaines par cœur. Mais ce que je ressens à cet instant, aucun film ne me l'a jamais appris, et je n'ai jamais rien éprouvé de tel.

Le silence s'installe entre nous et un trouble irrépressible monte en moi. J'ai de plus en plus de mal à soutenir son regard. La chaleur m'envahit, particulièrement au niveau du cœur. Je me sens comme un lapin pris dans les phares d'une voiture : à la fois hypnotisée par le spectacle et affolée par lui.

De toute évidence, Elizabeth Taylor s'en serait bien mieux tirée que moi.

CHAPITRE 19

« Regarde-moi, je suis sous-estimé
depuis le premier jour. Tu as l'impression
d'être devant le maître de l'univers, toi,
quand tu me vois ? »
L'Associé du Diable, 1997.

Nous fixons Jazz qui, elle-même, fixe son salon dans un silence hébété.

— Une madeleine ? propose maladroitement Valentine.

Jazz n'est pas quelqu'un d'expressif et, si jusque-là ça n'avait jamais gêné personne, on apprécierait un petit indice, un rictus, une grimace, l'ébauche d'un sourire, bref, n'importe quoi qui nous renseignerait sur ses émotions. Elle fait le tour de la pièce en silence, et nous commençons à nous jeter des coups d'œil angoissés.

— C'est… C'est dingue ce que vous avez réussi à faire, balbutie-t-elle.

Un soupir général de soulagement s'élève au-dessus de nos têtes. Louis a apporté quelques œuvres de son magasin d'antiquités pour cacher les trous dans la peinture dus aux dégradations des rayonnages, Valentine a installé un petit coin dégustation de madeleines en se servant d'une table d'embaumement joliment nappée, et Nicolas a dégoté, je ne sais trop comment, un très beau fauteuil de barbier pour les clientes qui accepteront que je les coiffe. Sans parler de miracle décoratif, nous sommes assez fiers du résultat très arty des lieux.

— Génial ! s'exclame Valentine. À un moment j'ai eu peur que tu nous maudisses. On a tous eu peur.

On acquiesce.

— Comment je pourrais ne pas aimer ? Je ne pensais pas pouvoir recevoir du monde avant des semaines.

C'est là que le plan ne s'avère pas aussi parfait qu'il nous a semblé l'être sur le papier. Car malgré la distribution des flyers et des affiches, il est 11 heures et nous n'avons toujours pas l'ombre d'un client, alors que certains avaient maintenu leur rendez-vous.

— Normalement, on attend quelques personnes aujourd'hui, dis-je en prenant quelques risques, mais c'est encore tôt.

— Je vois pour les gâteaux, mais à quoi va servir le fauteuil de barbier ? demande Jazz.

— Pour créer une sorte d'événement autour de ta réouverture, j'ai pensé proposer de coiffer gratuitement les clientes pendant que tu toilettes leurs animaux. Enfin, sur le moment, ça m'a paru une bonne idée.

— Ça l'est, beaucoup de mes clientes sont très mal coiffées.

Par nervosité, Nicolas commence à tourner autour de la table où se trouvent les sucreries, comme un vautour au-dessus d'une bête agonisante.

— On aurait dû installer le stand devant la boutique, suggère-t-il. En travers de la ruelle, comme ça, les gens sont obligés de nous voir.

— Et ça aurait été plus facile pour leur jeter mes gâteaux à la figure, ajoute Valentine.

— Ce n'est que le premier jour, intervient Louis pour tenter de remonter le moral des troupes. Il faut le temps qu'on parle de nous dans la ville.

Soudain, une silhouette passe la porte. Après un regain d'espoir, nous constatons avec une pointe de déception – un peu moins de ma part que de celle des autres – qu'il ne s'agit que d'Ed.

— Personne ? demande-t-il, en balayant du regard la pièce vide de la moindre touffe de poils.

Nous acquiesçons mollement. Jazz nettoie ses peignes, Valentine classe les madeleines par taille et Nicolas se dandine. On sait tous que les miracles n'existent pas, mais les gamins enfouis dans nos inconscients ont quand même un peu cru à l'entreprise.

— Bon, on ne va pas se laisser abattre, déclare Ed. Qui veut manger quoi à midi ? J'irai récupérer la commande.

— On ne va pas manger les gâteaux ? demande Nicolas.

— Non, on les balance sur les gens, t'as pas suivi ? tacle Valentine en se servant d'une assiette en carton comme éventail.

Sans grand enthousiasme, nous passons commande auprès du traiteur de l'église, et j'accompagne Ed jusqu'au magasin dans le but avoué de m'occuper et inavoué d'être avec lui. Nous marchons côte à côte en silence, et à plusieurs reprises, nos bras nus se frôlent. Il me semble que nous flirtons. Une idée me vient et me fait sourire. Les bras de mamie et Lucien se sont-ils touchés dans cette même rue, il y a une éternité ?

Nous déjeunons au milieu de la boutique, assis sur des chaises de fortune ou à même le sol. Au début, nous saluons les curieux qui s'arrêtent devant la vitrine dont la bâche a été retirée pour la journée. Puis, les passants finissent par nous agacer à circuler sous notre nez : ils nous renvoient la preuve qu'il y a du monde partout dans Luserne, sauf à l'intérieur du salon.

Il est bientôt 15 heures. J'en suis à mon troisième chignon réalisé sur Valentine, c'est fou ce que ses cheveux sont magnifiques, malgré toutes les carences que son corps doit subir. Nicolas a été autorisé à manger quelques madeleines, Ed fait les cent pas devant Jazz qui remplit des papiers. Soudain, un passant cesse de *passer* devant le salon et entre. Nous sommes si loin de cette éventualité qu'il nous faut plusieurs secondes avant que l'information ne remonte jusqu'à nos cerveaux. Je m'étrangle de surprise et m'exclame :

— Lucien !

Sa présence en elle-même est déjà assez stupéfiante, mais ce n'est rien en comparaison des deux caisses de transport qu'il dépose au milieu du salon. L'assemblée reste bouche bée.

— Eh bien, quelle ambiance, claque-t-il en scrutant la salle d'un regard inquisiteur.

— Vous avez apporté Jupiter et Saturne ?

Je n'ose pas y croire.

— Une personne de mon entourage – dont je continue de déplorer le manque de goût – a insinué que je ne savais pas égaliser les poils de mes chats. Je suis là pour qu'une professionnelle lui prouve que non. Vous pouvez faire ça ?

Jazz, qui est bien la seule à ne pas avoir l'expression d'un poisson mort, s'avance vers Lucien d'un pas sûr et s'accroupit près des caisses.

— Aucun problème, répond-elle sur un ton professionnel.

S'emparant de la première caisse de transport avec une dextérité impressionnante compte tenu de sa petite taille, elle installe Jupiter sur la table de toilettage. Nous échangeons tous la même pensée lunaire : Lucien laisse une étrangère toucher ses chats. Le fait que Jazz agisse comme si la scène était normale nous sidère. Tout le monde retient son souffle. Je sens que Lucien déploie beaucoup d'énergie pour ne rien laisser paraître de son angoisse. Au bout de quelques minutes, un miracle se produit : les gestes de Jazz sont doux, rapides et précis. Jupiter ne montre aucun signe de stress et il se met vite à ronronner en se pliant à toutes les sollicitations de la toiletteuse.

— Ce n'est en effet pas si mal, analyse-t-elle sur un ton monocorde, mais si vous souhaitez qu'il participe à un prochain concours à Argelès, il faut une taille parfaite. Je connais leurs juges.

Au moment où j'ouvre la bouche pour livrer à Lucien quelque chose dans le genre d'un *na nananère*, celui-ci m'en dissuade en me coupant l'herbe sous le pied.

— La modestie dans le triomphe est signe d'intelligence et de savoir-vivre.

Je grogne.

— N'importe quoi.

Valentine tressaille comme si elle venait de se réveiller. Elle s'empare d'un plateau où est disposée une farandole de gâteaux et en propose à Lucien.

— Jamais de sucreries, répond-il.

Devant témoins, continué-je de penser.

— C'est compris dans le forfait toilettage, ne se démonte pas Valentine avec tant d'insistance que, sous mes yeux ébahis, Lucien abdique.

Il aurait pu faire comme tout le monde et laisser ses chats le temps du toilettage. Mais c'est sous-estimer son besoin viscéral de contrôle. Nous comprenons vite qu'il va rester planté, là, au milieu du salon, le temps que Jazz fasse de la magie. Je commence à bien décrypter son langage corporel. L'ancien directeur qu'il était serait resté pour superviser une nouvelle recrue, pourquoi changer une façon de faire de quarante ans ? Il juge de son œil intraitable le moindre de ses faits et gestes et, sans qu'elle en ait conscience, il est en train de lui faire passer un entretien d'embauche. Et moi, très égoïstement, je me dis qu'au moindre faux pas, j'en entendrai parler pendant des mois. Heureusement, Jazz est parfaite. Elle ignore les coups d'œil insistants de Lucien et se concentre sur les chats avec un sang-froid et un calme admirables.

Quand la tâche est achevée, Lucien s'approche des boules de poils qui ont l'air d'avoir passé un agréable moment. Excepté ceux de Jazz, nos visages et nos muscles se crispent. Lucien sort ses petites lunettes qu'il positionne méticuleusement sur le bout de son nez. Jazz lui tend un ciseau. Je peux entendre une musique de Sergio Leone monter dans l'air et m'attends à voir rouler dans le salon une touffe d'herbes sèches. Un instant, Lucien approche le ciseau de l'encolure de Saturne, mais se ravise. Puis sa sentence tombe :

— C'est en effet assez réussi.

Je m'assieds sur le fauteuil de barbier, Nicolas avale tout rond une madeleine. Trop d'émotion pour nous tous.

— Jupiter a le poil à tendance grasse, alors pour un résultat optimal, je peux vous donner une recette maison très simple qui fait des merveilles.

Lucien acquiesce. Lorsque Jupiter et Saturne se trouvent de nouveau dans leur caisse de transport et Lucien prêt à partir, il s'attarde en s'adressant à la toiletteuse :

— Ma chère, vous faites un bien meilleur travail que la plupart de vos collègues bien mieux installés et avec bien plus de renommée. Je ferai en sorte que cela se sache.

J'ouvre la bouche, mais encore une fois, il est plus rapide.

— Modestie.

J'ai très envie de l'emmerder, la modestie.

Quand il quitte le salon, nous félicitons Jazz non pas pour avoir fait son métier, mais pour avoir obtenu les félicitations du jury le plus exigeant qui soit. La fin de l'après-midi approche, et même si aucun autre client ne nous rend visite, nous savons que ça n'aura pas été vain. Ed propose que nous fêtions la réouverture au *Café Bleu*. Nous commençons donc à tout ranger, quand quelqu'un entre à nouveau. Nous sursautons. Marie, *notre* Marie, en vacances chez sa mère malade depuis trois semaines, est venue, avec au bout d'une laisse fuchsia une créature informe qu'elle présente comme son caniche nain, Biscotte. Nous la croyons sur parole. Valentine jette les madeleines sur le stand, je libère le fauteuil de barbier et Jazz ressort ses ciseaux.

— Désolée de ne pas vous avoir prévenus que je venais.

— Tu ne devais pas rentrer la semaine prochaine ? demande Louis.

— Si, mais je tenais à être là pour l'ouverture, déjà que je n'ai pas pu aider.

— Installe-toi sur le fauteuil, dis-je.

— Il m'est arrivé un truc fou, vous n'allez pas le croire.

Marie, si discrète et si éteinte, a l'air excitée. Comment ne l'avons-nous pas remarqué dès l'instant où elle est entrée dans la boutique ? L'auditoire est suspendu à ses lèvres, ça n'a pas dû lui arriver souvent.

— Il y a une heure environ, commence-t-elle, j'ai croisé le père Grégoire. Figurez-vous que, ce matin, il a trouvé une enveloppe scotchée sur la porte de l'église. Elle contenait apparemment des informations sur certaines pratiques du président du comité.

— Encore une enveloppe ? s'étonne Nicolas.

— Pourquoi, il y en a eu d'autres ? demande Marie, la seule Lusernoise à qui personne n'a résumé les événements des deux dernières semaines.

— On te racontera, abrège Valentine. Quel genre de pratiques ?

— Eh bien, le prêtre n'est pas entré dans le détail.

— Il ne sert vraiment à rien, celui-là !

— Mais la femme du boucher que j'ai croisée après, si. Elle était en grande conversation avec ta mère, Valentine, et aussi Sylvie du comité.

— Dans une vie antérieure, ma mère a dû être agent de renseignements.

— Apparemment, les accusations porteraient sur des pratiques un peu… enfin vous savez…

Nous écarquillons les yeux.

— Sois plus précise, presse Valentine, on est un peu lents.

— … des pratiques sadomasochistes.

Le silence accueille sa révélation.

— Tu déconnes ? lâche Valentine, cachant mal un début de fou rire. On parle bien des combinaisons en latex, des boules dans la bouche, des colliers de chiens et tout le bordel ?

Nous dévisageons Valentine.

— Faut sortir un peu, les gens, raille-t-elle.

— Je… Je ne sais pas, bafouille Marie, aussi rouge qu'une tomate. Elles n'ont pas mentionné les accessoires.

— Mais il y avait quoi exactement dans cette enveloppe pour en arriver à de telles conclusions ?

— D'après ta mère, Valentine, et aussi Sylvie qui le tient de source sûre, il y aurait des dates, des noms d'amants et de maîtresses, et même des preuves qu'il s'est servi dans la caisse du comité pour financer des soirées. Elle a même parlé de photos.

— C'est du délire, souffle Ed.

Des images assaillent mon cerveau, je superpose toutes mes références en matière de BDSM à l'image du bon père de famille bedonnant et suant du président du comité. Je ne me remettrai jamais de cette visualisation. Nicolas a l'air de trouver cela aussi hallucinant que moi.

— J'ai l'impression que plus ça va, plus les accusations s'aggravent !

— Tu ne crois pas si bien dire, poursuit Marie, Sylvie pense déjà demander une enquête et la suspension du président.

— Ben, voyons ! s'exclame Valentine. Celle-là, elle n'en manque pas une. Et laisse-nous deviner, elle se propose d'assurer l'intérim ?

— Elle n'en a pas parlé, mais elle était très remontée.

— Le comité est déjà un ramassis d'abrutis, mais imaginez avec une Sylvie à sa tête, on va direct se retrouver au Moyen Âge !

— Attends, Valentine, intervient Ed. Le choix de l'intérimaire fait l'objet d'un vote et Sylvie a sa petite cour, mais il y a aussi beaucoup de personnes à qui elle tape sur les nerfs.

— Plus rien ne m'étonne.

— Depuis quand tu n'as pas fait toiletter ton chien ? nous interrompt soudain Jazz.

Nous tiquons.

— Heu, ben, en fait… jamais, avoue Marie avec une expression de gêne. Biscotte est un peu difficile.

— T'en fais pas, je m'en occupe, rassure Jazz comme si rien de la scène précédente n'avait existé dans son espace-temps.

— Vous pensez vraiment que ça pourrait se produire ? Qu'on pourrait demander le renvoi du président ?

— Si on a affaire à des accusations de détournement de fonds, ça pourrait, répond Ed.

— Vous avez remarqué ? La première enveloppe ciblait aussi des détournements d'argent.

L'assemblée approuve mes dires.

— On dirait que notre corbeau n'aime pas les voleurs, résume Ed.

— On dirait surtout qu'il se prend pour une sorte de justicier qui voudrait débarrasser Luserne de sa corruption, ajoute Louis.

— On n'est même pas sûrs que tout ça soit fondé, dis-je. Personne ne sait si les documents du corbeau sont vrais. D'ailleurs, si c'était le cas, la gendarmerie ouvrirait une enquête. Si ça se trouve, c'est juste quelqu'un qui veut mettre le foutoir dans la ville.

— Ouais, comme le Joker dans Gotham, répond Nicolas, l'air pensif.

— Oh non, tu ne vas pas remettre ça avec Batman ! se lamente Valentine.

— N'empêche, ce n'est pas si bête, enchérit Ed, parce que si on se trouve face à quelqu'un dont le but est de révéler les noirs secrets de Luserne, il ne va pas s'arrêter là.

— Je pense à une chose, dis-je en me grattant le menton, comme une caricature d'enquêteur. À chaque fois, ça a lieu dans le cimetière ou à l'église.

— Parce que c'est un endroit symbolique devant lequel tous les habitants passent au moins une fois par jour ? avance Ed.

— Vous savez quoi ? lâche Jazz, tout en frictionnant énergiquement la chose appelée Biscotte. Je ne suis pas mécontente que le corbeau s'en prenne à l'homme blanc hétéro, ça va faire des vacances aux minorités.

Fiction et réalité se mélangent dans ma tête. Tous les cas historiques de corbeaux se sont très mal finis et pas uniquement pour le délateur, et je me demande vraiment jusqu'où cette histoire peut aller.

Jazz met près d'une heure et demie pour rendre sa dignité à Biscotte. Une fois l'exploit réalisé, nous convenons que ce chien n'est pas si moche. Un sourire discret mais bien réel collé aux lèvres, Marie prend congé de nous et promet de revenir le lendemain. Cette fois, nous pouvons enfin tout ranger et fermer la boutique.

— Mais quelle chaleur, bon Dieu, c'est insupportable ! râle Valentine une fois dans la rue.

— C'est parce que tu t'es beaucoup activée depuis ce matin, dis-je en comptant mentalement le nombre de veines que je vois à travers la peau de son visage. Il faut dire que tu ne te ménages pas depuis quelques jours. Peut-être que tu devrais lever le pied ?

La figure de Valentine se fige dans une drôle de grimace, et je crains aussitôt de l'avoir vexée avec mes grosses allusions. Puis soudain, telle une marionnette à qui on coupe les fils d'un coup net, elle s'écroule sur elle-même en une fraction de seconde.

C'est le cri de Jazz dans mon dos qui me sort de ma stupeur.

CHAPITRE 20

« Nous, on dirait qu'on nous a appris à embrasser au paradis et qu'on a été envoyés sur Terre pour vivre ensemble, et voir si on avait retenu la leçon. »
Le Docteur Jivago, 1965.

Je n'ai pas été à la hauteur. Pourtant, la brutale décompensation physique d'un proche, je connais.

Quand Valentine s'est effondrée devant moi, je n'ai rien fait. Je suis restée plantée dans le sol comme un satané piquet. Je savais que ce moment viendrait, j'entendais le tic-tac de son horloge interne à travers sa peau privée d'acides aminés. Cette fameuse putain d'horloge, la même que celle de ma grand-mère. *Tic tac*, le pire arrive, *tic tac*, le pire est arrivé.

— Je ne sais pas ce qu'elle a dans le crâne ! s'exclame Nicolas. Ce n'est pas la première fois qu'elle se retrouve dans cette situation. Elle sait exactement quelles sont ses limites. Elle n'a qu'à manger une de ses foutues madeleines, juste une ! On ne lui en demandait pas beaucoup plus, juste une !

Après qu'Ed a appelé les secours, nous avons tous suivi l'ambulance à l'hôpital de la ville voisine. Durant le trajet, assise à côté d'Ed, j'ai attrapé sa main et l'ai serrée si fort qu'elle a blanchi. Il s'est laissé broyer les phalanges avec une patience qui m'a touchée plus que je ne l'aurais cru.

Déjà une heure que nous patientons dans le hall quasi désert, à l'exception d'une vieille standardiste qui a l'air plus morte que vive. La clim gronde et couine comme si elle était sur le point de rendre l'âme et la peinture des murs est dans le même état que le système de santé : à l'abandon.

Nicolas s'effondre sur son siège, et se prend la tête entre les mains.

— Pourquoi… Pourquoi elle n'en a pas mangé juste une ?

Les mots sortent de sa bouche avec tant de tristesse que ça me frappe en plein cœur. Je n'ai aucune réponse à lui apporter. Mon rayon, c'est la chimio, les biopsies, les questions d'aplasie, les PET-scans, les petits crabes sournois… Dans ce domaine, je suis une vraie encyclopédie. En revanche, j'ignore ce qui se passe dans la tête de quelqu'un qui refuse de s'alimenter. Valentine maigrit, Valentine s'efface. Qu'est-ce que nous, ses proches, ne faisons pas assez pour lui donner une raison de vivre ?

— Elle est malade, Nicolas, répond Ed sur un ton fataliste. Ce n'est pas rationnel. C'est plus fort qu'elle.

— C'est un peu facile, grogne le facteur sans être convaincu, ce n'est pas comme s'il n'y avait pas de solution ou de traitement. Elle n'a qu'à manger, merde !

Je n'ai jamais vu Nicolas dans un tel état de colère. Naïvement, je pensais qu'il faisait partie de ces élus étrangers à ce sentiment. Pourtant, je crois qu'à cet instant, il pourrait tordre le cou frêle de celle dont il est si proche.

— L'anorexie est une pathologie mentale, Nicolas, affirme Ed d'un ton un peu brutal, tu le sais aussi bien que moi. C'est comme si quelque chose prenait possession d'elle et l'obligeait à faire ou à ne pas faire certaines choses. Je comprends ton inquiétude, on est tous très angoissés, mais tu ne dois pas lui en vouloir. Personne n'est responsable de sa maladie.

Je devine qu'Ed ne parle pas que de Valentine, mais de toutes les victimes dont le corps explose, se disloque et s'effondre sans que personne puisse rien y faire. Les accompagnants des malades se reconnaissent entre eux. On réagit tous de la même manière face à la pathologie, on passe par les mêmes phases, on en garde les mêmes traces ; et il n'est pas de ceux-là. Alors de qui parle-t-il ?

Nicolas pousse un immense soupir.

— Je sais bien, pardon, c'est juste que… Je croyais qu'elle passait un super été. C'est vrai, on est bien, tous ensemble. Du coup, je pensais que tout ça, c'était loin derrière.

Je m'empare de ses mains et les presse avec tendresse.

— Elle est entre les mains de spécialistes, ils savent ce qu'ils font, ils vont bien s'occuper d'elle.

Je lui raconte des histoires. Les hôpitaux ne sont pas des fabriques à miracles, ce ne sont que des lieux où s'agitent des êtres humains en blouse blanche qui bidouillent à l'intérieur d'autres êtres humains avec les connaissances et la bonne volonté dont ils disposent.

Nicolas a prévenu les parents de Valentine qui finissent par entrer, à leur tour, dans le hall. La standardiste ne bouge pas d'un cil. La mère de Valentine nous jette un regard chargé de reproches, elle nous accuse silencieusement de ce qui arrive à sa fille. Elle s'adresse à l'accueil, sans guère de résultat, car elle revient vers nous au pas de charge.

— Merci d'avoir été si réactifs, déclare le père, la voix voilée par l'émotion.

— Que s'est-il passé ? demande Christine. Où est-elle ?

— Les secouristes nous ont dit qu'elle était très déshydratée, répond Ed, mais on ne sait rien de plus, nous avons juste suivi l'ambulance. Elle doit toujours être en train de faire des examens, car on ne nous a pas encore donné le numéro de sa chambre.

La mère de Valentine tord ses lèvres ridées et s'éloigne de nous.

— Elle avait l'air tellement contente ces derniers temps, murmure le père.

Mais la voix désagréable de son épouse claque dans le hall et ordonne à son époux de la rejoindre. À l'évidence, il doit changer de camp… Je manque soudain d'air. Je me lève sans une explication et me dirige vers l'extérieur du hall. Dès l'instant où la clim cesse de rafraîchir l'air, la chaleur de l'été me tombe dessus en un rideau de plomb. Je sens les larmes monter en moi et ma gorge se serrer.

— Ça va aller ? demande Ed dans mon dos.

— Pas vraiment.

La réponse est plus sèche que je l'aurais cru.

— Ce n'est pas ta faute, Adèle.

— Ne me dis surtout pas ça.

— Tu n'as peut-être pas envie de l'entendre, mais c'est la vérité.

— Non, c'est faux ! Je savais que ça allait arriver. Je la côtoie tous les jours, je la vois maigrir de semaine en semaine, elle n'a plus que la peau sur les os et ses yeux, ils ont presque disparu dans son crâne tellement ils sont creusés. Bien sûr qu'elle allait s'écrouler ! C'est même miraculeux qu'elle ne l'ait pas fait avant.

— Nous le savions tous et, pour autant, nous ne sommes pas armés pour la guérir.

— Nous sommes tous coupables de non-assistance à personne en danger.

— Et qu'aurais-tu voulu faire ? Lui enfoncer un tuyau dans la gorge et la gaver comme une oie ?

— Je ne sais pas ! Peut-être pas comme ça bien sûr, mais si on avait insisté, si on lui avait parlé, peut-être que…

— … que rien. On a tous essayé, Adèle. Valentine vit avec cette maladie depuis le lycée et nous avec elle depuis au moins aussi longtemps. On s'est déjà retrouvés dans cette situation et même dans cet hôpital. Tu crois qu'on n'a pas déjà tout tenté ? La guérison doit venir d'elle, et se faire des reproches sur ce qu'on n'a pas fait et ce qu'on aurait dû faire ne sert à rien. Au contraire, la maladie progresse et fait plus de dommages collatéraux.

— Ça me rend dingue !

— Parfois, on perd la guerre, tu le sais bien.

Mes mâchoires se serrent pour réprimer un sanglot. Évidemment que *je sais.* Ed s'avance dans ma direction. Je recule. Je ne veux pas de tendresse ni de compassion, je veux crier. Mais il est plus rapide que ma fuite. Ses bras s'enroulent autour de moi et mon corps se trouve pressé contre le sien. Je me raidis, il persiste. Sa douceur me traverse, ses mains étalées dans mon dos comme un soutien solide détendent mes muscles. Et finalement, je me laisse aller et c'est bon. Ma tête s'appuie contre son épaule, mes doigts s'accrochent à son T-shirt et mon corps répond à sa pression par une pression contraire.

— Je ne devrais pas me mettre dans un tel état…

— Tout ce qu'on vit fait écho à ce qu'on a déjà vécu.

Ses paroles m'apaisent comme celles de mamie savaient le faire, et je me sens en confiance. Mais pas uniquement… Une vibration ténue court le long de mon dos et l'intérieur de mon corps produit soudain plus de chaleur que le soleil. C'est du désir, et il ne pouvait s'exprimer à un moment plus inapproprié. Dans mon dos, je sens les mains d'Ed bouger, se faisant plus sensuelles que compatissantes. La chaleur monte à mesure que l'étreinte s'accroît. Et ma raison fiche le camp, je bascule la tête en arrière, me mets sur la pointe des pieds et mes lèvres trouvent instantanément les siennes. J'explore son cou, sa nuque et ses cheveux. Une énergie m'habite, je ne veux pas que ça s'arrête.

Mais c'était sous-estimer ma raison qui finit par gagner le bras de fer contre mon corps. Je décolle mes lèvres de sa peau et je recule, comme si je venais de me brûler.

*

Le lendemain matin au réveil, je constate deux choses : j'ai une tête de déterrée et je n'ai reçu aucun message d'Ed. Les questions recommencent à tourbillonner dans mon esprit, les mêmes que celles qui m'agitent depuis que nous avons quitté l'hôpital hier, sans avoir eu l'autorisation des médecins de voir Valentine. Pourquoi n'ai-je jamais eu ce genre de réaction avec Grégory ? Ça m'aurait donné un peu d'expérience en la matière. Peut-être est-ce moi qui devrais le contacter, étant donné que je suis celle qui a mis fin au baiser ? D'autres questions s'ajoutent en masse aux premières, sans plus de sens ni de réponse. Finalement, je fourre mon portable dans mon sac et me prépare pour me rendre au cimetière. Lorsque j'arrive devant l'église, le père Grégoire me salue, mais ne s'éternise pas. Albert met une nouvelle symphonie, et moi, je passe la matinée à finaliser une commande de fleurs que je vais soumettre à la mairie. La routine. À ceci près que, dès que je peux, je jette un œil à mon téléphone, sans rien y trouver d'intéressant. Je ne me suis jamais sentie aussi stupide.

Dès que j'ai fini ma journée, je me rends à l'hôpital avec la seule ligne de bus de Luserne, en priant pour ne pas croiser la mère de Valentine. La mienne a eu le bon goût de m'abandonner avant de m'en faire trop voir, ce n'est donc pas pour que je subisse celle d'une autre. Quel genre de femme serais-je devenue si celle qui m'a mise au monde était restée et m'avait élevée avec ses failles narcissiques et sa toxicité ? Je ne m'en serais sans doute pas mieux tirée que Valentine. Les mères sont un concept vraiment surévalué.

Lorsque je pénètre dans la chambre d'hôpital si baignée de lumière qu'elle paraît moins défraîchie qu'elle ne l'est, le spectacle auquel j'assiste me serre le cœur. Valentine a l'air si petite, si frêle. On dirait une enfant. Un fin tuyau lui sort du nez et la relie à une poche suspendue. Je me dis soudain que j'aurais dû l'appeler avant, elle ne veut peut-être pas qu'on la voie dans cet état.

— La vache, t'as une sale tête ! lance-t-elle d'une voix enrouée.

Je souris avec soulagement.

— Je me suis couchée tard.

Contournant le lit, je lui fais signe de se pousser afin que je puisse m'allonger à côté d'elle. Les vieux réflexes reviennent vite, c'est ce que je faisais avec mamie.

— Tu nous as fait une belle peur, dis-je, en espérant que cela ne sonne pas comme un reproche.

— À moi aussi.

— Je sais bien qu'on a dû te poser un milliard de fois la question, mais souviens-toi que je suis une étrangère qui vient de la grande ville, alors sois indulgente avec moi. Pourquoi tu te tortures de la sorte ?

— Je… J'ai des raisons, tu sais. Ça dure depuis si longtemps, à force, je connais bien le problème.

— Tu as des raisons de vouloir te faire du mal ?

— De vouloir disparaître.

Il n'y a pas que de la fatigue dans le regard de Valentine, il y a aussi, et surtout, une peine abyssale.

— Qu'est-ce que tu racontes ?

— Si tu savais comme je me déteste parfois, tout le temps, avoue-t-elle dans un souffle.

Je la dévisage et mets quelques secondes avant de rassembler mes idées.

— Quoi ? Tu es quelqu'un de génial, comment peux-tu dire que tu te détestes ?

— Tu te trompes, je ne suis pas quelqu'un de bien, je ne fais pas vraiment partie du groupe, tu comprends ?

— Non, je suis désolée.

— OK, quel est le point commun entre Louis, Marie, Ed, Nicolas et toi ?

— On pense tous que les épisodes IV, V et VI de *Star Wars* sont les meilleurs de la franchise ?

Ma tentative pour détendre l'atmosphère est lamentable.

— Vous en avez tous bavé à cause des autres, vous avez souffert de leur regard et de leurs réflexions. Vous avez dû vous construire malgré le jugement de personnes qui veulent vous faire entrer dans un moule ou, pire, qui aimeraient vous effacer de leur horizon parce que le simple fait de vous voir respirer les agace. Mais vous avez tenu bon, malgré ces connards qui vous disaient comment être, penser, vous habiller ou avec qui coucher. Vous êtes tous des guerriers et malgré tout ce qu'on vous a fait, vous trouvez en vous assez de compassion pour continuer de faire confiance et d'aimer l'autre. (Elle marque une pause pour reprendre son souffle.) La vérité, Adèle, c'est que j'ai fait partie de ces connards horribles, et je culpabilise tellement ça me bouffe.

— Qu'est-ce que tu racontes ?

— Quand j'étais au lycée, j'étais… Tu vois, dans les films que tu aimes tant, la fameuse garce de l'école, celle qui est populaire parce qu'elle est super canon et qui en fait voir de toutes les couleurs aux filles et aux garçons qui sont moins dans le coup ? Eh bien, j'étais pire, Adèle. J'ai harcelé, j'ai fait peur, j'ai humilié, intimidé, violenté, j'ai fait tout ça pendant plusieurs années. À une certaine époque, j'aurais sans doute été capable d'écrire ces horreurs sur le mur de Jazz. Ou plutôt, j'aurais ordonné à mon armée de larbins de le faire. Je... J'ai été odieuse avec Nicolas, si tu savais...

Valentine rabat ses mains sur son visage.

— J'ignorais que vous étiez au lycée ensemble.

— On se côtoie depuis le primaire. Pour son malheur, il a toujours été en surpoids, les moqueries ont commencé très tôt pour lui. Y a pas de mode d'emploi pour se racheter quand on a fait autant de mal. Je... Je ne sais pas comment il fait pour me parler encore. Les autres peuvent faire semblant d'ignorer ma sale réputation, mais pas lui. Lui a été une de mes victimes.

— Oh, Valentine...

Ce moment que j'attends avec tant de curiosité, ce moment où le mur de Valentine s'effondre arrive enfin et je ne sais pas comment réagir. Je repasse dans ma tête notre rencontre et toutes les soirées que nous avons passées ensemble. Tous ces instants de partage et de complicité tendent vers la même conclusion et je suis étonnée que Valentine ne la comprenne pas.

— ... Tu es la preuve que tout être humain peut changer et devenir une meilleure version de lui-même. Ce n'est pas rien, ça, Valentine. La plupart des gens ne se remettent jamais en question. Toi, tu fais face à tes erreurs et tu essayes de faire mieux à chaque fois.

— Tu parles ! Quand on est une garce, on le reste.

— Valentine (j'ai haussé le ton), maintenant écoute-moi : tu es une amie formidable. Tout le monde en est convaincu, et Nicolas le premier.

— Ce qui prouve qu'il est maso ! J'ai été si horrible avec lui et avec tout le monde.

— Il est seul maître de son pardon. S'il te l'a accordé, c'est son choix, tu dois le respecter. Je sais que tu l'aimes beaucoup, alors fais-lui confiance. S'il se trouve à tes côtés, c'est qu'il croit en toi et en la femme que tu es devenue.

Son soupir est interminable comme si son corps se vidait d'une fumée toxique. Je passe la main dans ses magnifiques cheveux collés par un peu de sueur.

— Valentine ? Tu sais, je suis persuadée que les gens ne sont pas mauvais par nature. Il y a une pièce cassée en eux qui les fait tourner à l'envers. C'est quoi, ta pièce cassée ?

À son air désemparé, j'ai l'impression que personne ne le lui a jamais demandé. Elle prend quelques secondes de réflexion avant de me répondre :

— Rabaisser l'autre me grandissait… J'avais si peur de ne pas être à la hauteur des exigences de ma mère que plus je devenais puissante, plus ça me rassurait. C'est comme si je gagnais des points, tu vois ? Qui éprouve ça, à part des sociopathes ?

— Les enfants qui ne reçoivent de l'amour que sous condition. À condition d'être gentil, d'être brillant, d'être beau, d'être sage… à condition uniquement. De mon point de vue, tu es aussi une victime, Valentine, tu es celle de ta mère.

— Et ça devrait excuser mon comportement ?

— Ce n'est pas une question d'excuser quoi que ce soit, plutôt une explication. Tu es au début de ta vie, tu as encore tant de choses à offrir à l'autre. Depuis que je suis arrivée ici, tu as été une véritable amie et je n'en ai pas eu beaucoup dans ma vie.

On vit tous différents moments dans son existence, différentes vies même, il faut juste essayer de faire mieux que dans la précédente. Et crois-moi, c'est bien ce que tu fais tous les jours.

Valentine reste silencieuse et fixe le mur jauni, et je l'imite tout en caressant son bras de la même façon que je le faisais jadis avec mamie.

— Après le saccage du salon de Jazz, reprend-elle au bout d'un moment, quand je vous ai vus vous soutenir, je me suis sentie de trop. Je me suis souvenue qu'il n'y a pas encore si longtemps, j'étais dans le camp des agresseurs. Et maintenant, je ne sais plus dans lequel je me trouve…

Elle étouffe un début de sanglot en frottant vigoureusement ses yeux.

— Tu es dans le mien. Tu ne peux pas me lâcher, Valentine. Moi non plus, je ne sais pas trop où je me situe. J'ai l'impression de n'avoir commencé à vivre qu'hier. Et dans ma réalité, j'ai besoin de toi à mes côtés.

Elle glisse sa main desséchée dans la mienne. Je réprime un frisson, j'ai l'impression de toucher une momie.

— Les autres doivent tellement m'en vouloir, surtout Nicolas, il est sensible.

— Il a eu très peur, comme nous tous, mais c'est ton ami, tu le sais.

Une légère coloration naît sur ses joues.

— Je voudrais tellement être digne de vous, me montrer plus forte.

La porte de la chambre s'ouvre dans un fracas et nous fait sursauter. Nicolas fait son entrée, les bras chargés de paquets et l'air plus déterminé que jamais.

— Bonjour Nicol…

Je n'ai pas le temps de finir ma phrase qu'il interpelle Valentine de façon étonnamment autoritaire.

— Valentine Laforêt, je suis fatigué de tes excuses et de tes petites manipulations ! s'écrie-t-il. On a tous des problèmes, mais le deal, c'est qu'on se soutienne et qu'on les règle ensemble. T'as pas le droit de refuser notre aide et t'as pas le droit de penser que ta souffrance est plus forte que nous. Alors, j'ai apporté tout ce que tu aimes manger depuis les brocolis – sérieusement, il faudra que tu règles ce problème – jusqu'aux crêpes fourrées à la confiture de fraises. Je te préviens, je ne partirai pas de cette chambre avant de t'avoir vue manger.

— D'accord, répond Valentine.

— Oh, essaye pas de m'embobiner ! C'est bon, tes trucs, je les connais par… Quoi ?

— Je veux bien essayer de manger une crêpe. Enfin, un bout de crêpe, dans un premier temps, si ça te va.

Nicolas est pris de court, il nous dévisage, les yeux si écarquillés qu'ils pourraient sortir de leurs orbites.

— Heu… Oui, oui, bien sûr, mange ce que tu veux, je te sors ça. Désolé pour mon entrée un peu…

— … Non, non, dis-je en souriant, c'était classe, digne de Rambo. Moi j'ai adoré.

Cet après-midi-là, Valentine a mangé un dixième de crêpe. Trois fois rien pour n'importe qui, mais l'univers entier pour elle. C'était son retour à la vie, Nicolas et moi n'avions pas besoin de plus pour espérer.

CHAPITRE 21

« Ainsi s'éteint la liberté. Sous des applaudissements. »
Star Wars, épisode 3 : *La Revanche des Sith,* 2005.

Cela fait quelques jours que Valentine va mieux. Aller mieux pour quelqu'un comme elle, c'est avoir la capacité de tenir sur ses jambes plus de dix minutes d'affilée. Je suis toujours inquiète pour elle et, en même temps, je suis heureuse.

J'ai reçu un message d'Ed : je dois le rejoindre en fin de journée au salon funéraire. Ce sera la première fois que nous nous revoyons depuis notre baiser. Je compte si fort les heures qui me séparent de ce rendez-vous que j'ai l'impression que je ne peux penser à rien d'autre.

Je culpabilise tellement de me repaître de ma petite excitation de midinette quand Valentine lutte pour sa guérison. N'est-ce pas le pire moment pour se sentir bien ? Une fille rencontre un garçon, un garçon rencontre une fille, et tout paraît moins important que ça. Une minute, je pense à mon amie coincée à l'hôpital qui me renvoie à un autre lit médicalisé et, l'instant d'après, une explosion de béatitude mièvre balaye tout en moi, dès que je reçois un message d'Ed. Un message anodin d'ailleurs, comme tous ceux que nous avons échangés ces derniers jours. Nous n'avons pas reparlé de notre baiser, nous parlons des heures de tout et de rien et nous nous impatientons de nous revoir sans préciser de quelle manière nous saluer. Quand je repense à Grégory, j'ai presque envie de l'appeler pour m'excuser : en fait, il avait raison, nous n'avons jamais été ensemble. Et puis, je me souviens de la manière qu'il a eue de me le dire et du fait que c'est toujours un con.

Je ne veux parler de ce que je ressens à personne. J'aurais l'impression de voler l'attention du groupe à Valentine.

La sonnette du salon de toilettage interrompt mes réflexions, et je souris. Il est plus de 17 heures et, un soir sur deux, je prête main-forte à Jazz. La dernière cliente nous a quittées voilà à peine vingt minutes : cette fois, c'est clair, il y a de plus en plus de personnes qui viennent au salon. Des habituées, aux dires de Jazz, mais aussi de nouvelles têtes. Les flyers et les affichettes distribués un peu partout dans le village et postés sur les réseaux sociaux de Louis ont finalement porté leurs fruits. Une femme que j'ai déjà croisée plusieurs fois à la pâtisserie des parents de Valentine dépose un chartreux moins élégant que Saturne et Jupiter, mais avec un beau potentiel. Je n'en reviens pas de parler comme Lucien. À quel moment ce vieux grincheux a-t-il déteint sur moi ?

— Bonjour, je suis désolée, je n'ai pas pris rendez-vous.

— Aucun problème, répond Jazz. Qu'auriez-vous en tête pour votre compagnon ?

Jazz met toujours les animaux qu'elle toilette et leur maître sur le même pied d'égalité. Au début, ça me perturbait, mais après avoir vu défiler tellement de personnes attachées à leurs animaux comme à de vrais partenaires de vie, je la comprends. L'amour est multiple et s'adapte à tous les supports.

— Eh bien, ce week-end, il y a une foire aux chats à la grande animalerie de Béziers et je voudrais montrer Osiris sous son meilleur angle. Enfin, bien sûr, je ne me fais pas d'illusions sur la concurrence, mais l'essentiel est de participer, n'est-ce pas ?

Je crains qu'elle n'ait pas bien compris les règles du jeu concernant les concours de beauté de chats : l'essentiel est de tuer la concurrence pour gagner. Mais Jazz et moi faisons semblant d'acquiescer.

— Je… Je ne sais pas, reprend la cliente d'une voix hésitante, mais est-ce vrai que M. Vidal est un de vos clients ? Je dois dire que je suis une très grande admiratrice de Jupiter, c'est un animal exceptionnel.

— Il est en effet magnifique.

— Sans vouloir copier, bien entendu, peut-être que vous pourriez faire…

— … la même chose ?

— Voilà.

Je souris. Si tout se sait ici, c'est que tout le monde parle. Comme il l'avait promis, Lucien a laissé filer l'information aux bonnes personnes. Sa façon à lui de nous donner un petit coup de pouce sans avoir à le reconnaître et à l'assumer, ce qui le tuerait sans aucun doute.

— En attendant, est-ce que vous voulez que je vous coiffe ? je demande en montrant le fauteuil de barbier. Ou peut-être avez-vous d'autres impératifs ?

— Oh, eh bien, je… Non, en fait, je n'ai rien de prévu. C'est… C'est original.

— Je peux vous faire un chignon banane, ça vous irait très bien.

— Vraiment ? Eh bien, pourquoi pas, mon époux et moi allons au restaurant ce soir, après la réunion du comité de ville. Je suis ravie qu'ils l'aient avancée.

Les traits de Jazz se crispent aussitôt. Je ne lui ai pas demandé si elle comptait s'y rendre, mais, à sa place, je n'y remettrais pas les pieds de sitôt. Mais Ed, Nicolas et moi avons décidé d'y aller, autant pour voir l'impact que le corbeau aura sur la présidence du comité que pour rappeler à tous ces gens que nous, les *pas pareils qu'eux* qui refusent d'entrer dans leurs cases, sommes toujours là. Debout.

Une heure plus tard, Nicolas nous rejoint et prend son poste de distributeur de madeleines très au sérieux. Durant l'hospitalisation de Valentine, et sans que nous lui ayons rien demandé, son père a continué de nous en fournir en cachette de sa femme.

Vers 18 heures, je quitte enfin le magasin de Jazz sans mentionner la réunion de ce soir ni le fait que je rejoigne Ed. Le ciel cogne fort, encore aujourd'hui, comme il le fait depuis un mois. Je crois que je m'habitue à cette chaleur pour laquelle la nature humaine n'est biologiquement pas faite. Les verres et les glaçons s'entrechoquent à tous les coins de rue où se trouve un bar. Entre les boutiques, on parle allemand, anglais, suédois. La saison touristique bat son plein.

S'il y a bien un espace déserté par la foule, c'est celui placé juste devant les pompes funèbres. En été, les gens meurent moins souvent qu'en hiver, aux dires du seul croque-mort que je connaisse. Je pousse la porte du magasin, et l'air conditionné fige aussitôt ma transpiration. Ed est en train de tirer de l'eau à la fontaine près de l'accueil et d'avaler un cachet. La chaleur de ces dernières semaines donne bien du tourment à ce migraineux chronique.

Il ne m'a pas vue, et moi, je l'observe toujours en douce. Mon cœur galope et je souris dans le vide.

— Alors, comment ça s'est passé au salon ? demande-t-il sans se retourner.

Je sursaute, autant gênée qu'excitée.

— Beaucoup mieux, ces derniers jours. Jazz a eu dix clients aujourd'hui.

Ed s'avance, nous nous faisons face à quelques mètres.

— Quelques chiens, et aussi un chat sphynx. Tu savais que même sans poils, ça se toilette un chat sph…

— … je pensais t'embrasser.

Je déglutis.

— Oh, OK, d'accord.

— J'avais l'espoir que le dire sonnerait un peu moins bizarre que le penser. C'est bizarre, non ?

— Un peu. Mais, je n'aurais pas mieux fait.

Il hésite, puis fait trois pas avant de m'embrasser. Le contact de nos lèvres me paraît d'abord ridicule, puis soudain, une vague de chaleur me submerge et me remplit à nouveau de cette puissante énergie que j'ai ressentie devant l'hôpital. J'ai envie de lui planter mes ongles dans la peau pour ne plus les décrocher et de couvrir tout son corps de baisers. La demi-mesure a foutu le camp de ma raison. Je ne sais plus qui, de lui ou de moi, finit par mettre un terme à notre étreinte, mais je sens que c'est une bonne chose. Je veux profiter de lui, apprendre à le connaître et je sens que ce désir incontrôlable peut tout biaiser.

— Tu veux boire quelque chose ? demande-t-il maladroitement.

Je suis si déshydratée que j'aimerais plonger directement dans le ballon qui alimente la fontaine.

— Merci, oui.

— Tu sais si Jazz va venir à la réunion du comité ?

— Je ne crois pas, dis-je en agitant la main devant mon visage comme un éventail. En revanche, Nicolas sera là, c'est sûr.

— Louis m'a confirmé qu'il viendrait aussi. J'espère que la réunion ne s'éternisera pas. On pourrait… On pourrait ensuite manger ensemble ?

— Chez toi ?

Les mots sont ceux d'une autre, je n'en reconnais ni l'initiative ni le ton.

— Quoi ? s'étonne-t-il.

— *Quoi* ?

Je voudrais me faufiler dans un des cercueils.

— En fait, je pensais plutôt à une terrasse, à la fraîche.

— Oui, bien sûr, une terrasse, ce sera parfait !

Qu'est-ce qui m'a pris de lui proposer de venir chez lui ? Ed est un mystère, je veux absolument percer sa carapace, mais je m'y prends comme une débutante.

— Au fait, Lucien a parlé de Jazz aux bonnes personnes. Une cliente est venue parce qu'elle a su qu'il faisait toiletter Jupiter au salon. Je crois que Lucien se ramollit avec le temps.

— C'est ton œuvre, sourit Ed.

— Je ne suis pas certaine d'avoir autant de pouvoir sur lui.

— Tu en as pourtant. Crois-moi.

La lumière dans ses yeux est si vive. Je me sens rougir et préfère détourner la conversation, comme si je savais ne pas mériter autant d'attention, comme si je m'en emparais à tort.

— Si c'est le cas, il faudra que je le rajoute à mon CV, car manœuvrer Lucien est une sacrée compétence.

Je ricane de façon fort peu naturelle, et Ed fait semblant de ne rien remarquer. Il ferme le magasin et nous prenons le chemin du gymnase. C'est la première réunion qui a lieu depuis que le corbeau s'en est pris au président. Personne ne sait comment cette histoire va tourner et tout au long de la semaine, à chaque pas que je faisais dans Luserne, j'entendais les gens y aller de leurs pronostics. Dans les petites villes, les gens ne prennent pas le temps de mettre des filtres, ils s'adressent de la même façon à tout le monde, comme si l'ensemble des habitants en était au même niveau d'information et de familiarité. Sans m'en rendre compte, je me suis retrouvée à discuter du devoir d'exemplarité de nos représentants avec une dame que je ne connaissais pas, à la caisse du buraliste. Et sur le moment, ça m'a paru la chose la plus normale du monde.

Le parking du gymnase déborde de voitures. Ils veulent tous voir comment celui qui jouissait d'une réputation d'homme débonnaire, bon père de famille et respectable, va gérer sa nouvelle étiquette de soumis en costume de cuir et latex, voire de voleur. Et, soyons honnêtes, moi aussi.

Ce soir, il n'y a pas de dame pointant les présents à l'entrée. Je ne serais pas surprise qu'elle ait démissionné de ses fonctions, du fait de l'affluence croissante des spectateurs. Au grand désespoir de chaque personne qui entre, la clim est toujours en panne. Lorsque les gens commencent à s'asseoir et libèrent la vue sur la table où prennent place les membres de l'association, tout le monde note que le président ne s'y trouve pas. En revanche Sylvie, si. Ed, Nicolas et moi échangeons un regard inquiet.

— Allons, allons, mesdames et messieurs, ne perdons pas de temps, déclare le trésorier.

L'assemblée fait preuve d'une discipline étonnante, impatiente de voir du sang, et pour cela, elle veut être une très gentille assemblée. Lucien est installé deux rangs devant moi, non loin de la cliente qui s'est rendue chez Jazz l'après-midi même. Je m'amuse de constater qu'elle lui décoche quelques regards d'admiration furtifs.

— Bien, nous n'allons pas y aller par quatre chemins, poursuit le trésorier, personne n'ignore que ce corbeau, qui se rend coupable de toutes ces dégradations et accusations ignobles à Luserne, s'en est pris à notre président. Je pense que tout le monde comprend la raison pour laquelle celui-ci a préféré ne pas venir à cette réunion.

— Ça ressemble un peu à de la fuite, réagit un quarantenaire sur la droite. Les rumeurs ne risquent pas de cesser avec ce genre de comportement !

— C'est justement la raison pour laquelle le comité a tenu une nouvelle réunion extraordinaire entre les membres de son directoire, conformément à l'article 20 de ses statuts, indique Blanche, fidèle à son poste. Nous avons pensé que le temps que notre président se remette et soit lavé des accusations qui ont été portées contre lui, il valait mieux le suspendre de ses fonctions.

Consternation dans la salle. Je suis effarée par la rapidité avec laquelle le sort du président a été réglé.

— Alors, vous allez faire de nouvelles élections ? demande une femme dans l'assemblée.

— Compte tenu des événements, nous avons préféré une solution plus rapide, tranche le trésorier. Selon les dispositions de notre règlement, le directoire du comité a le droit de nommer un membre temporaire pour pallier une situation de crise, mettant en péril le bon fonctionnement de l'association. Je pense qu'il n'échappera à personne que nous sommes exactement dans ce genre de situation.

Le silence envahit la salle. Le suspense devient aussi insoutenable que la chaleur.

— Bon et alors ? insiste la même femme. Ça va bien ce blabla, mais qu'est-ce que ça implique ?

Sylvie se lève.

Une voix en moi crie : *Oh. Bordel.*

— Nous avons décidé à la majorité des membres du directoire de nommer Sylvie Monbrisson au poste de présidente intérimaire, le temps que nous organisions des élections, ou que nous y voyions un peu plus clair dans cette sordide histoire de… (il parle soudain plus bas) détournement.

L'assemblée prend quelques secondes pour digérer la nouvelle, puis un groupe – les supporters de Sylvie, dont la mère de Valentine – se met à applaudir, comme après un but marqué par son équipe de foot fétiche. Par effet de contamination, le reste de l'assemblée suit le mouvement avec beaucoup plus de mollesse. Enfin, presque tout le reste. Nicolas, Louis, Ed et moi restons silencieux et atterrés. La politique n'a jamais été mon fort, mais tout en moi me dit que nous venons d'assister à un coup d'État magnifiquement orchestré. Et maintenant, il faut assister au spectacle des vainqueurs.

— Je vous remercie tous, vraiment, merci, répond Sylvie dans un numéro de fausse modestie ridicule. Sachez que je suis très consciente des circonstances dans lesquelles je me retrouve à assumer cette fonction. Je ferai tout pour accélérer les prochaines élections dans le cas où M. Brunel préférerait renoncer définitivement à son poste. Bien sûr, personne ne pourra le lui reprocher.

Elle devrait grimper sur la table et faire virevolter sa chemise au-dessus de sa tête, ce serait plus raccord avec son discours.

— En attendant, nous avons des décisions importantes à prendre. Le comité est resté trop longtemps dans l'inaction. Nous ne sommes peut-être pas la gendarmerie ni la mairie, mais cela ne veut pas dire que nous ne pouvons pas agir. Après tout, le but du comité n'a-t-il pas toujours été le bien commun des habitants de Luserne ?

Beaucoup de têtes acquiescent.

— Vous serez tous d'accord sur le fait que nous devons arrêter ces vandales qui, maintenant, ne se contentent plus de dégrader nos bâtiments, mais s'en prennent à nos réputations.

— Elle mélange tout, murmure Nicolas à notre intention, le coup des enveloppes n'a rien à voir avec les déchets de fast-food sur les tombes, tout le monde le sait et elle aussi.

— Je crois que ce n'est pas son problème, répond Ed.

J'opine avant d'ajouter :

— Je m'attends à ce que d'immenses tentures rouges avec son portrait géant dégringolent du plafond et tapissent les murs.

— C'est la raison pour laquelle nous allons faire appel à des bénévoles pour constituer une brigade de vigilance active, déclare Sylvie sur un ton imbu de satisfaction.

— Un quoi ? demande un jeune homme.

— Un groupe de citoyens concernés par le bien-être de leurs semblables, qui assureront des surveillances dans la ville. Si nous avons assez de volontaires, et je suis sûre que ce sera le cas, nous organiserons des roulements, ce qui nous permettra de vérifier que les gens qui circulent dans les rues à certaines heures tardives n'ont pas d'intentions malveillantes.

— J'ai bien compris ?

Je jette sur Nicolas un regard désolé avant de donner raison à ses craintes :

— Elle est en train de nous pondre une jolie milice citoyenne qui va s'octroyer le droit de demander à n'importe qui de justifier ses déplacements.

— Mais c'est complètement illégal !

— Même réponse que tout à l'heure : ce n'est pas son problème, soupire Ed.

— Et tant que la majorité des habitants la soutient, elle n'a pas besoin d'un Code pénal pour faire tout ça.

— Tout le monde peut postuler ? interroge la petite vieille qui s'était illustrée en faisant des remarques sur le ventre de Nicolas.

— À partir du moment où vous êtes disponible et motivé par le bien-vivre de notre communauté, évidemment, se délecte Sylvie. Justement, nous avons déposé sur cette table des feuillets d'inscription. Il vous suffit d'indiquer vos nom, prénom, adresse et numéro de téléphone et nous vous recontacterons très vite.

Un brouhaha emplit la salle. Impossible de faire le tri dans cette cacophonie. Les gens sont-ils majoritairement pour cette idée – la plus merdique qui soit – ou sont-ils sous le choc ? Lucien s'est levé et se dirige vers la sortie. Voilà la seule bonne idée que nous devrions tous suivre. Sylvie est en train de transformer Luserne en dictature, au seul motif d'un soi-disant bien commun. Ed glisse sa main dans la mienne et je la serre.

— Un peuple prêt à sacrifier un peu de liberté pour un peu de sécurité ne mérite ni l'une ni l'autre et finit par perdre les deux, récite Ed l'air navré.

Moi, j'aurais plutôt cité les propos de la reine Amidala face à la prise de pouvoir de Palpatine, marquant ainsi la naissance de l'empire dans *Star Wars*. Dans tous les cas, c'est la merde.

CHAPITRE 22

« Apprenez-nous l'amour et le détachement.
Apprenez-nous à rester en repos. »
Le Silence des agneaux, 1991.

Le thé glacé que je verse dans une énorme bouteille isotherme me conforte dans l'idée que c'est le meilleur achat que j'aie fait de toute ma vie. Alors que je m'apprête à sortir de la cuisine pour profiter d'un congé miraculeux – et pas vraiment prévu par le Code du travail – que m'a octroyé le père Grégoire, Lucien me barre la route, une tasse de café fumante dans la main. Lucien gère très mal l'oisiveté des autres.

— Vous avez l'air bien guillerette, commente-t-il sur un ton suspicieux, comme si j'avais volé quelque chose dans un de ses placards.

— Voyons voir : mon amie Valentine est sortie de l'hôpital, je suis de repos et je vais prendre un verre avec des gens de bonne compagnie dans mon lieu préféré, pourquoi ne le serais-je pas ?

— Il fait une chaleur caniculaire, votre amie n'est pas guérie parce que sa mère est encore de ce monde et, si vous tardez trop ce soir dans votre bar, la milice de Sylvie vous demandera où vous allez et pourquoi vous y allez. Rien qui soit de nature à sortir vos horribles boucles d'oreilles fétiches.

— Je savais que c'étaient vos préférées. Et je n'ai pas l'intention de répondre aux questions de ces gens qui n'ont aucune autorité pour m'interroger.

— Excellente idée, exciter les hyènes, ça se termine toujours bien.

— Et quelle est l'alternative ? On évite de sortir ou on se plie à la volonté de quelques illuminés qui pensent être à la tête d'un royaume ? Continuer de sortir habillée de la sorte, surtout tard, c'est faire preuve de militantisme.

— Très joli discours.

— Merci, je vous en ferai une copie.

— Qui est d'une parfaite hypocrisie. Vous êtes guillerette parce que vous retrouvez le croque-mort.

— Si on veut être précis, il est than… thanato… Il embaume les morts.

— Croque-mort.

Tout en essayant de trouver une bonne diversion, je me demande comment Lucien a pu se rendre compte de mon attirance pour Ed. À moins que ce sournois personnage tente de prêcher le faux pour avoir le vrai. À force, je commence à connaître l'animal.

— Je suis sûre que vous trouveriez tellement à redire, si Ed et moi entretenions ce genre de relation. Mais je ne vous donnerai pas cette satisfaction.

— Rien n'est plus éloigné de la vérité. Vous savoir conter fleurette à ce jeune homme me rend plus triste que caustique.

— D'abord, on ne dit plus conter fleurette depuis février 1982 ; ensuite, Ed et moi sommes juste amis.

— Gagnons du temps sur la suite de la conversation, je vous vois à toutes les réunions du comité.

Prêche-t-il toujours le faux pour avoir le vrai ? Il a l'air sûr de lui… Et moi, suis-je certaine d'être aussi discrète que je le pense ?

— Bon, quand bien même lui et moi nous serions rapprochés, je ne vois pas en quoi ça vous regarde.

— Cela ne me regarde pas.

— Nous sommes enfin d'accord. Ce soir, je boirai un verre de plus pour marquer cette grande occasion.

— Je me demande juste…

Mes yeux roulent dans leurs orbites.

— … Je me demande juste pourquoi cela ne vous intrigue pas qu'un garçon aussi séduisant et plein de talents et de potentiel reste encore dans cette ville où il n'a aucune attache. Et surtout, pourquoi il est encore célibataire à son âge.

— Il faut toujours que vous fassiez du mauvais esprit.

— Je vous mets en garde, vous n'avez plus personne pour le faire.

— Mais je ne vous ai rien demandé. Je n'ai pas besoin de vous.

Je lâche un grognement sonore avant de fourrer ma bouteille dans mon sac à dos. Je file ensuite hors de la maison, sans jeter un regard à Lucien que je plante en plein milieu du couloir. Je peste tout le long du trajet. D'accord, Lucien a été meurtri par la vie, il ne s'est jamais relevé d'avoir perdu son grand amour, mais est-ce une raison pour vouloir que les autres soient aussi malheureux que lui ? Depuis la nuit des temps, les histoires d'amour se suivent, mais aucune ne se ressemble.

Bon, combien d'ex-copines Ed peut-il avoir eues ? Et puis, est-ce si important ?

Un coup de klaxon manque de me provoquer une crise cardiaque. Le véhicule de Nicolas s'est arrêté à moins d'un mètre derrière moi. Il passe la tête à l'extérieur de la vitre ouverte.

— Tu ne m'as pas entendu t'appeler ?

Je ne me sens pas de lui avouer que j'étais trop occupée à râler dans ma tête, parce que mon logeur est un vieil abruti aigri et que, parfois, les personnes âgées, il faudrait les enfermer et jeter la clé.

— Désolée, je… J'étais dans mes pensées.

— Changement de programme, on va chez Ed pour soutenir Valentine.

Trop d'informations d'un seul coup, mes paupières clignotent. D'abord, je vais *chez Ed*, ce qui implique de découvrir son environnement. Ensuite, pourquoi soutenir Valentine *chez Ed* plutôt qu'à la terrasse du café qu'elle aime tant ? Mais, surtout, je vais *chez Ed*.

— Ne me dis pas que tu n'es pas au courant ? s'étonne Nicolas à qui je dois paraître larguée.

— Au courant de quoi ?

— Le père Grégoire t'en a forcément parlé.

— Je n'ai pas travaillé aujourd'hui. Que se passe-t-il ?

— Le corbeau a laissé une nouvelle lettre à la porte de l'église et, cette fois, elle concerne la mère de Valentine.

Si c'était physiologiquement possible, mes bras se seraient détachés de mon corps pour s'écrouler au sol.

— T'es sérieux ?

Je saute d'un bond dans le véhicule.

— Alors, qu'est-ce que tu sais exactement sur les accusations du corbeau ?

— Un truc bien moche, répond Nicolas en faisant la grimace. Enfin pour Valentine. Sa mère aurait apparemment couché avec le directeur d'une école d'art pour y faire entrer sa fille.

— C'est pas vrai...

— Il y a eu une très grosse dispute entre Valentine et sa mère et elle est partie en claquant la porte.

— Heu... la dispute n'aurait pas plutôt dû avoir lieu entre ses parents ?

— Sûrement, mais bon, t'as vu son père ? Je pense que même si sa femme s'envoyait toute la caserne devant son fournil, il leur demanderait quelle cuisson ils veulent pour leur baguette.

Je suis inquiète pour Valentine. Pas besoin d'être un psy pour comprendre que, dans son état, mieux vaut y aller mollo sur les drames familiaux et l'hystérie collective.

Au bout de quelques minutes, Nicolas s'arrête devant un joli portail en fer forgé, qui s'ouvre automatiquement après quelques secondes. Nous pénétrons dans une cour pavée, dont le jardin adjacent est très bien entretenu. La maison est cossue, un beau mas de ferme catalan sur trois étages avec un grand jardin d'hiver. Je n'imaginais pas Ed vivre dans ce genre de demeure.

Et soudain, une angoisse m'envahit. Personne ne vit seul dans ce genre d'endroit. Et si je rencontrais sa famille ? Leur a-t-il parlé de moi ? Suis-je bien habillée ? Non, évidemment je porte des boucles en forme de jonquilles, pour un premier contact, ça clive forcément, et je les retire le plus discrètement que je peux.

Ed nous accueille dans l'embrasure du jardin d'hiver, une architecture mélangeant la pierre, un sol en damier et une structure en acier verdi supportant les baies vitrées. Il m'adresse un sourire plein de tendresse, mais je le sens inquiet. Derrière lui, recroquevillée sur une banquette en osier blanc, Valentine est en pleurs.

— Vous êtes les premiers, dit-il en glissant une main dans mon dos, lorsque je passe près de lui. J'ai dit à Jazz et Louis qu'on les tiendrait au courant pour ce soir.

Lorsqu'elle m'aperçoit, Valentine tend les mains vers moi. Je m'empresse de les saisir et de me coller à elle.

— Ils t'ont dit ? renifle-t-elle.

— Oui, je suis désolée, Valentine.

— Là, vraiment, c'était trop. J'en peux plus d'elle. J'ai... J'ai droit à ma putain de place dans ce monde, non ? Et, elle, elle me l'a volée. C'est comme si elle avait vampirisé toute ma vie !

Je jette un œil aux garçons, mais ces derniers ne me sont d'aucune aide.

— Valentine, tu sais, ce sont les histoires de tes parents. Tu as déjà bien assez à faire avec les tiennes.

Elle s'écarte et me dévisage. À son expression, je comprends que je suis à côté de la plaque.

— Je m'en fous que ma mère se fasse sauter par tout Luserne ! C'est pas ça, le problème. Elle s'est envoyé le directeur de mon école d'art pour être sûre que je sois admise. J'avais bossé mon dossier comme une dingue, mon dossier était parfait, j'étais bonne, j'étais vraiment bonne, tu sais. Et puis finalement, j'ai renoncé parce que je voulais rester libre de dessiner ce que je voulais. J'ai préféré des études d'histoire de l'art.

J'acquiesce en silence et je ne vois pas quoi faire d'autre.

— Et là, qu'est-ce que j'apprends ? poursuit Valentine, le corps tendu de colère. Ma mère me trouvait tellement peu à la hauteur qu'elle s'est envoyé le directeur pour éviter d'avoir honte de mon échec. Elle était si convaincue que je ne ferais jamais rien de bien sans aide qu'elle est allée jusqu'à coucher pour me caser quelque part. Pourtant, je te jure que j'étais douée, j'aurais pu décrocher ma place dans cette école !

J'essaye d'imaginer ce que ça fait d'être si peu soutenue par sa mère. Je ne me souviens plus de l'attitude de la mienne, en fait, la seule image qui me reste est celle d'une pièce où elle n'est pas. Elle n'était pas dans la cuisine, pas dans sa chambre, pas dans le salon, elle n'était jamais nulle part.

— Est-ce qu'il y a une chose chez moi qui trouvera un jour grâce à ses yeux ? Non, bien sûr que non, Valentine, ce que tu peux être conne. Tu n'es que déception et nullité à ses yeux.

— Ne parle pas comme ça de toi. Le problème vient d'elle.

— Et qu'est-ce que ça change ? s'écrie-t-elle comme un félin blessé.

— Pardon, je voulais juste dire…

— Non, c'est à moi de demander pardon… Je suis tellement en colère que je m'en prends aux seules personnes qui m'aiment. Ça a toujours été comme ça. Pourquoi je la laisse encore avoir un tel impact sur ma vie ?

— Parce que c'est ta mère, intervient Nicolas avec une profonde douceur.

— Ce n'est pas une raison ! Plein de gens ont des parents toxiques et ils réussissent bien à couper le cordon et à faire leur vie. Regardez-moi ! J'ai vingt-quatre ans, je vis au-dessus de la pâtisserie familiale et je travaille toute la journée avec mes parents. Je passe toute ma putain de journée avec la personne qui me méprise le plus au monde. Et qu'est-ce que je fais ? Je m'affame et je trime dans l'espoir de me faire aimer d'elle. Qu'est-ce qui cloche chez moi ?

Je me tourne vers Ed dans l'espoir qu'il m'aide à la calmer.

— Je... Je vais chercher des boissons fraîches, répond-il.

Immense soutien, en effet.

— Il faut que ça s'arrête ! s'exclame Valentine, en redressant la poitrine et en essuyant ses larmes. Elle va me tuer à force. OK, je suis une ratée, je n'ai rien fait du peu de talent que j'avais et, la plupart du temps, je ne suis même pas gentille avec mes amis. Mais je dois m'en sortir. Je peux m'en sortir, n'est-ce pas ?

Sa question me transperce le cœur.

— Stop, intervient Nicolas, tu n'as jamais été objective dès qu'il s'agit de te juger. Tout est toujours raté et mauvais dès que tu te regardes. Mais, moi je te vois, on te voit tous, et tu es une fille géniale. Je me tue à te le dire depuis des années ! Tu ne crois pas qu'il serait temps que tu m'écoutes ?

— Nicolas, soupire Valentine, c'est faux, tu ne *me vois pas*, tu vois une image fantasmée de moi que tu traînes depuis l'enfance comme un doudou. Toi aussi, tu as des choses à régler. Tu t'accroches à une fille qui t'a pourri tes années de collège et de lycée, ça dit quoi de toi, à ton avis ?

Le silence s'abat sur nous. Le visage de Nicolas se décompose. J'ai mal pour lui jusque dans mon âme. Valentine n'est que fureur et elle vient de faire une nouvelle victime.

— Ça dit que tu es ma meilleure amie, finit par répondre Nicolas sur un ton grave. Et je m'en fous que tu ne comprennes pas ça.

Puis il tourne les talons et sort du jardin d'hiver. Valentine me jette le regard le plus éploré que j'aie jamais vu. J'agite les bras en direction de Nicolas pour lui dire qu'elle doit tout faire pour le rattraper. Valentine bondit hors de la banquette et se précipite vers lui. Ed et moi nous empressons de coller nos visages contre les vitres pour ne rien perdre du spectacle. Je me sentirai gênée et voyeuriste plus tard.

— Attends ! s'exclame Valentine, en courant après le facteur. Je suis désolée ! Je suis tellement désolée !

— Oui je sais, tu passes ton temps à dire que tu l'es, soupire Nicolas en levant les bras au ciel.

— Oui, tu as raison, je... je ne sais pas ce qui ne va pas chez moi, c'est comme si c'était plus fort que moi. Et je n'essaye pas de me trouver des excuses, je ne comprends pas.

— Tu te trompes d'ennemis, Valentine, tu te trompes depuis le début. En fait, non, tu sais très bien qui il est et où il se trouve, mais comme t'as la trouille de t'en prendre à lui, tu t'en prends à tous ceux qui comptent autour de toi. Tu as peur qu'on t'aime, parce qu'alors, tu devrais admettre que tu n'es pas aussi horrible que tu crois.

Valentine marque un silence. Elle frotte ses cheveux, je vois bien qu'elle cherche des mots qu'elle n'a pas dû dire depuis longtemps, voire jamais.

— C'est que… j'ai peur de ne pas être à la hauteur, tu comprends ? C'est plus facile si je te tiens à distance, je te laisse derrière ma porte. Mais si je te laisse entrer, tu vas voir ce qu'il y a à l'intérieur, tu vas voir que la déco est pitoyable et que tout est en désordre. Et moi, je ne supporterais pas de voir la déception dans tes yeux, tu comprends ? Parce que tu es la personne la plus solaire et bienveillante que je connaisse et que j'ai besoin de toi dans ma vie.

— Valentine, soupire Nicolas en se rapprochant d'elle, je sais déjà que ton intérieur est le plus bordélique qui soit. Ça se voit de la fenêtre aussi, crois-moi.

La jeune femme se jette dans ses bras ; de là où je me trouve, je peux sentir la force de leur étreinte. J'ai les larmes aux yeux. Ils sont si beaux, ces deux-là ; l'amitié improbable qui les unit force l'admiration. Après un long moment, Valentine retourne dans la véranda d'un pas décidé et la mine fermée.

— Tout va bien Valentine ?

— Parfaitement bien.

— Tu en es sûre ? risque Ed sans conviction.

— Oh que oui. Il est temps que je prenne ma vie en main. Nicolas a raison, je ne m'en prends pas au bon ennemi.

— Ah ?

Ses mots n'ont rien de rassurant.

— Je vais aller régler mes comptes avec ma mère.

— Quoi, maintenant ? s'étonne Ed dont je crois déceler la légère panique.

— Oui, maintenant. Je vous rappelle plus tard.

À travers la vitre, Nicolas nous fait signe qu'il va l'accompagner. Je suis partagée entre la curiosité de les suivre et la crainte de devenir un dommage collatéral pour avoir assisté au choc des titans. Puis je me souviens que demain, à l'heure où j'irai au cimetière, on m'aura rapporté ce qui s'est dit dans le moindre détail. Trois fois.

— Est-ce que tu veux boire quelque chose ? demande Ed. À moins que tu préfères qu'on aille au café ?

Aucune chance. Maintenant que je suis dans la place, j'y reste.

— Non, ici, c'est parfait. Tu… Enfin, ça ne dérangera personne ?

Championne de la subtilité.

— Non, personne, je vis seul ici.

— Vraiment ? Je vis dans le même genre de maison à Lyon, le genre patrimoine familial. Elles ne sont pas trop faites pour y vivre seul.

— C'est vrai, mais parfois, la famille se réduit à quelques personnes seulement.

— Je suis désolée de l'entendre, ça sonne terriblement triste.

— Ça l'a beaucoup été, mais maintenant ça va.

Question réserve sur son histoire personnelle, j'ai trouvé mon maître. La petite voix de Lucien ronronne entre mes tempes, et je la chasse sans douceur.

— Et donc, tu te retrouves seul dans cette immense maison…

— Pourquoi ne poses-tu pas les questions qui te brûlent les lèvres ?

— Elles ne me brûlent pas les lèvres.

— Non ?

— Disons, peut-être un peu.

Je prends une grande inspiration pour me donner de l'élan.

— Je voudrais te connaître mieux et je me dis qu'en savoir plus sur ton histoire pourrait m'y aider. Tu n'es pas obligé de me répondre, si tu ne veux pas, mais ça m'intéresse vraiment.

Ed sourit. Tout en prenant place à mes côtés sur la banquette, sa cuisse et son bras collés aux miens.

— Je suis un enfant de la DDASS, avoue-t-il, le regard fuyant dans les pins parasols qui ombrent le jardin d'hiver.

J'ouvre grand les yeux, mais je me ressaisis.

— Je suis désolée, dis-je, consciente de la platitude de mes propos.

— Je n'ai pas connu mon père, et ma mère avait de gros problèmes d'addiction. J'ai été placé en foyers d'accueil, j'ai eu de la chance de bien tomber. Puis, ma mère est décédée quand j'ai eu quatre ans et je me suis retrouvé sans famille. C'est là que j'ai rencontré les propriétaires de cette maison, des gens incroyables qui n'arrivaient pas à avoir d'enfant. Ils ont eu un coup de cœur pour moi et m'ont adopté à un âge où plus personne ne s'intéresse à nous, normalement.

— Elle est incroyable ton histoire.

— J'en ai conscience, et les miracles ne s'arrêtent pas là. Un an après mon adoption, ils ont réussi à avoir une fille.

— Oh, tu as une sœur ?

— Ophélie, elle travaille à Paris dans une grande agence de com. Je pourrais dire que ça a été dur et qu'on ne rivalise jamais avec l'enfant biologique d'un couple. Mais, en fait, mes parents n'ont jamais fait la moindre différence entre nous, et je suis très proche de ma sœur. Voilà, pas trop déçue ?

Je tique.

— Non, pourquoi tu dis ça ?

— Parce que tu appréhendes le monde d'une façon particulière.

— Comment ça ?

— C'est un peu comme si tu lui demandais d'être épique tout le temps, comme si tu t'attendais à une mise en scène digne d'un film à gros budget. Du coup, j'ai peur que ma banalité ne soit pas à la hauteur de tes exigences.

Qu'est-ce que j'attends de la vie ? Jusque-là, je n'avais jamais réfléchi à ça. Toute mon existence était organisée, prévisible, ritualisée. Je n'avais pas envisagé qu'il en soit autrement, malgré la mauvaise santé de mamie.

— Tu sais, tout ça, des amis, un travail, une nouvelle communauté, c'est nouveau pour moi. J'ai passé mon existence cloîtrée entre les murs d'une grande maison avec ma grand-mère pour seule compagnie. De fait, mes aspirations n'ont jamais été très élevées. Maintenant, tout est nouveau et c'est vrai, je m'attends à être surprise et émerveillée tous les jours. Et crois-moi, c'est bien le cas : j'aime ce que je fais et ce que je vois.

Mes pommettes s'enflamment. Les traits anguleux d'Ed me paraissent les plus harmonieux que j'ai vus. Son expression douce contraste avec l'intensité que renvoie l'ombre de son regard, et je sens les battements de mon cœur s'accélérer. Alors je le saisis par le cou et me jette sur ses lèvres. Ma spontanéité aurait pu me surprendre si j'avais pris le temps d'y réfléchir. Ed ne semble pas s'en plaindre, il répond à mon envie par une étreinte puissante et pleine de désir. Nous basculons sur la banquette et je me sens submergée d'une émotion inédite. On dirait une sensation de flottement et d'oubli qui annihile la pesanteur autant que la réalité. Je ne me suis jamais sentie aussi légère et insouciante.

Entre deux baisers et de profonds soupirs de plaisir qui m'allègent à chaque respiration, je murmure :

— Je suis si heureuse avec toi, je voudrais que ça dure toujours…

Ed retire soudain son visage de mon cou et ses prunelles sombres piquent les miennes.

J'ai la désagréable sensation que la douce mélodie que je joue dans ma tête vient de dérailler, mais je n'ai pas le temps d'analyser ce qui se passe qu'il s'empare à nouveau de mes lèvres. Pourtant, quelque chose a bel et bien dérapé et j'ai l'impression que la magie s'est rompue par ma faute.

Je me persuade que j'exagère, pourtant, Ed calme lentement nos ardeurs et je sens le feu de notre étreinte, encore intense quelques secondes plus tôt, se transformer peu à peu en braises timides. Qu'est-ce qui peut bien tant clocher dans ce que j'ai dit ? La bonne attitude serait de lui poser la question ? Même moi, je le sais. Pourtant, je me tais, je reste collée à lui, observant la nuit qui se diffuse dans le buvard du ciel. Et je me tais. Je veux prolonger encore un peu la beauté de ce moment, même si j'en ai peut-être une vision plus idyllique qu'elle n'est. Demain, je demanderai, demain, nous parlerons, mais pas ce soir.

Ce n'est que très tard dans la soirée que je décide, non sans regret, de rentrer chez Lucien. J'aurais aimé qu'Ed me retienne, j'y ai cru jusqu'à ce que je monte dans sa voiture. J'ai imaginé tout un tas de scènes romantiques en passant du jardin d'hiver à la cour de la maison, puis enfin dans la voiture. Mais rien ne s'est passé comme je le fantasmais.

Qu'est-ce que j'attends de la vie ?

Ed a raison : j'attends une mise en scène à couper le souffle.

CHAPITRE 23

« Pourtant elle était intelligente
avant de tomber amoureuse ! »
Sex and the City, 1998.

Ed ne m'a pas adressé de message. Ça fait deux jours. Hier, j'ai craqué, je lui en ai envoyé un le matin, un autre le soir. Les deux sont restés sans réponse. Lui en transmettre un troisième aurait été très gênant, même moi, je m'en rends compte.

Je tourne en rond dans ma chambre, dans la cuisine, au cimetière, je tourne en rond et je pense que ça va m'aider à comprendre son attitude. Hier soir, j'ai même effectué une recherche sur Internet. On y trouve bien des tutos pour créer son propre zeppelin, alors je pensais trouver quelques pistes pour décrypter le silence d'un homme après une soirée romantique. Tout ce que j'ai lu ne présageait rien de bon, aussi ai-je préféré tout éteindre en me répétant que dans le mouchoir de poche que représente Luserne, il ne pourra m'éviter éternellement.

Il est 12 heures, je suis accroupie au-dessus d'un petit massif de plantes vivaces et constate ce que je redoutais depuis plusieurs jours : mon royaume subit l'assaut de pucerons. Ma formation m'a préparée à cette éventualité, mais quand l'heure de la guerre arrive, même le stratège le mieux formé en redoute l'issue.

— Un problème ? demande Albert qui se balance depuis dix minutes en appui sur son râteau.

Depuis quelques jours, Albert déborde d'énergie, et je le soupçonne de se nourrir de l'ambiance délétère et paranoïaque qui règne dans Luserne. Plus les gens se mordent entre eux, plus il a l'air d'en tirer de l'épanouissement. Peut-être cette histoire lui sert-elle une revanche sur un beau plateau d'argent. Qui pourrait l'en blâmer ?

— Des pucerons. Des maudits petits bouffeurs de plantes. Il va falloir que j'inspecte tout le parc et que j'identifie les parties contaminées pour les isoler.

— Pas sûr qu'des puc'rons te chafouinent autant.

— Si, ils me chafouinent, car ils peuvent me ruiner des semaines de travail.

— Mouais.

Je n'ai aucune envie de partager mon vague à l'âme avec Albert, une personne qui ne donne pas l'impression d'avoir jamais été confrontée à un coup de cœur qui ne répond pas à nos messages. L'arrivée de Valentine fait heureusement diversion. Elle lance un salut bruyant au père Grégoire, qui lui sourit à peine. Le pauvre. Il ne sait plus comment faire pour que la porte de son église cesse de se transformer en entrée de la honte… Au plus fort de ses prières, je suis sûre qu'il a envisagé de la détruire.

Comme je bénéficie d'une longue pause déjeuner, Valentine et moi nous rendons dans une brasserie.

Aujourd'hui, le ciel est assez gris et bas pour stresser tout le monde. Les habitants du Sud paniquent vite dès que leur tout-puissant soleil se fait discret. Valentine suit un programme alimentaire très strict et bourré de rites. Pour avaler quelques feuilles de salades et trois dés de poulet, il lui faut plus d'une heure de négociation avec son monstre intérieur. Mais ça a l'air de fonctionner, ses joues collent un peu moins à ses dents et ses cernes semblent moins sombres. À peine sommes-nous attablées qu'elle s'écrie :

— Ça y est, j'ai parlé à ma mère !

— Non ??? Raconte !

— J'ai déboulé à la maison et je lui ai balancé tout ce que j'avais sur le cœur depuis des années. Je ne pensais pas en être capable, mais dès que j'ai commencé à m'exprimer, c'est comme si j'avais ouvert un robinet en grand et que l'eau coulait à flots. Je ne pouvais plus m'arrêter.

J'aurais payé cher pour assister à la scène et, surtout, voir la tête de Christine.

— J'étais comme possédée, je ne sais même pas si elle a essayé de me répondre. Je n'entendais rien et ne voyais rien. J'avais vraiment beaucoup, beaucoup de choses à lui dire. Ça m'a paru durer une éternité, d'ailleurs, après j'étais vidée.

— Comment elle a réagi ?

— Je n'en sais trop rien. J'ai hurlé, j'ai pleuré, elle a hurlé et pleuré, mais je ne l'écoutais pas, même quand j'ai eu vidé mon sac. Pour une fois, je n'en avais rien à foutre de ce qu'elle pensait parce que je savais que ça n'avait rien à voir avec elle. C'était moi, tu comprends ? Cette scène, elle était uniquement faite pour moi. Et puis, qu'est-ce qu'elle aurait pu me dire : pardon ? Aucune chance et, même si elle en avait été capable, le fait est que je n'y suis pas allée pour écouter ses excuses, mais pour solder mes comptes avec elle.

— Et le lendemain ? Ça a dû être super tendu.

— Sûrement, mais je ne suis pas restée chez eux. J'ai pris des affaires et je suis allée dormir chez Nicolas. Et comme je suis toujours en congé, je ne suis pas retournée à la pâtisserie depuis.

— Valentine, je suis impressionnée. Tu as pris le contrôle de ta vie et tu as enfin pu exprimer des émotions que tu gardais enfouies en toi depuis si longtemps. Maintenant, quoi qu'il se passe, tu es la priorité.

— Je sais qu'il ne suffit pas d'une mise au point avec elle pour que tous mes problèmes s'envolent. Le plus dur reste à venir. Je dois apprendre à vivre sans attendre sa validation et sans me laisser polluer par les obsessions qu'elle a toujours projetées sur moi. En plus, je la connais par cœur, elle ne va pas renoncer si facilement.

— Et c'est là que tu dois rester forte. Tu sais d'où tu viens, tu sais ce que tu laisses derrière toi, tu connais déjà ce chemin.

— Je ne risque pas de l'oublier. (Elle fait une pause, gênée.) Nicolas, Ed et toi avez été géniaux. Sans vous, je n'aurais jamais tenu. Je comprends enfin à quel point j'ai de la chance d'être entourée par des amis qui ne se sont pas barrés malgré mes crises.

— Ed et moi n'avons pas fait grand-chose à part te regarder parler avec Nicolas.

— Vous étiez là, c'est tout ce qui compte. D'ailleurs, vous avez fait quoi ensuite ?

Je plonge le nez dans ma salade de sardines grillées. Les microsecondes que je prends pour réfléchir à la manière dont je vais répondre suffisent à éveiller sa curiosité.

— Adèle ? Tu n'aurais pas un truc à me dire ?

— Un truc ?

— Tu sais, toi, ta spécialité, c'est la psychologie, moi, c'est les mecs. Alors, on ne me la fait pas. Il se passe quelque chose entre Ed et toi, c'est ça ?

Je hausse les épaules et souris dans ma salade.

— OK, reprend-elle. C'est assez récent, ça ne se passe pas tout à fait comme tu l'espérais.

— Tu lis dans mes pensées ou quoi ?

— Peut-être que j'ai des super pouvoirs que je cache à tout le monde. Alors, raconte à tata Valentine.

— Ce n'est rien.

— Conneries ! Dis-moi le problème.

— Je t'assure que ça ne vaut pas la peine d'en parler.

— Dis-moi, dis-moi, dis-moi, dis-moi…

— … D'accord, t'as gagné !

Je lui fais le récit de la soirée, je me perds dans des détails ridicules d'ambiance et de cigales qui chantent, et je termine par le silence radio d'Ed. Valentine est suspendue à mes lèvres.

— OK, typique, conclut-elle après un bref silence.

— Typique de quoi ?

— Des mecs.

Je plisse les yeux.

— Ce n'est pas un peu sexiste comme analyse ?

— Attends, je suis féministe, c'est juste que les mecs sont plus cons que nous quand il s'agit d'amour. Rien à voir avec du sexisme, c'est un fait scientifique.

Je la dévisage.

— Ça sent à plein nez la phase classique des trois pas en arrière, explique-t-elle en se rendant compte que je ne comprends rien à ses propos.

Elle parle une langue qui m'échappe.

— C'est-à-dire ?

— Il panique parce que la relation devient un peu trop intense.

— Elle n'est pas du tout *intense*, on n'a même pas… Enfin, tu sais.

— … baisé, oui, je vois. Contrairement aux idées reçues, ce n'est pas le sexe qui fait paniquer les hommes en amour, ce sont les paroles. Qu'est-ce que tu as dit pendant que vous vous pelotiez sous les étoiles ?

Je réfléchis un long moment.

— Rien de particulier.

— Tu as parlé de tes sentiments ? De votre histoire ? De ce que tu envisageais entre vous ?

Les interrogations de Valentine me font manquer d'air. Elle a dû bosser au Quai des Orfèvres dans une vie antérieure. Je me concentre et, soudain, je repense à cet instant précis où j'ai eu l'impression que quelque chose s'était fêlé entre nous.

— Peut-être… Je ne sais pas, j'ai juste dit que j'étais heureuse avec lui et que je voulais que ça dure toujours.

Valentine se frappe le front de la paume de sa main. Le bruit que le geste produit sonne comme celui d'une gifle.

— Cherche pas, c'est ça qui l'a fait paniquer.

— Tu rigoles ?

L'expression de Valentine ressemble à une sentence irrévocable.

— Mais c'était dans le feu de l'action !

— Dire à un mec, au début d'une relation, que tu aimerais que ça dure toujours, ça revient à lui demander d'emménager chez toi et de s'occuper de ton poisson rouge en fin de vie. Même moi, ça m'aurait foutu la pression.

Je laisse passer un silence, le temps de digérer. Aurais-je tout gâché d'une simple phrase prononcée sans réfléchir ? Je refuse de croire à cette éventualité.

— Bon, admettons que je me sois un peu emballée, n'importe qui d'un peu censé comprendrait que c'était sous l'impulsion d'un moment romantique.

Valentine fronce les sourcils et ça vaut toutes les réponses.

— Tu veux dire qu'à cause de cette toute petite réflexion de rien de tout, il ne va plus jamais me parler ?

— Non, évidemment, mais il est sûrement en train de se demander dans quelle histoire il met les pieds et si ça vaut le coup. Ed est d'une nature très prudente, surtout avec son passé.

— Oui, je sais, il m'a raconté qu'il venait de la DDASS, mais il m'a paru en paix par rapport à ça.

— Rien à voir, je te parle de son ex.

J'entends la percussion imaginaire d'un gong heurter l'air, celui qui ponctue la révélation qu'on attend depuis le générique du début.

— Son ex ?

— Il a eu une histoire super longue avec une fille d'Argelès, ils se sont même fiancés. Je ne l'aimais pas particulièrement, elle faisait beaucoup d'histoires, mais il était très amoureux. Bref, ça s'est fini d'un coup, ça a été très violent, même si on n'a jamais trop su ce qui s'était passé. Ed l'a très mal vécu, il a perdu tous les amis du couple qui ont pris le parti de sa copine. Il a été l'ombre de lui-même pendant de longs mois et ça ne fait que quelque temps qu'il va un peu mieux.

La petite voix agaçante de Lucien soliloque dans ma tête.

— Je vois…

Ed ne m'a pas fait assez confiance pour aborder ce sujet quand il m'a fait le résumé de sa vie.

— Laisse-lui un peu de temps, tente de me rassurer Valentine. Ed est un garçon génial, ça, tu peux en être certaine. Ce n'est pas le genre de gars qui multiplie les conquêtes. S'il est sorti avec toi, c'est que tu comptes pour lui. Donc, attends un peu et reste cool.

— Je suis cool, dis-je en émiettant ma tranche de pain avec fureur.

— Tu es une des personnes les moins cool que je connaisse. C'est pour ça que vous vous entendez si bien avec Lucien.

— Je n'irais pas jusque-là.

— Il ne t'a pas encore mise à la porte, non ?

— Non, en effet.

— Voilà, vous vous entendez bien.

Valentine embroche son dé de poulet du bout de sa fourchette et le met dans sa bouche pour le mastiquer pendant cinq minutes. C'est le seul qu'elle avale.

CHAPITRE 24

« À chaque pleine lune et en toutes saisons,
il y aura mousson. »
Jumanji, 1995.

Nicolas regarde sa montre pour la dixième fois en moins de cinq minutes. Nous nous sommes donné rendez-vous à minuit dans le cimetière et Jazz manque à l'appel.

— Elle s'est peut-être fait arrêter par la brigade de surveillance et ça a mal tourné, avance Valentine en faisant une énorme bulle avec son chewing-gum. J'ai croisé trois de ces tarés en venant ici. Et comme elle a une tête à chercher les ennuis…

— Valentine, soupire Nicolas.

— Quoi ? C'est vrai, c'est une cible parfaite pour eux.

— Ils ne t'ont pas arrêtée que je sache, et pourtant tu es habillée comme un ninja.

— Oui, mais moi, je ressemble à la fille rêvée de Hitler, ils m'ont fait un grand sourire, en me disant bonsoir.

Nous n'avons pas renoncé à nos patrouilles la nuit au cimetière. Les événements qui se sont succédé ces dernières semaines les ont simplement retardées. Aucun de nous ne pense que les vandales sont le corbeau de Luserne, en revanche, les deux partagent le même terrain de jeu. Alors, on se surprend à rêver de faire d'une pierre deux coups.

— Sinon, vous savez si Ed vient ce soir ? demande Valentine, sur un ton qui pourrait sembler anodin pour qui n'a pas assisté à notre conversation au restaurant.

— Je ne sais pas, il n'a pas répondu à mon message, répond Nicolas.

— Ah…

— Il doit avoir beaucoup de travail.

Tellement de travail, me dis-je avec une pointe de colère.

Du mouvement se produit derrière nous et nous fait dégainer chacun un portable et une lampe-torche. Jazz apparaît au bout de l'allée du cimetière et nous rejoint sans se presser. Sous la lumière spectrale de la pleine lune, tandis que les ombres des stèles accompagnent ses pas, elle a l'air d'être le genre à sacrifier des petits animaux et des mamies séniles à une divinité païenne.

— Qu'est-ce que tu fabriquais ? interroge Nicolas.

— Rien.

— On avait dit minuit.

— Tu as dit minuit trente.

— J'ai dit minuit.

Jazz lui montre le contenu du message qu'il lui a envoyé plus tôt.

— Bon, on devrait commencer à faire notre ronde, élude le facteur avec mauvaise foi.

— Hey ! lâche Valentine en me saisissant le bras, je crois bien que je viens de voir une lumière, là-bas.

Nous regardons dans la direction indiquée, à l'extrémité opposée du parc. Malgré nos efforts de concentration, aucune lumière ne perce la pénombre.

— Tu es sûre que tu n'as pas rêvé ? demande Nicolas.

— Non, je ne rêve pas de lumière qui clignote, affirme Valentine, vexée.

À la surprise générale, elle s'élance dans la direction supposée de l'apparition, et nous filons à sa suite. Les minutes s'écoulent, les mètres sous nos pieds défilent, mais nous ne décelons toujours rien de particulier qui ne soit pas ce qu'on trouve habituellement dans un cimetière en plein milieu de la nuit ; des tombes, des souris, des allées, un chat et du gravier. Et soudain, une lueur dansante traverse notre champ de vision avant de disparaître.

— Maintenant, vous me croyez ? chuchote Valentine.

— OK, OK, pas de panique, déclare Nicolas en s'accrochant à son portable. On dit qu'on les filme et, après, on va à la gendarmerie.

— Mon cul, oui, rétorque Valentine, si ce ne sont pas nos jeunes avec des packs de bière et des frites, c'est le corbeau. Après ce qu'il a fait à ma famille, personne ne m'empêchera de lui mettre la misère.

Nous n'avons pas le temps de l'arrêter qu'elle se précipite droit devant – pour le plan B, on repassera. Je lui cours après, en me disant qu'à nous tous et à moins de tomber sur des vampires assoiffés, nous pouvons faire face. Au fur et à mesure que nous nous rapprochons, les lumières réapparaissent et des ricanements stupides se font entendre. Ce sont des voix masculines et jeunes. Au détour d'un tombeau monumental, nous nous figeons. Face à nous, un groupe de cinq gamins, que je situe aux alentours de quinze ans, forment un cercle, assis entre des tombes, et fument en descendant des bières. À bien y regarder, je reconnais quelques visages croisés aux réunions du comité. Au centre de leur groupe s'entasse un nombre impressionnant de sacs de fast-food.

— Comment procède…

— Espèce de petits cons ! hurle Valentine, en faisant irruption devant eux, les bras décrivant des cercles au-dessus de sa tête.

Les cinq jeunes bondissent sur leurs pieds et s'agitent comme une envolée de pigeons sur la place Saint-Marc. En quelques secondes, ils se sont emparés de leurs sacs à dos, de leurs sachets de marijuana, et se mettent à courir dans tous les sens.

— Super Valentine, vraiment ! s'écrie Nicolas, qui sait bien que le sprint n'est le fort d'aucun d'entre nous.

— J'ai filmé, déclare Jazz qui était restée en retrait.

— Je vais les choper ! s'exclame Valentine en les poursuivant.

En fait, c'est elle Batman. Sans réfléchir, je file à sa suite, plus inquiète qu'elle nous fasse une crise cardiaque que de laisser s'enfuir les saccageurs.

— Samuel Durand, Alexis Lecannet, Kevin Bernard ! crie Valentine, en braquant sa lampe torche dans le sillage des fuyards, je vous ai tous reconnus, alors pas la peine de vous faire la malle !

Pourtant, c'est bien ce qu'ils font, parce que même avec la meilleure des volontés, aucun d'entre nous n'a la condition physique pour rattraper ces adolescents. Soudain, un puissant mugissement parvient à nos oreilles, suivi de cris qu'on devine être ceux des fuyards. Au détour de l'allée qui nous mène à l'entrée du cimetière, le rayonnement du lampadaire jaillit sous nos yeux encore emplis d'obscurité. La silhouette massive et bancale d'Albert brandissant son râteau barre la route de deux adolescents, abandonnés par leurs amis pour n'avoir pas été assez rapides. Les garçons ne bougent plus d'un poil, tétanisés par la vision d'Albert, comme des lapins pris dans les phares d'une voiture.

Tout en reprenant mon souffle avec difficulté, je le dévisage.

— Albert, qu'est-ce que tu fais là ?

— J'allais pas vous laisser gérer ça tout seuls.

— T'es trop fort, siffle Valentine d'admiration en essuyant la sueur qui trempe son front.

— Vous n'avez pas le droit de nous menacer, espèces de tarés ! lance l'un des adolescents qui pense encore pouvoir faire le malin.

— Oh, toi, tu la fermes, petit con ! claque Valentine. Quand ta mère va savoir à quoi tu occupes tes soirées, je peux te dire que la fourche d'Albert, ce sera le cadet de tes soucis.

— Vous n'avez aucune preuve !

Et c'est là que ma grande culture en séries et films policiers trouve enfin une utilité dans la vraie vie.

— Moi, je crois que tous les déchets que vous avez laissés derrière vous dans la précipitation ressemblent à s'y méprendre à ceux qu'Albert et moi avons ramassés après chacune de vos petites fêtes.

Notamment la marque de bière et les reçus du fast-food. Et accessoirement, on vous a filmés.

Même sous la lumière jaunâtre du lampadaire qui colore leur visage, tout le monde voit qu'ils pâlissent à vue d'œil.

— Dégradation d'un lieu de culte, détérioration de biens publics et diffamation, mes petits bichons, vous allez prendre cher, déclare Valentine avec la solennité d'un juge de tribunal révolutionnaire.

Nicolas et Jazz finissent par nous rejoindre. Jazz a l'air aussi fraîche que la rosée du matin, tandis que Nicolas semble en fin de vie.

— Attendez, se défend l'un des jeunes, c'est quoi cette histoire de diffamation ?

— Le corbeau de Luserne, poursuit Valentine.

— Mais n'importe quoi, nous on n'y est pour rien dans cette histoire !

La panique des garçons est palpable.

— Je veux bien pour les détritus, ça d'accord, et aussi pour le tag dans ton salon, Jazz. Encore que, c'est pas nous qui avons cassé ta vitrine et tout jeté par terre, ce sont des mecs plus vieux qu'on a rencontrés sur les réseaux sociaux. Sérieux, je sais pas trop d'où ils sortaient, mais…

— … ça ne dérange personne si je sors un long couteau pour les ouvrir en deux ? demande Jazz, sur un ton lugubre qui ferait douter n'importe qui.

— Non, répond Albert, le plus sérieusement du monde.

Les gamins reculent.

— Vraiment, je… je ne pensais pas que ça irait aussi loin, plaide l'un d'eux d'une voix de fillette, c'était débile, on est désolés. Mais, c'est pas nous les lettres, on vous le jure.

— Ouais, on est désolés, on s'excuse, mais on n'a rien à voir avec le corbeau, renchérit l'autre sur un ton aussi piteux. Faut nous croire, s'il vous plaît.

Ces adolescents, à peine sortis de l'enfance, n'ont aucune idée des conséquences de leur bêtise. Personne ne croit qu'ils pourraient monter un coup de l'envergure de l'affaire des enveloppes, mais on apprécie tous de le leur faire croire, un peu.

— C'est bon, on sait que c'est pas vous, finit par déclarer Valentine. Allez, on vous ramène chez vos parents.

— Attendez, on l'a vu ! s'empresse de révéler l'un des garçons, sans doute pour négocier une diminution de peine.

— Qui ça ? demande Nicolas.

— Le corbeau !

— C'est ça.

— Je vous le jure ! Dis-leur, Alexis.

— On est toujours fourrés dans le cimetière, c'est pas le premier été qu'on fait ça, d'ailleurs. Y a jamais personne qui surveille normalement, on est tranquilles. Sauf que cet été, on a remarqué que quelqu'un d'autre venait aussi.

— Comment savez-vous que c'est notre corbeau ? je demande avec empressement.

— On le sait pas, mais un type seul qui traîne sur les tombes et vers l'église, en faisant gaffe de pas se faire voir, c'est un peu louche, non ?

— D'accord, alors crachez le morceau, qui c'est ? s'impatiente Valentine.

— Peut-être bien qu'on vous le dirait, si vous oubliiez qu'on était là cette nuit ? propose le plus maigre des deux adolescents.

Celui-là est destiné à un grand avenir politique.

Valentine tend la main et lui claque l'arrière de la tête.

— Tu vas arrêter tes conneries, Alexis Lecannet, parce que je pourrais dire bien pire à ta mère, crois-moi.

— OK, OK, ça valait le coup d'essayer. On n'a pas vu son visage, en revanche, on peut vous le décrire. C'est un homme trapu pas très grand, un peu comme vous (il désigne Nicolas), il porte un sweat noir à capuche.

— Ouais et il sent fort, ajoute son ami.

— Un gars à sweat noir qui pue, répète Valentine, super, on va aller loin avec ces informations.

— Il sent quoi au juste, juste mauvais ? je demande.

— Non, plutôt fort et bizarre, un truc qui pique les narines, décrit l'un des gamins, ça sent un peu comme les bonbons que t'aimes, mais qui auraient pourri.

— Ah ouais, pas con, on dirait un mélange de bonbons, les ficelles noires enroulées en spirale, là, et de confiture qui a daubé. En tout cas, ça fouette.

Le silence s'éternise, Albert tient toujours son râteau au-dessus de sa tête.

Je décide de conclure et d'abréger leurs souffrances.

— Bon, rentrez chez vous maintenant, on a pris assez de photos pour régler ça avec vos parents, demain.

— Z'êtes sûre ? tente Alexis Lecannet.

— Vous réalisez bien que vos actes entraînent des conséquences et que vous ne pouvez pas éternellement vous défiler, non ?

— Action, réaction, résume Valentine.

— Bon, allez, retournez vous coucher, tranche Nicolas en leur montrant la sortie du cimetière.

— Une petite dernière pour la route, lâche Valentine en les prenant en photo avec un flash qui nous fait tous sursauter, et faites gaffe aux patrouilles plébiscitées par vos chers parents.

Il me vient soudain une idée que je trouve lumineuse.

— Ah et demain, je veux vous voir dans le salon de Jazz dès 14 heures, il y a encore pas mal de choses à nettoyer et à repeindre.

Les deux petits délinquants enfoncent leur tête dans les épaules, plus par auto-apitoiement que par sentiment de culpabilité.

— Bah, laisse filer ? grogne Albert.

Je lui fais signe de baisser son arme.

— Ne t'inquiète pas, leurs parents sont des gens du comité qui adorent donner des leçons. Ils vont avoir tellement honte de leurs gamins qu'ils vont leur faire vivre l'enfer jusqu'à la fin de leur vie.

— Je suis très content qu'ils soient des rejetons de membres actifs du comité, confie Nicolas en passant en revue toutes les photos que Jazz a prises de la scène.

— C'est la chose la plus sournoise que tu aies jamais dite, le taquine Valentine. J'exerce sur toi une très bonne influence !

Nous raccompagnons Albert en direction de l'église afin qu'il mette son râteau sous clé. Sur le chemin, ma lampe balaye la porte de l'église et un frisson parcourt mon dos. Je retiens mon souffle.

— Je… Je crois que j'ai vu quelque chose, sur la porte, dis-je en m'immobilisant.

Jazz et Valentine orientent leur torche vers l'église contre l'entrée de laquelle une grosse enveloppe est collée.

— C'est une blague ? souffle Valentine.

— Quelqu'un a réussi à passer sans qu'on le voie ? s'étonne Nicolas.

— Pendant qu'on coursait les gamins ? interroge la jolie blonde.

Je m'avance et me saisis de l'enveloppe que je décachette dans la foulée.

— Ah oui, d'accord, donc on ne fait même plus semblant d'attendre la gendarmerie et de ne toucher à rien pour les empreintes ? résume Nicolas.

— J'en ai plein le cul de ce corbeau, réponds-je. Tu sais ce qui lui plaît ? Qu'on parle de lui et qu'on se regarde tous, en se demandant lequel parmi nous pourrait être lui. Alors, on va regarder ce qu'il y a dedans et, quoi que ce soit, on ne rend pas ça public. C'est bon pour vous ?

Après un instant de réflexion, l'auditoire acquiesce avec gravité.

— Et si ce n'est pas l'emplacement du Graal, qu'est-ce qu'on fait avec ce qu'on trouve ? interroge Valentine.

— On enquêtera et si on ne découvre pas qui il est, alors on lui sabotera toutes ses nouvelles tentatives jusqu'à ce qu'il commette une erreur ou qu'il se lasse.

Je fais glisser le contenu hors de l'enveloppe, qui révèle une pile de feuilles volantes et des photos, ou plutôt des impressions d'images de mauvaise qualité. Valentine et Nicolas orientent les lumières de leur lampe comme des projecteurs sur une scène.

J'incline les photos dans le bon sens et me concentre pour comprendre à quoi nous avons affaire.

— Qu'est-ce que c'est que ça ? demande Valentine.

Sur presque tous les clichés, une jeune femme, visiblement dans un état second, boit de l'alcool et sniffe de la cocaïne. Sur la dernière image, elle embrasse goulûment une autre femme au teint brun, à moitié dénudée. À en juger par leurs vêtements et leur coiffure, les photos remontent aux années 1970.

Albert éclate soudain d'un rire diabolique qui nous fait sursauter.

— Quoi ? s'écrient Valentine et Nicolas.

— V'là la preuve qu'Dieu existe, mes amis, jubile-t-il. C'est Sylvie.

CHAPITRE 25

« Disons que t'arrêtes trois types pour le même meurtre. Tu leur fais passer une nuit en cellule. Le lendemain matin, ton coupable, c'est le type qui dort. »
Usual Suspects, 1995.

Quand je passe la porte de la maison, j'ai le sentiment d'y faire entrer une bombe au mécanisme si instable qu'il me faut retenir mon souffle pour ne pas l'amorcer. Il est 3 heures du matin, un silence de plomb m'accueille et m'oppresse dans la foulée. J'avance en me concentrant sur le son de ma respiration.

— Alors, la chasse a été bonne ? lance Lucien du salon.

Je pousse un cri puissant et sursaute si fort que j'en laisse tomber l'enveloppe contenant les photos compromettantes de Sylvie.

Bordel, il ne dort jamais quand il est censé le faire !

Dans la pièce d'à côté, Lucien n'a allumé qu'une minuscule lampe. Évidemment, il n'est pas là par hasard. Mais je refuse de me laisser déstabiliser, du moins pas sans combattre.

— Lucien, vous savez que j'ai passé l'âge d'avoir un chaperon ?

— J'en doute, mais ce n'est pas ce qui m'a motivé à rester éveillé.

— Alors, c'est quoi ?

— Votre sortie en douce vers minuit. Je n'allais pas me coucher sans avoir le compte-rendu de votre escapade.

— Je ne suis pas sortie *en douce,* je suis *juste* sortie.

Tu parles. J'ai rampé tel un GI dans l'escalier extérieur et jusqu'au portique pour être certaine qu'il ne me verrait pas. Même un soldat surentraîné n'aurait pas fait mieux. C'est oublier que Lucien est comme Sauron : son œil géant et incandescent voit tout.

— Continuez de jouer avec la sémantique. Et donc, la chasse a-t-elle été bonne ?

Je resserre l'enveloppe que j'ai ramassée et glissée à la va-vite sous mon pull.

— Ne restez pas planquée dans le couloir et venez me raconter, je vous ai préparé du thé et j'ai même acheté une de vos horribles pâtisseries.

L'information met quelques secondes à atteindre mon cerveau. Une fois dans le salon, je constate qu'il n'a pas menti : une tasse encore fumante et une tarte au citron meringuée sont disposées sur la table, face à une chaise vide. Il a vraiment très envie d'écouter l'histoire. Je m'installe et m'empare de la tasse. Je prends un temps infini pour en boire quelques gorgées. Lui raconter mes exploits de la nuit ne m'enchante guère, toutefois, la perspective de le voir suspendu à mes lèvres m'enchante au plus haut point. Lucien s'impatiente, je jubile.

— Eh bien, finis-je par dire d'un ton satisfait, disons que nos patrouilles que vous jugiez si sévèrement ont fini par porter leurs fruits.

— Pour vous, la chance n'a donc joué aucun rôle.

— Non, aucun.

Évidemment que nous avons eu une chance de tous les diables de tomber sur ces gamins, pile le soir où on reprenait notre surveillance.

— Donc, qui avez-vous arrêté exactement ?

— Ceux qui ont saccagé les tombes. Rien qu'une bande de petits jeunes de Luserne qui, comme on le pensait, manquaient sans doute d'occupations. Et cerise sur le gâteau, ils ont aussi avoué être responsables des dégâts faits dans le salon de Jazz.

Lucien prend un air de vieux professeur de philosophie.

— Pas le corbeau ?

J'avale un gros morceau de tarte.

— Non. Il y avait peu de chances que nous tombions sur lui, le même soir que nos saccageurs, non ?

Saturne monte sur mes genoux et se frotte à moi avec passion. Cette stupide boule de poils fait crisser le papier kraft sous mon pull. Dans le silence de la nuit, le son n'échappe à personne.

— C'est ce que je crois ? tique Lucien en plissant ses yeux de serpent sournois.

Le désespoir ne me rend pas très futée.

— Pardon ?

— Je vous en prie, vous avez fait tomber l'enveloppe en plein milieu du couloir, vous pensez que je ne l'ai pas vue ?

— D'une part, vous étiez censé dormir et, d'autre part, on ne voit pas le couloir d'ici.

— Vous me sous-estimez tellement. Alors, c'est un nouveau dépôt du corbeau et vous avez pensé que ce serait une bonne idée de voler l'enveloppe.

— C'est… C'est un bon résumé.

— Vous avez eu raison. Elle est excellente.

— Hein ? Vous êtes sérieux ?

— Ce qui nourrit les corbeaux est l'impact de leurs dénonciations. Plus on parle d'eux, plus on les encourage. Voler son message est sans doute la meilleure chose à faire pour le mettre en colère. Et la colère fait commettre des erreurs.

— Oui, voilà, c'est exactement ce que j'ai expliqué aux autres.

Mais en plus brouillon. Un petit sourire complice se dessine sur les lèvres de Lucien. Son visage rajeunit de plusieurs années et me fait entrevoir la raison pour laquelle ma grand-mère est jadis tombée sous son charme.

— Je vous ressers un thé, si vous me montrez ce qu'il y a dedans, propose-t-il sur un ton de comploteur.

Mon cerveau tourne à plein régime.

— Je veux aussi une autre tarte au citron.

— Je n'en ai pas.

— Bien sûr que si, vous en avez forcément pris une pour vous.

Nous entamons un duel de regards, ça dure une plombe, mais ni lui ni moi ne cillons. Puis, Lucien se redresse et disparaît dans la cuisine. Quelques instants plus tard, il dépose sur la table une tasse pleine et une nouvelle tartelette. Cet homme ne recule devant aucun sacrifice pour avoir sa dose de renseignements. J'extirpe l'enveloppe de mon pull et la lui tends. Il lui faut à peine une seconde pour prendre connaissance de ce qui se trouve à l'intérieur et encore moins pour comprendre qui elle vise. L'énergie qu'il déploie pour rester stoïque, alors que je sais combien son excitation est immense, m'impressionne.

— Eh bien, eh bien, quelle petite cachottière, cette institutrice.

Un super méchant de films pourrait tout à fait prononcer ce genre de réplique.

— Je sais.

— Et que comptez-vous faire avec ça ?

— Rien. Si ce n'est aller voir Sylvie et lui en parler.

— Pourquoi diable ?

— Parce que j'en ai marre que ce corbeau obtienne ce qu'il veut. Le chaos, la suspicion, la délation. Tout le monde parle sur tout le monde, chacun se méfie de l'autre et le juge. Vous avez vu ce qui se passe au comité et à quel point les gens deviennent vite paranoïaques. En plus, on sait à quelles extrémités certains corbeaux ont pu conduire parfois leurs victimes : au suicide.

— Tout de même, dévoiler un si beau jeu à Sylvie, alors que vous pourriez vous en servir pour l'empêcher de nuire, c'est un gros risque.

— Justement, je veux lui montrer qu'ayant eu entre les mains la plus puissante des armes contre elle, je choisis de la protéger.

— Vous pensez qu'en martyre du corbeau, elle deviendrait encore plus dangereuse, n'est-ce pas ?

— Elle a assez de soutien à Luserne pour être une victime qu'on défend et non une de celles qu'on abandonne et qu'on juge. C'est toute la différence entre Jazz et elle.

En guise de réponse, les lèvres de Lucien se tordent en une moue dubitative. Mon triomphe est total.

— Allez, vous adorez mon plan, n'est-ce pas ?

— Je n'irais pas jusque-là.

— Si, en vrai, vous le trouvez brillant, je le lis dans vos yeux.

Je serre Saturne contre moi et le gratifie de baisers qu'il apprécie beaucoup.

— Je me dois quand même de vous mettre en garde, lâche-t-il sur un ton sentencieux.

— Le contraire m'eût étonnée.

— Sylvie vous vouera une haine éternelle pour détenir sur elle un tel secret.

— Je pense pouvoir survivre.

— Parce que vous n'êtes ni sournoise ni rancunière. À votre place, je ne lui remettrais pas tout le dossier. Je garderais, disons, une petite garantie, au cas où.

Je me redresse et vais déposer la tasse dans l'évier de la cuisine. Au retour, je tends la main pour qu'il me rende l'enveloppe.

— Lucien Vidal, nous sommes dans la vraie vie, pas dans *Usual Suspects.*

— Que vous êtes naïve, soupire-t-il en me rendant le document. Je vous aurai prévenue.

J'ignore sa mise en garde et monte me coucher. J'ai le pouvoir d'arranger les choses, j'en ai la conviction.

*

Une énième notification de mon téléphone fait trembler la poche de mon pantalon et me tire un juron. Depuis ce matin, j'ai reçu au moins quarante messages de Nicolas, Jazz et Valentine. Et à chaque vibration de mon téléphone, j'ai eu l'espoir que le nom d'Ed apparaisse. L'impatience a fini par faire place au ressentiment. Nous sommes adultes, les adultes communiquent sur les problèmes et passent à autre chose. Rien d'insurmontable, si ?

Toute la bande, sauf Ed, veut savoir comment s'est passée mon entrevue avec Sylvie avant même qu'elle ait eu lieu. Jamais je n'aurais dû faire part de mon plan à Valentine. Je ne suis même pas certaine d'avoir eu raison de l'expliquer à Lucien. En fin de journée, je me rendrai chez Sylvie et, d'ici là, avec de la chance, j'aurai trouvé quoi lui dire.

Vers 13 heures, je fais un crochet par l'église pour parler au père Grégoire. Sa mine est plus détendue et affable que ces jours derniers. S'il savait ce que nous avons trouvé la veille, placardé sur sa terrible porte, il afficherait un tout autre visage.

— Adèle, je m'apprêtais justement à venir vous voir. Je voulais le faire plus tôt, mais je n'ai pas arrêté d'être sollicité.

— Et je viens à vous : la force des prières.

— Ou le fait qu'il fait moins de vingt degrés dans l'église, alors qu'il fait plus de quarante dehors. Ces temps-ci, vous n'imaginez pas le nombre de personnes qui viennent rencontrer Dieu, surtout l'après-midi.

— Homme de peu de foi, mon père. Que puis-je faire pour vous ?

— Est-ce vrai qu'hier soir vous êtes tombés sur les garçons qui ont saccagé l'église ces dernières semaines ? Je l'ai appris…

— … par votre kiné ?

— Par mon ophtalmo, mais peu importe. Il m'a dit qu'Albert et vous aviez surpris des jeunes en flagrant délit, est-ce vrai ? Et qu'Albert les avait frappés avec son râteau.

Mes muscles se raidissent.

— C'est totalement faux. Albert n'a pas touché un seul de leurs cheveux.

— Cela me surprenait aussi, il crie fort mais n'est pas violent. Enfin, comment êtes-vous tombés sur eux en pleine nuit ?

Là, il s'agit d'être un peu crédible dans le scénario.

— Nicolas, Valentine et moi nous promenions à la fraîche, lorsque Albert nous a appelés. Il faisait faire un tour à son chien et a cru entendre du bruit vers le portail du cimetière. Alors, nous sommes venus vérifier avec lui. Et contre toute attente, nous sommes tombés sur une bande de petits jeunes en train de boire, fumer et manger des cochonneries sur les tombes.

Le prêtre arrondit les yeux.

— Albert a un chien ?

Je suis meilleure enquêtrice que menteuse.

— Heu, oui. C'est récent, je l'ai convaincu qu'il se sentirait moins seul avec. Et d'ailleurs, les jeunes ont avoué leur forfait ainsi qu'avoir saccagé le salon de Jazz.

— Incroyable.

— Nous avons pris des photos et Valentine et Nicolas vont trouver les parents de ces adolescents afin que toute la vérité soit faite et qu'on arrête de raconter des histoires et de lancer des rumeurs à tout-va.

— Oui, oui, vous avez raison, Luserne est plongé dans une atmosphère très nauséabonde, ces derniers temps.

— J'irais même plus loin que « nauséabonde », mon père.

Le père Grégoire s'assied soudain sur un des bancs.

— Vous vous sentez bien ? Je peux aller vous chercher un peu d'eau, c'est cette chaleur, elle est insupportable.

— Oh, je suis né dans le Sud, ce n'est pas la chaleur le problème, ce sont mes paroissiens. Je vous avoue que je me sens bien démuni face à ce qui se passe en ce moment. Ce… Ce corbeau fait ressortir ce qu'il y a de pire en nous.

— C'est le but de tous les corbeaux, mais nous pouvons être plus forts.

— Vous croyez ?

— Vous savez, mon père, vous êtes le mieux placé pour ramener les gens dans le droit chemin et leur ouvrir les yeux.

— Hélas, je crains que l'attrait du ragot soit plus puissant que celui de la bienveillance. Mais ce n'est pas à vous de me remonter le moral, jeune fille. Je suis désolé pour ce moment d'abattement.

— Je vous en prie. D'ailleurs, pourrais-je, à mon tour, vous demander un service ?

— J'aime payer rapidement mes dettes, dites-moi.

— Il me faudrait l'adresse de Sylvie, vous savez, l'institutrice, j'ai oublié son nom.

Luserne ne compte qu'une seule et vraie *Sylvie.* Du moins, je l'espère. Face à ma requête, le prêtre ne cache pas sa surprise, mais il ne commente pas et me donne l'adresse de cette femme. En quittant le père Grégoire, je lutte intérieurement pour ne pas renoncer à mon idée. Mais ma décision est prise, bien que je n'aie pas la moindre idée de ce que je vais lui dire ce soir.

*

L'un des avantages des petites villes est qu'on peut presque tout faire à pied. Sylvie habite dans une maisonnette de ville, avec un rez-de-jardin de la taille d'un billet de banque et de vieilles fenêtres étroites dont le chambranle est mangé par des plantes grimpantes. Dans la rue, il y en a cinq autres qui ont exactement la même apparence. À mesure que j'approche de ma destination, ma détermination faiblit. J'essaye d'anticiper tous les scénarios possibles, mais, évidemment, aucun ne correspondra à la réalité. C'est une leçon que je commence à intégrer.

Me voilà devant le portique en bois de sa demeure. Impossible de reculer. Si ça se trouve, elle m'a déjà vue par la fenêtre. J'appuie sur la sonnette et patiente de longues secondes, de très longues secondes. D'interminables… la voilà ! Sylvie ouvre sa porte et reste sur le palier. Elle ne cache pas son étonnement. Alors que je me dis qu'on va se regarder dans le blanc des yeux jusqu'à ce que mort s'ensuive, elle se décide à traverser le jardin. L'air aussi en colère que lors des réunions du comité.

— C'est pour quoi ?

— Bonjour, je ne sais pas si vous me remettez : je travaille au cimetière comme jardinière paysagiste.

— Au cimetière ? Ah oui, vous êtes la personne qui s'occupe des fleurs.

— C'est à peu près ça.

— Et qui débarque de Lyon. Que puis-je faire pour vous ?

— En fait, c'est moi qui peux faire quelque chose pour vous, mais je crois que nous serions mieux à l'intérieur pour en parler.

— Je ne comprends pas…

— C'est à propos du corbeau et de sa dernière lettre.

Comme elle n'a toujours pas l'air de comprendre, je me montre un peu moins subtile :

— Une lettre que personne n'a encore lue et qui vous concerne.

L'effet ne se fait pas attendre. Sylvie pâlit. Elle ouvre le portail et me fait signe de la suivre jusqu'à l'intérieur. Comme je m'y attendais, la décoration est vieillotte et oppressante. Elle me conduit dans le salon, une pièce tout en longueur encombrée de piles de romans à l'eau de rose et de magazines féminins dont elle a corné certaines pages.

— Je vous écoute, assène-t-elle, sans même me proposer de m'asseoir ou de boire quelque chose.

Comme nous allons visiblement sauter les préliminaires, je sors l'enveloppe de papier kraft de mon sac et la lui tends. Son expression laisse peu de place à l'imagination.

— Où avez-vous trouvé ça ?

— Sur la porte de l'église, hier soir.

Sylvie fait glisser dans sa main les documents ainsi que les photos. Un rapide coup d'œil lui fait perdre le reste de ses couleurs, même le rouge de ses cheveux semble se ternir. Elle fait bonne figure, mais elle ne trompe personne.

— C'est une plaisanterie, marmonne-t-elle, la mâchoire crispée.

— J'ai bien peur que non.

— Il… Il est évident que ce sont des photos truquées, ça se voit tout de suite.

Elle fait quelques pas dans le petit carré d'espace qui n'est pas occupé par des magazines.

— Le travail est d'ailleurs très amateur, s'entête-t-elle.

— Écoutez, je ne suis pas là pour vous juger…

— … Justement, pourquoi êtes-vous là ? m'interrompt-elle avec agressivité.

— Je veux couper l'herbe sous le pied du corbeau. Tout ce qu'il veut, c'est attirer l'attention sur lui. Moins on relaye ses accusations, moins on lui donne de pouvoir.

Son visage me semble passer d'inamical à franchement suspicieux. Rien qui soit très bon pour la suite de la conversation.

— Vous avez l'air de bien connaître les intentions de ce corbeau.

— Parce qu'elles sont évidentes. Vous les avez aussi comprises, non ?

— C'est vous qui le dites. Après tout, je n'ai que votre parole qui justifie la raison de votre visite ainsi que ces horribles photos.

— Sylvie, dis-je en soupirant, n'entrons pas dans ce jeu. Je me fiche de ce que vous avez fait ou non dans votre jeunesse. Je ne fais pas partie des gens qui croient que leurs valeurs morales sont supérieures à celles des autres et qu'il est d'utilité publique de les imposer.

— Alors, que voulez-vous ?

— Rien. Je vous donne le contenu de cette enveloppe, maintenant, il vous appartient. Moi, j'ai fait mon travail, j'ai muselé le corbeau, au moins pour cette fois. Je n'espère pas que ça le décourage définitivement, mais si la prochaine personne qui tombera sur une enveloppe fait pareil, alors peut-être que ça finira par le désespérer assez pour qu'il arrête.

Sylvie serre les documents contre elle. Cette vieille fille pleine de fiel presque emmurée par des pyramides de livres d'amour me paraît soudain inoffensive et pathétique. Je reprends la direction de la porte d'entrée.

— Il faudrait que je vous remercie, je suppose, lance-t-elle dans mon dos.

— Vous faites comme vous voulez, je ne suis pas venue pour ça.

Je sors dans le silence et traverse son jardin sans me retourner, en me demandant si elle m'a suivie et me juge de son air revêche jusqu'à ce que je disparaisse au coin de la rue. Même si la curiosité me picote la nuque, je ne me retourne pas. Je me répète en boucle que j'ai pris la bonne décision et chasse la petite voix de Lucien qui me met toujours en garde contre la haine vindicative de Sylvie. C'est la vraie vie, les gens peuvent se montrer mesquins, sournois, parfois cruels, mais globalement, ce ne sont pas des sociopathes qui ne pensent qu'à nuire aux autres. Sylvie comprendra que son intérêt va dans le même sens que le mien.

C'est au moment où je pousse le portique du jardin de Sylvie que je le vois : Ed. Je m'attends si peu à le trouver ici que rien d'intelligent ne sort de ma bouche.

— Oui, je t'ai effectivement suivie, répond-il à la question que je n'ai pas posée. Je te jure que c'est moins bizarre que ça en a l'air…

— Comment as-tu su où j'étais ?

— Je n'ai pas eu à déployer des talents d'espion. J'ai demandé au père Grégoire. Quand il m'a dit que tu lui avais demandé l'adresse de Sylvie, je me suis douté que tu n'attendrais pas pour t'y rendre.

— D'accord, dis-je de façon aussi détachée que possible et tout en me remettant à avancer.

— Adèle, je voudrais… Est-ce que…

Il prend une grande inspiration et j'accélère. Tant pis s'il sort les rames.

CHAPITRE 26

« Si vous cherchez bien, j'ai la désagréable impression
que vous constaterez qu'en définitive,
nous sommes cernés par l'amour. »
Love Actually, 2003.

— Je voudrais m'excuser, déclare Ed.

Je m'arrête au milieu de la rue, entre une pâtisserie qui ferait bien de cesser toute activité du même genre et un magasin de poteries qui doit blanchir de l'argent.

— Enfin, pas de cette façon, poursuit-il, je voudrais prendre le temps de le faire, si tu es d'accord.

Pour moi, les mots sont moins importants que les gestes. Ses yeux me racontent une histoire bien plus profonde. J'y lis de la peine, peut-être même un peu de honte, et surtout, de l'angoisse. Derrière de simples excuses à un silence qui n'a tué personne se cache une vérité, un bout de lui, qu'il souhaite me donner. J'acquiesce, la curiosité a balayé d'un coup mon ressentiment.

Il me propose de le suivre en direction du grand parc de Luserne qui borde le château des

Deux-Sources. Cet espace vert a été inauguré en grande pompe trois ans auparavant pour décloisonner le centre historique et encourager les gens à découvrir le seul château qui ouvre ses portes aux touristes. Nous trouvons sans peine un banc à l'ombre où nous asseoir, face à un bassin artificiel autour duquel serpente un chemin dallé bordé de palmiers et de pins parasols.

Nous restons un moment silencieux, et ça me va. Je ne veux surtout pas le brusquer par une ouverture banale et insipide. Je sens que je suis sur le point d'obtenir ce que j'avais cru entrevoir chez lui, ce n'est pas le moment que je gâche tout en parlant trop vite.

— Je suis très mal à l'aise, finit-il par soupirer.

— J'ai remarqué.

— Je voulais évacuer cette première information.

— Évacué.

— Ça fait au moins une chose.

Il se tourne dans ma direction, j'apprécie qu'il affronte mon regard. Il s'adresse à moi, pas à l'idée de moi en faisant semblant de contempler le bassin et les canards.

— OK, tout d'abord, je veux m'excuser pour mon attitude, ces derniers jours. C'était stupide et irrespectueux.

J'acquiesce, puisque nous sommes à l'heure de la franchise.

— Je n'ai aucune excuse pour ça, parce que même si je veux te faire part de certaines choses qui expliquent ma réaction, j'aurais pu te le dire plus tôt. J'aurais pu…

— … communiquer ?

— C'est le concept que j'avais oublié.

— Tu réalises que, de mon point de vue, ça passe pour un manque total de confiance ?

— Je sais, je l'ai su dès l'instant où je n'ai pas répondu à ton premier message.

— Alors, pourquoi l'avoir fait ? Je peux comprendre que tu aies changé d'avis sur nous, je m'en remettrai, mais je pensais que nous avions au moins noué une véritable amitié.

— Adèle, je ne t'ai pas fait asseoir sur un banc juste pour te dire que je préfère arrêter là ce qui se passe entre nous. Si j'ai choisi cet endroit, c'est pour te dire tout le contraire et ça va prendre un peu de temps à plaider.

Mes yeux s'arrondissent. Dans ma tête, j'ai pensé à toutes sortes de confessions, la plus récurrente étant celle de l'ex qu'on n'arrive pas à oublier, mais comme d'habitude, la réalité se fiche de mes fantasmes.

— Je ne comprends rien…

— D'où la position stratégique du banc à l'ombre, aucun risque de choper une insolation le temps que j'explique. Adèle, tu me plais beaucoup. Non, ce n'est pas ce que je veux dire (il marque une pause). Adèle, tu as remis ma vie en mode couleurs. Jusqu'à ce que je te rencontre, je n'avais pas remarqué qu'elle était passée en noir et blanc. Et puis, tu es apparue comme une tache rouge vif et je ne voyais plus que toi.

Il parle vite et respire fort, comme si l'émotion dépassait ses confidences.

— Et alors ?

Je m'entends prononcer ces mots sur un ton de reproche que j'aurais voulu moins appuyé.

— Alors, je pensais que j'étais celui de nous deux qui s'emballait et que ça n'aurait pas d'incidence sur la suite de notre histoire. Mais quand on s'est retrouvés seuls chez moi et que tu m'as dit que tu voulais que ça dure toujours entre nous, j'ai compris qu'on était deux à se jeter à fond dans cette histoire.

J'ai beau passer en revue toutes les scènes d'amour de tous les films que j'ai vus, je n'arrive pas à trouver une explication plausible à ces propos.

— Je ne comprends pas bien, j'avoue. Qu'y a-t-il de mal à s'emballer ? Est-ce que toutes les histoires qui durent ont forcément pris leur temps ? Est-ce qu'on doit respecter un délai entre chaque étape d'une relation pour en garantir la réussite ?

— Pas du tout, je crois au coup de foudre, je crois bien que j'en ai eu un pour toi (ses pommettes rosissent), mais j'ai aussi conscience de ce que je ne vais pas pouvoir t'apporter et qui va ruiner notre relation. Peut-être pas dans un mois, ni dans un an, mais ça arrivera à coup sûr.

— Parce que c'est déjà arrivé ? Ed, on a tous des ex qui nous font craindre de souffrir à nouveau et de rater une nouvelle histoire d'amour. Même moi, j'ai un Grégory.

— Un *Grégory* ?

— Un ex qui m'a fait penser que l'amour devait rester un merveilleux ressort scénaristique, parce que dans la vraie vie, il pue.

— Dans mon cas, c'est moi le Grégory. Mon ex a eu raison de partir.

Nous y voilà enfin. Je prends une grande inspiration.

— D'accord, fini le suspense, on se dit tout maintenant.

— Je ne peux pas avoir d'enfant, annonce-t-il dans un souffle.

Mes paupières clignotent.

— Quoi ?

— Enfin, techniquement, je peux, mais je suis porteur d'un gène qui provoque de très graves malformations sur un fœtus. Il n'y a qu'une chance sur trois que l'enfant arrive à terme et s'il y parvient, une sur dix qu'il développe de lourdes malformations. J'ai été diagnostiqué très tôt, et j'ai décidé très tôt que je ne prendrais pas ce risque. Jamais.

— Des malformations ?

— Avec de la chance, beaucoup de chance, les plus *légères* ressembleraient à celles d'Albert.

Sans le vouloir, je dépose ma main devant la bouche.

— Albert et moi sommes cousins, ajoute-t-il.

Mes lèvres s'entrouvrent, mais il faut quelques secondes pour que quelque chose en sorte.

— Quoi ?

— Ma mère était de la région et sa sœur a eu Albert bien des années avant ma naissance. Elle n'a pas été plus au point que ma mère dans son rôle malheureusement, on dirait que c'est un truc de famille, les mères dysfonctionnelles. Bref, elle est décédée d'une overdose, alors qu'il n'avait que six ans. Il a, lui aussi, été placé dans une famille d'accueil.

— Attends, quelqu'un le sait ?

— Albert ne veut pas que ça s'ébruite. Quand je me suis installé ici pour me rapprocher du seul membre de ma famille biologique encore en vie, il a pensé que ça nuirait à mon intégration. Il m'a fait jurer de ne pas en parler.

— Et c'est pour ça que ton ex t'a quitté, parce que tu ne voulais pas prendre le risque de faire un enfant malade ?

— Non, elle m'a quitté parce que contre ma volonté et malgré ce qu'elle savait de ma maladie, elle a arrêté sa contraception et est tombée enceinte. À trois mois, la première échographie a confirmé que le fœtus ne serait pas viable et ils lui ont imposé un avortement thérapeutique. Elle m'a rendu coupable de ça, et moi, je n'ai pas réussi à lui pardonner de ne pas avoir pris au sérieux ce que je lui avais dit.

J'accuse le coup. Des images m'assaillent, j'imagine Ed et une silhouette féminine sans visage, face à face, dans le cabinet d'un gynécologue et la discussion qui a pu s'ensuivre, une fois de retour dans leur nid douillet. Mon cerveau se vide. Personne ne peut imaginer la tempête d'émotions que ça a dû être. Je me sens si naïve, comme si la vie ne m'avait enseigné qu'une seule leçon, toujours la même : la perte. En dehors de cette unique expérience de l'autre, je n'ai fait qu'entrapercevoir le tumulte de l'existence.

— C'est horrible.

Ed cale son dos contre le dossier du banc et met un moment avant de poursuivre :

— Je te passe les détails de ma misérable traversée de la vallée du désespoir, après notre séparation, je voudrais conserver devant toi un peu de dignité. Toujours est-il que, quand j'étais seul à m'emballer dans notre histoire, je pouvais me dire que comme beaucoup de rencontres d'été, ça se terminerait avec la saison touristique. Mais j'ai compris que, toi aussi, tu ressentais quelque chose de fort, et là, j'ai vu la scène se répéter. Je me suis juré que plus jamais je ne prendrais le risque que ça arrive à nouveau. Alors j'ai pris mes distances, parce que je réfléchissais à la meilleure façon de mettre un terme à ce qui se passait entre nous.

Un silence aussi écrasant que les températures s'abat sur nous. Au milieu du bassin, les deux factions ennemies de canards se sont jetées l'une sur l'autre dans une nuée de plumes et de caquètements. Au loin, un enfant hurle à la mort tandis que sa mère court après un ballon jaune tout en se maudissant de l'avoir acheté pour faire taire son rejeton.

— OK, dis-je finalement d'une voix atone, je vois. Tu as l'air d'avoir pris ta décision nous concernant.

Ed s'empare de ma main, je sursaute. Il la porte à ses lèvres et embrasse mes doigts avec une intensité qui me fait frissonner de la tête aux pieds.

— Je voudrais te suffire, murmure-t-il, juste moi, mais j'ai peur que ça n'arrive jamais.

— Tu ne m'as pas posé la question.

— C'est vrai. Alors, je te la pose, sachant que tu sais tout maintenant, veux-tu quand même de cette histoire, veux-tu quand même de moi ?

— Sans la moindre hésitation et si tu me l'avais demandé plus tôt, je t'aurais donné la même réponse.

Il fait danser ses doigts contre les miens, mais je vois bien que mes propos passent à côté de lui, comme si ses craintes étaient plus fortes que ma vérité.

— Ed, tu veux des certitudes, mais personne n'en a dans ce monde. Je n'ai jamais pensé à demain, parce que *demain* risquait de tuer ma grand-mère. Ce futur même très proche me terrifiait. Mais aujourd'hui, pour la première fois, j'ai la conviction d'avoir du temps et j'ai hâte qu'il s'écoule. Je n'ai aucune aspiration précise pour mon avenir, je n'exige rien d'autre que de vivre. Et je suis convaincue, au plus profond de moi, que si tu n'es pas à mes côtés, l'avenir sera bien moins intéressant.

Ed redépose ses lèvres brûlantes sur le dos de ma main. Ce geste m'apaise autant qu'il me fait vibrer.

— Tu es vraiment irréelle, Adèle ; parfois, je me dis que tu n'es qu'une apparition et qu'un jour, tu disparaîtras de Luserne comme tu es apparue.

— La solution est facile : tu ne me quittes pas et je ne te quitte pas.

Ses bras s'ouvrent et m'accueillent. Son étreinte est la plus forte que nous ayons eue, et je sens une immense joie m'envahir. Ed m'ouvre grand les portes de son monde intérieur, et c'est tout ce qui compte à cet instant. Peu importe ce que nous en ferons dans une semaine, six mois ou un an.

Nous nous embrassons pour la première fois dans ce parc, observés par des canards vindicatifs et des pins parasols hors de prix. Avant, je ressentais pour Ed un désir physique irrépressible, maintenant, je me sens connectée à son être, et plus mon corps coulisse contre le sien, plus ce sentiment de symbiose s'accentue. Ed et moi ne nous étreignons pas, nous mélangeons nos auras. Peut-être que Liz Taylor aurait rendu la scène moins mièvre et plus magique encore, mais de là où je me trouve – au creux des bras du garçon qui me donne le vertige –, je m'en fiche complètement.

CHAPITRE 27

« Magnifique démonstration de ce qui saute aux yeux. »
Sherlock Holmes, 2009.

Dans les rues désertes du petit matin, j'ai l'air plus morte que vive. Je marche comme un zombie, je grogne comme un zombie et comme il n'y avait plus rien chez Lucien pour me faire un petit déjeuner décent, je pourrais manger n'importe quoi qui croiserait ma route. Mais, à 5 h 50, il n'y a pas âme qui vive à Luserne. Sur le papier, mon idée de surprendre une nouvelle offrande du corbeau aux aurores me semblait brillante, mais dans les faits, mon organisme n'est pas configuré pour être opérationnel si tôt. Je prie du plus profond de mon âme pour trouver une satanée nouvelle enveloppe dans les plus brefs délais, car je sais que je ne pourrai pas tenir longtemps ce rythme.

Trois jours que je m'impose le même rituel : je passe devant la porte de l'église, entre dans le cimetière, fais le tour des différentes allées et traverse le petit parc. Trois jours qu'il ne se passe rien, excepté qu'en faisant des heures supplémentaires, j'ai éradiqué plus vite que prévu l'ennemi puceron. Ce matin encore, je me rends à l'évidence : le corbeau boude ou est parti en vacances.

J'ai dû mettre Albert dans la confidence. Me savoir dans les lieux bien avant lui le perturbe beaucoup. Je lui vole une partie de son travail, donc une partie de lui. Or, la dernière chose que je veux, c'est contrarier Albert. Même s'il a trouvé mon plan à son goût, il a quand même mis un point d'honneur à venir, lui aussi, plus tôt.

Je propose à Albert une tasse du thé dont j'ai rempli mon énorme thermos. En échange, il diffuse un concerto léger et aérien de Torelli, rien qui heurte nos consciences toujours en phase de réveil. Les heures qui passent sont assez oisives pour moi. Comme je fais des heures supplémentaires, mon travail est plus qu'à jour. Vers 10 heures, lorsque j'ai terminé mon travail, je choisis de lire un peu au frais et dans le calme à l'intérieur de l'église. En semaine, je peux profiter du lieu saint en toute tranquillité, car il n'y a personne. Je passe alors un moment dans la solitude et le silence, sans entendre Albert grogner sur la bêtise humaine ou Lucien sur la vacuité du monde, et ça me fait beaucoup de bien.

Mais aujourd'hui me fait mentir, car, luisant sous les rayons qui traversent les vitraux en tachant le sol, un crâne presque chauve émerge de la pénombre monacale. Ma curiosité me fait remonter l'allée entre les bancs de l'église. Il s'agit du père de Valentine, et je sens un frisson d'angoisse me traverser.

— Monsieur Laforêt ?

Il ne réagit que lorsque je me répète, ce qui n'est pas pour me rassurer.

— Oh, Adèle, je ne vous avais pas entendue, bonjour.

— Est-ce que tout va bien ?

Il a l'air surpris.

— Oui, pourqu… (il comprend soudain le sens de ma question) Bien sûr ! Ne vous inquiétez pas, ce n'est pas parce que je me trouve dans une église et que j'ai l'air de prier qu'une catastrophe s'est produite.

Son sourire jovial naturel se repositionne sur ses lèvres, et je respire enfin.

— Je vous en prie, propose-t-il, asseyez-vous un moment. À moins que vous ne soyez en plein travail ?

— Je fais une pause.

— Bien.

Il perd son attention en direction de la sacristie, tandis que je l'observe toujours. Quelque chose cloche, reste à savoir quoi.

— Je ne vous vois pas souvent, ici…

— Non, en effet, pas autant que je voudrais.

— Je ne savais pas que vous étiez pratiquant.

— Je ne le suis pas. C'est étonnant de me trouver ici, je sais.

— Pas tant que ça. Aux dires du père Grégoire, en ce moment, il y a plus de gens en mal de clim que de vrais croyants qui viennent ici.

— En fait, je trouve que l'église est l'endroit le plus calme de Luserne.

J'acquiesce en lui montrant le livre que je tiens dans la main.

— Toute la semaine, je vis dans un environnement très bruyant.

— Les clients, je comprends.

— Je pensais plutôt aux bruits constants du four et des réfrigérateurs, mais les clients aussi sont une nuisance sonore. Entre Valentine, mon apprenti et ma femme, je ne suis jamais seul. Vous devez trouver ça bizarre.

— Non, on peut adorer être entouré et vouloir quelques moments où on peut exister seul.

— Vous êtes étrange, Adèle, vous comprenez les gens avec tant de facilité.

— Pas tant que ça.

— Vous les aimez aussi. Je ne vous remercierai jamais assez d'être l'amie de Valentine. Votre présence lui fait beaucoup de bien.

— Vous n'avez pas à me remercier, c'est facile de l'aimer et d'être proche d'elle.

Son père sourit et je sens bien que, derrière cette affabilité, il ne me croit pas. Il se met à faire quelques respirations profondes.

— Moi aussi, à une époque, j'allais vers les gens, j'aimais être entouré. Et puis, après, la vie vous force à changer.

— Vous êtes né dans la région ?

— Je suis de Luserne, c'est un peu pathétique, non ? Mon univers est aussi grand qu'une de mes tartelettes !

— Ce ne sont pas les kilomètres qui donnent de l'espace.

Le père de Valentine grimace en plaçant une main sur sa poitrine.

— Tout va bien ?

— Oui, j'ai des problèmes avec mon estomac, depuis toujours. C'est lié au stress.

Il sort de sa poche une petite boîte circulaire qu'il dévisse comme un baume à lèvre. À l'intérieur se trouve une pâte brune dont l'odeur se répand dans l'air à une vitesse fulgurante.

— Remède de grand-mère chinoise pour calmer mes spasmes. Ça me vient de la famille d'un ami restaurateur. Je ne connais rien de plus efficace. Hélas, ça pue.

Par pure politesse, je ne relève pas, mais l'odeur est si forte qu'elle me pique les yeux et me donne la nausée. Les effluves mélangent de façon écœurante le bonbon à la réglisse, le sucre et le fruit qui commence à pourrir.

— Désolé, continue-t-il, tout en se badigeonnant l'intérieur des poignets, peut-être que ce n'est qu'un effet placebo, mais je suis accro depuis des années.

Quand ça pue autant, c'est forcément efficace. Au moins sur les bronches et… soudain, mon corps se crispe. La voix d'Alexis Lecannet et de son acolyte éclate entre mes tempes.

« *On dirait un mélange de bonbons, les ficelles noires enroulées en spirale, là, et de confiture qui a daubé.* »

Ma respiration se coupe. Je dévisage le père de Valentine et l'imagine avec un sweat et une capuche noire, penché au-dessus d'une tombe, une enveloppe de papier kraft à la main. Je n'hésite même pas une seconde.

— C'est… C'est vous, n'est-ce pas ?

Il me dévisage, sans comprendre ce que je viens de dire.

— Quoi ?

— Pourquoi ? Pourquoi avez-vous fait ça ?

— Fait quoi ?

— Les enveloppes.

L'espace d'un instant, je me dis qu'il va tout nier. Il peut le faire, je n'ai aucune preuve, si ce n'est une odeur vaguement décrite par des adolescents et que je crois avoir identifiée. Nous nous observons tous deux avec la même stupeur. Et soudain, ses épaules s'affaissent et son corps se tasse sur le banc. Il paraît perdre une dizaine de centimètres.

— C'est vous qui avez trouvé ma dernière enveloppe, n'est-ce pas ? Je sais que Valentine, vous et d'autres de ses amis tournez dans le coin certaines nuits.

Sa voix a changé, elle est basse, presque funeste. Cependant, je perçois chez lui que la peine est plus présente que la malveillance. Je n'arrive pas à croire qu'il n'essaye même pas de se défendre, ni même de mentir. Ce serait si simple.

— Oui, je l'ai effectivement prise, dis-je après un moment.

— Et qu'en avez-vous fait ? demande-t-il sans agressivité.

— Je l'ai remise à Sylvie. Je ne voulais plus qu'on parle de vous et que ça continue d'aggraver l'atmosphère de la ville.

— C'est dommage, j'étais particulièrement fier de celle-ci.

— Pourquoi ?

— Parce que je n'en peux plus de ces gens !

— Qui exactement ?

— Je vis ici depuis que je suis né, comme beaucoup des Lusernois qui habitent encore ici. Rien de surprenant, pour supporter de vivre dans un trou perdu, il faut faire partie de sa terre et de son air, sinon, on s'échappe dès qu'on peut. Je côtoie les mêmes personnes depuis si longtemps, je connais leur vrai visage. Les années passent, nous vieillissons, et bientôt, nous serons tous là, encore côte à côte, enterrés dans ce maudit cimetière. Et rien n'aura changé : on blesse l'autre dans la cour d'école, puis au travail, avec nos collègues, nos femmes, nos maris, nos enfants. Rien n'évolue, du berceau au tombeau. C'est comme si notre passage sur Terre ne signifiait rien et que nos actes et nos paroles n'avaient jamais aucune conséquence, vous comprenez ?

J'opine du chef. Je n'ai pas à faire semblant, car je vois de quoi cet homme parle. Quinze ans de ma vie se sont enfuis en un bip de moniteur cardiaque soudé à un lit médicalisé. J'ai toujours l'impression d'être la petite fille ayant un jour débarqué sur le seuil de la maison de mes grands-parents. Si j'étais restée à Lyon, les années se seraient écoulées sans rien m'apporter de plus, en cadençant ma vie dans un compte à rebours silencieux. Oui, je comprends cet homme.

— Vous avez décidé de changer les choses et d'agir, c'est ça ?

— Exactement, acquiesce-t-il, et comme il ne se passe jamais rien dans cette fichue ville, je me suis dit que si j'assurais un grand spectacle, quelque chose qui frapperait les consciences, alors ça aurait du sens. Ma vie aurait un sens.

— Pourquoi ne pas avoir saisi les autorités ?

— Je ne veux pas qu'ils soient jugés, d'ailleurs les délits de certains sont de toute façon trop vieux. Je veux que ces gens qui répètent les mêmes horreurs que celles qu'ils commettaient quand ils étaient gamins, quand ils persécutaient les autres, quand ils les frappaient, quand ils les manipulaient, je voulais qu'ils sachent que toute la ville est au courant. Je voulais qu'ils comprennent que les autres, ceux dont ils se fichent depuis qu'ils sont gosses, les voient tels qu'ils sont. Qu'ils réalisent que, malgré leur réussite sociale, ou leur célébrité à Luserne, ils restent les mêmes petits merdeux qui planquent leur mesquinerie, leur déviance et leurs défauts sous un vernis d'hypocrisie et de mauvaise foi !

À mesure qu'il me raconte son histoire, le corps de M. Laforêt se redresse et son torse se gonfle. J'imagine sans peine à quoi a dû ressembler son enfance. Une accumulation des jugements de Sylvie, des brimades de Christine qu'il s'est senti obligé d'épouser parce que c'était dans l'ordre des choses, et toutes sortes d'humiliations infligées par tous les autres qu'il a accusés. Les hospitalisations répétées de sa fille, dont il avait compris qu'elle reprenait le flambeau de ces gamins cruels, ne sont sûrement pas étrangères à son passage à l'acte.

Le silence règne dans l'église. Entre les murs épais, et loin de la porte, aucun son de Luserne ne parvient jusqu'à nous.

— Vous allez me dénoncer ?

Je fixe l'empilement des tuyaux gris de l'orgue qui coiffe l'autel.

— Non.

Je n'avais aucune idée de la réponse jusqu'à ce qu'elle s'échappe de ma bouche. Au fond de moi, je sais qu'il n'y en a pas d'autre.

— Pourquoi ?

— Parce que si on sait que c'est vous, ça fera bien trop de mal à des gens que j'aime, et surtout, ça donnera raison à Sylvie et ses partisans. Mais il faut que tout ça s'arrête. Je comprends vos motivations, mais la délation, ce n'est pas la solution. Au contraire, ça fait ressortir le pire chez des personnes qui ne sont pas si mauvaises.

Le risque que je prends est grand. Je vais devoir vivre avec ce secret et si un jour il s'évente, Valentine ne me le pardonnera pas. Cependant, j'ai beau tourner le problème dans tous les sens, je ne veux pas appuyer moi-même sur le bouton de cette bombe. M. Laforêt et moi allons devoir nous faire une promesse que nous traînerons comme une casserole de plus, le reste de notre vie. On le fait chacun pour des raisons différentes. Ici, dans cette petite ville que cet homme déteste tant, je décide d'emprunter un chemin ; il n'est pas parfait, mais c'est le mien.

— Vous voulez protéger Valentine, soupire-t-il.

C'est plutôt à lui de tenir ce rôle.

— Oui.

— Mon intention n'était pas de lui faire du mal, vous savez ? Je ne suis pas un mauvais père.

— Je vous donne l'occasion d'en être un meilleur. Qu'en pensez-vous ?

Il réfléchit. Lassitude et regret suintent par tous ses pores.

— Je vous donne ma parole que le corbeau ne fera plus jamais parler de lui.

Je me redresse, cet homme a besoin de rester seul avec ses démons passés et présents. En m'éternisant à ses côtés, j'ai peur d'en attraper un au passage.

— Merci, murmure-t-il.

— Remerciez-moi en tenant votre parole et en aidant Valentine à gagner sa liberté.

Il baisse la tête, et j'espère me montrer assez claire pour qu'il dresse enfin un rempart entre les failles de sa fille et celles de sa femme. Lorsque je passe de l'ombre de la nef à la lumière de la place de Luserne, c'est comme si j'avais quitté un monde pour entrer dans un autre. À presque 11 heures, les lieux fourmillent de vie et de gens plus ou moins pressés. J'ignore d'où me vient cette certitude, mais je sais maintenant que tout va aller pour le mieux.

Je traverse la place, salue un nombre croissant de personnes qui me reconnaissent et décide d'aller dire bonjour à Jazz qui a dû déjà ouvrir sa boutique à l'heure qu'il est. Cependant, en arrivant devant le salon, je suis surprise de trouver porte close. La vitrine n'a pas encore été débâchée et la petite pancarte toujours positionnée sur *fermeture*. Je sonne plusieurs fois, jusqu'à ce que Jazz finisse par m'ouvrir. Aussitôt, je me doute que quelque chose ne va pas.

— Tu n'ouvres pas ce matin ?

— Non, et pas avant un moment, soupire-t-elle.

— Pourquoi ?

— Ce matin, les commerçants de la ville ont reçu le même message de la part de la commune, mais je sais très bien de qui ça vient et qui ça vise. On doit respecter strictement les normes de sécurité édictées par la mairie, si on veut continuer d'ouvrir. Apparemment, des touristes se seraient fait mal en glissant sur le carrelage d'un magasin. Ça me paraît bizarre, mais la conséquence, c'est que, tant que ma vitrine n'est pas réparée, je ne peux plus accueillir de clients. Sauf que les artisans sont surchargés en ce moment et que je suis obligée de faire l'avance des frais, parce que l'assurance va mettre des mois avant de me rembourser.

— C'est pas vrai...

— Le comité n'aime pas qu'on prenne des initiatives qu'il n'a pas approuvées. Il aurait préféré que je vienne le supplier de m'aider. Là, ça aurait été différent.

— Hors de question qu'on laisse passer ça !

Je repense à Sylvie dans son salon triste à mourir, aux mises en garde de Lucien et même aux propos du père de Valentine. Ils me donnent tous tort : il y a des gens qui sont bel et bien allés trop loin dans la mesquinerie et la méchanceté. Sylvie se venge de ce que je sais sur elle.

— C'est gentil de m'aider, mais je suis fatiguée. Je vais prendre rendez-vous avec ma banque pour un prêt qui approvisionnera ma trésorerie, jusqu'à ce que je puisse rouvrir dans de bonnes conditions.

— Je comprends. Est-ce que tu pourras me dire quand ton rendez-vous aura lieu ?

— À quoi tu penses ?

— Je ne sais pas encore, mais les autres auront peut-être une ou deux idées. Je te tiens au courant !

Je file hors du salon, parce qu'une minute de plus face à elle et j'aurais explosé. Elle n'a pas besoin de me consoler ou de me calmer, elle doit conserver son énergie. Et moi, je n'ai qu'une envie, en plus de hurler : retourner chez Sylvie et la secouer comme un prunier jusqu'à lui remettre les pièces dans le bon sens.

CHAPITRE 28

« Je vais être sincère avec vous, mon père avait une philosophie : "La paix, c'est en avoir une plus grosse que le voisin". »
Iron Man, 2008.

Face à moi, une farandole de petites mignardises me promet monts et merveilles. Un thé noir aux agrumes infuse dans une nouvelle théière, un modèle de compétition qui intègre une minuterie dans sa base. À peine étais-je de retour chez Lucien que ce dernier m'attendait de pied ferme sur sa terrasse, au cœur de cette *tea party* aussi incongrue que déstabilisante.

Ses nouvelles attentions me paralysent légèrement, si bien que j'attends la catastrophe en fixant la table de jardin. Il croise ses longues jambes et prend une pose de châtelain assis sur son trône. Plus les minutes s'écoulent, moins je sais quoi lui dire. La théière clignote, quand en a-t-il fait l'acquisition ? Finalement, je prends place à sa table et me sers une tasse. Les effluves sont un véritable ravissement.

— Mahaut adorait ce thé, déclare Lucien, en sirotant un café noir dont la puissance de l'odeur réveillerait un mort.

— Vraiment ?

— Je ne sais par quel miracle, le magasin de thé est toujours ouvert.

L'amertume me fait sourire. Cette boutique-là devait être tenue par des personnes qui convenaient au comité.

— Merci Lucien.

— Pourquoi ?

— Pour ne pas me dire : « Je vous l'avais bien dit ».

— Pourtant, je pensais que cette petite mise en scène serait assez claire.

Lucien sourit sous sa moustache impeccable.

— Je me sens tellement naïve. J'aurais dû vous écouter et ne pas aller voir cette sorcière de Sylvie.

— Voilà que nous sommes enfin d'accord sur un point. Cela étant, vous aviez raison d'essayer.

— Je vous en prie, ne soyez pas gentil, ça me donne l'impression d'être encore plus au fond du trou que je ne le suis.

— Si Sylvie avait eu une once d'intelligence et d'instinct de survie, elle n'aurait pas dû riposter aussi ouvertement envers votre amie.

Je hausse les épaules. Que pourrais-je bien faire contre elle ? Je lui ai remis l'enveloppe et, à travers le comité, elle peut liquéfier les cerveaux d'au moins la moitié des habitants de cette ville.

— Pour Jazz, je réfléchis à haute voix, peut-être qu'on pourrait organiser une cagnotte que Louis, notre ami antiquaire, relayerait sur les réseaux sociaux. Ça permettrait de l'aider à financer sa vitrine. Mais reste toujours à trouver un artisan disponible.

Lucien dépose quelques gâteaux sur une assiette en porcelaine, laquelle doit valoir une fortune, et la glisse juste sous mon nez. Ou je fais vraiment pitié, ou je vais bientôt mourir.

— Heureusement que vous possédez une arme redoutable, dit-il.

— Mon humour ? Désolée, il est un peu en berne ces derniers temps.

— Moi, déclare-t-il avec emphase.

Je pousse un soupir. De quelle partie de sa longue expérience va-t-il encore me faire l'article ?

— Vous savez remplacer une vitrine de magasin ?

— Je sais qui peut le faire en un temps record.

Je reste une fraction de seconde sans voix.

— Vous plaisantez ?

— L'ai-je déjà fait ?

Question stupide.

— Comment ?

Se délectant de ménager un si grand suspense, Lucien déplie une serviette d'un blanc immaculé qu'il dépose sur ses cuisses. Puis, il se sert deux minuscules choux pendant que je m'imagine lui ouvrir la bouche en grand et lui arracher à la pince à sucre la suite de ce qu'il a à dire.

— Je n'ai pas passé trente ans de ma vie à gérer des palaces sans avoir un solide carnet d'adresses de personnes qui me doivent des services, Beaucoup de services.

— Pourquoi ne pas l'avoir dit plus tôt ?

— D'une part parce que vous vous débrouilliez très bien sans moi jusque-là, d'autre part parce que vous ne me l'avez pas demandé.

— Pas plus que maintenant.

— Vous n'avez pas vu votre tête de chien battu.

— Vous êtes vraiment insupportable !

— J'imagine que c'est une manière de me dire merci.

— Non, c'est une manière de vous dire que vous êtes insupportable.

— Arrêtez de vous plaindre, notre cohabitation est parfaite. Reprenez un gâteau.

J'éclate de rire et, à ma grande surprise, le sourire de Lucien s'élargit jusqu'à me montrer une rangée de dents impeccables.

— Je me charge de tout, déclare-t-il, les yeux perdus dans ses magnifiques rosiers grimpants. En échange, promettez-moi de ne pas me faire part de vos conseils en matière de décoration, quand les travaux de la maison vont commencer.

Je tique.

— Quels travaux ?

— J'ai pris la décision de refaire tout le premier étage. Quand vous prenez votre douche, vous faites trop de bruit, ça m'énerve. Quand vous marchez sur le parquet de votre chambre, aussi. J'ai l'intention de mettre des équipements neufs que vous pourrez utiliser de la bonne façon. Avec la bonne literie, la bonne tuyauterie et une moquette de qualité, j'ose espérer que vous serez plus silencieuse.

Mes yeux s'humidifient, mais je retiens mon émotion. Lucien et moi sommes au-dessus de ça. Alors, je garde le silence et contemple, à mon tour, les beaux rosiers. L'été va se terminer et si mon contrat se prolonge, la décision de m'installer à Luserne deviendra concrète. Je réalise que pas une seule fois je n'ai envisagé de vivre seule. Pourtant, ce serait l'occasion de vivre cette indépendance, de décider seule de mon environnement, de l'endroit où se trouvent les objets, ou de nettoyer quand je veux et comme je veux les choses qui m'entourent. Mais je ne suis pas prête. Ce qui m'entoure n'a aucune importance. Ce qui compte, ce ne sont jamais les choses qu'on empile autour de nous, ce sont les gens contre lesquels on peut se serrer.

— Je n'aime pas le beige, dis-je après un long silence.

— Le contraire m'eût étonné, c'est une couleur élégante et intemporelle qui met en valeur à peu près n'importe quel mobilier.

— N'empêche, je n'aime pas le beige.

Une brise chaude balaye le jardin en faisant bruisser feuilles et fleurs. Quelques bourdons s'échappent des pistils et flottent mollement au-dessus du jardin. Dans cette atmosphère paisible coiffée d'un été qui se fait enfin doux, je voudrais pouvoir créer une nouvelle bulle temporelle. Je ne suis pas sûre de croire à tout ça, mais une partie de moi veut penser que mamie espérait cet instant. Cette idée me plaît.

À cet instant, au milieu du jardin de Lucien, se dessine peu à peu la silhouette de ma grand-mère. Elle est toute proche et nous fait un signe. Elle est maintenant debout, bien droite, ses longs cheveux argent ondulant sous le vent. D'une main, elle tient un chapeau à larges bords, et de l'autre, un panier rempli de jonquilles. Elle nous sourit et se moque parce que nous nous empiffrons de sucreries. Elle respire la joie de vivre, elle respire tout court.

Cette idée me plaît.

*

Une semaine s'est écoulée depuis que Lucien et moi avons pris le thé sur sa terrasse. Le corbeau n'a pas refait parler de lui. Il est encore trop tôt pour me réjouir, mais je garde espoir.

Finalement, Jazz en a eu marre de rester passive. Elle nous a interdit de faire une cagnotte et s'est rendue auprès de sa banque pour négocier un prêt. Je ne l'ai jamais vue aussi épanouie que lorsqu'elle est revenue de son rendez-vous, malgré les taux d'intérêt pratiqués.

J'ignore quels dossiers Lucien détient sur les ouvriers, mais lorsque j'arrive devant le salon, je constate que les travaux sont presque terminés. Bientôt, ce sera comme si rien ne s'était passé. Dommage que les cœurs ne se réparent pas aussi vite.

— Salut ! lance Valentine de l'intérieur du magasin.

Je lui réponds par un geste de la main. Valentine n'a pas repris le travail, ni même réintégré son studio. Elle partage l'appartement de Jazz, le temps pour elle de trouver quoi faire de sa vie, maintenant qu'elle a rompu le cordon ombilical. Je ne peux m'empêcher de craindre une rechute.

— J'ai piqué des fougasses à la sortie du four, mon père a carrément fait diversion.

Son visage se pare de couleurs.

— Merci, j'adore ça ! Eh bien, c'est impressionnant comme le salon a changé.

— Je ne sais pas où ton Lucien les a trouvés, mais ils sont géniaux. Au fait, tu viens à la réunion du comité tout à l'heure ?

— Oui, d'après son ordre du jour, ils vont décider si des élections sont réorganisées ou si le président reprend ses fonctions. Ed et moi ne voulons pas rater ça.

— Moi non plus, déclare Jazz, en sortant sur le seuil de sa boutique.

J'acquiesce. J'ai perdu la bataille contre Sylvie, mais la vie m'a appris que rien ne reste jamais stable et prévisible. J'ignore quand et comment, mais un jour, la roue tournera et ce ne sera pas en sa faveur.

Valentine, Jazz, un des ouvriers fans de fougasses et moi discutons une bonne heure avant que je les quitte pour me rendre aux pompes funèbres. Quand je pousse la porte, j'aperçois Ed penché audessus de Georges Marin, son patron, qui semble être dans une posture délicate. Plié en deux, le vieil homme n'a pas l'air de pouvoir se redresser.

— Tout va bien ?

— Adèle, comme je suis heureux de vous voir, répond Georges en grimaçant, vous êtes le rayon de soleil de mon magasin, vous savez ça ?

— C'est parce qu'elle est vivante, ça nous change, plaisante Ed.

— Il en profite parce que je suis coincé, déplore le vieil homme.

— Comment avez-vous fait ça ?

— Je ne sais pas, soupire-t-il.

— Il a voulu soulever un carton entier de plaques funéraires, mais il a oublié que sa colonne vertébrale n'a plus vingt ans.

— Elles n'étaient même pas en pierre.

Ed roule des yeux au ciel.

— J'imagine que vous avez appelé le médecin ?

— Il est en route, répond Ed, en me souriant magnifiquement.

— Ça fait déjà une heure qu'on l'a prévenu, il a dû s'arrêter à un café en chemin.

— Non, ça fait que quinze minutes, mais le monsieur est un peu contrarié aujourd'hui, raille Ed.

— Je vais avoir du mal à aller à la réunion du comité, soupire Georges.

— Eh bien, dis-je, est-ce que vous vous sentez de ramper jusqu'au gymnase ?

— Moquez-vous, mais vous verrez quand vous aurez mon âge.

— On ne soulèvera pas de plaques funéraires.

— Apporte-moi un papier, je veux te faire une procuration pour ce soir.

— Vous êtes sûr ?

— Oui, chaque vote compte, et je veux que notre président revienne ou que des élections dignes de ce nom soient réorganisées. Ce qui se passe en ce moment, c'est n'importe quoi.

Ed obtempère et lui tend un papier et un stylo. Il dirige doucement le vieil homme vers une table. Celui-ci se balance d'un pied sur l'autre pour ne pas avoir à plier les jambes, et la manœuvre s'avère plus laborieuse que prévu.

— Ne vous faites pas plus mal encore. De toute façon, on sait tous que c'est Sylvie qui va récupérer le poste du président.

— Tu n'en sais rien, grogne le vieil homme. Sylvie a certes beaucoup de soutien, mais je commence à être fatigué par l'ego de cette femme. Et je ne suis pas le seul.

Ed et moi échangeons un regard sidéré. Je me souviens pourtant avoir vu Georges soutenir ouvertement les propos de Sylvie.

— Ce n'est plus le grand amour entre vous ? le provoque Ed.

— Ce n'est pas ça, c'est juste qu'il ne faut pas exagérer. Se sentir en sécurité, c'est important, mais Luserne, c'est pas Harlem non plus. La majorité des gens veut juste vivre tranquillement, le reste appartient à la gendarmerie.

Le médecin pousse enfin la porte du magasin et reste un instant interloqué par le spectacle que nous offrons. Son air mi-blasé mi-contrarié nous renseigne sur ce qu'il pense de l'état et de l'attitude de son patient. Il dirige le vieil homme vers un fauteuil et l'aide à s'asseoir, ou plutôt à s'écrouler sur le siège. Il sort ensuite de sa mallette tout le nécessaire à une injection, ce qui provoque tout un tas d'objections plus ou moins polies dans la bouche du malade. Jugeant qu'il se trouve entre de bonnes mains, nous décidons de nous éclipser, non sans avoir juré que nous voterions contre Sylvie.

Ed glisse son bras autour de ma taille et me serre contre lui. Depuis que nous avons parlé dans le parc, je sens chez lui une énergie nouvelle. Elle irradie et, parfois, quand je suis collée à lui, je peux la sentir m'envahir. Entre nous, c'est devenu simple. Ou plutôt, c'est devenu évident, comme une vérité qui a toujours été sous nos yeux, mais qu'on était incapables de voir. Il nous arrive de nous demander comment on a pu compliquer à ce point un sentiment qui, maintenant, nous semble aussi naturel que de respirer.

Nous arrivons au gymnase, devant lequel les gens stagnent par grappes et discutent comme s'ils participaient à un apéritif géant. Nous savons tous ce que signifie le fait qu'ils hésitent à entrer : la clim est toujours en panne. Contre toute attente, la petite dame à l'entrée a repris place derrière sa table pour compter les présents. Sa détermination force le respect. Pendant qu'Ed rejoint notre groupe, je fais un pas de côté pour saluer le père Grégoire que je n'ai pas vu depuis plusieurs jours. Nous échangeons quelques politesses vagues, puis je m'éloigne. Et soudain, je les vois : Lucien et Sylvie, un peu plus loin, juste à l'angle du bâtiment, là où se trouve l'entrée de service que personne n'utilise. De là où je me trouve, je ne peux entendre ce qu'ils se disent et je n'ai aucun moyen de me rapprocher sans qu'ils me voient. Alors, j'observe leur gestuelle. Le visage de Sylvie est fermé, mais comme je ne lui ai jamais connu d'autre expression, cela ne m'apporte aucun renseignement. Lucien la toise de deux bonnes têtes et ne fait aucun effort pour se mettre à son niveau. Je bous de ne pouvoir entendre ce qu'ils se racontent et je dois me contenter de ce que je vois. Lucien lui remet ce qui ressemble à une lettre, ou un document replié. Elle hésite, puis déplie le papier, avant de le fourrer d'un geste sec dans son sac. Elle plante ensuite Lucien, sans lui accorder le moindre regard. Je m'éloigne de leur champ de vision avant d'être rejointe par Valentine, Ed, Louis, Nicolas et Jazz.

Nous pénétrons dans le four qui sert de salle de réunion. Cette fois, les gens sont venus armés de ventilateurs de poche et d'éventails. Je n'en reviens pas que le sujet de la climatisation des locaux n'ait pas été une seule fois mentionné au cours de l'été.

Blanche, qui s'est octroyé la mission de mener les débats ce soir, salue l'assemblée et annonce que nous allons parler de la démission du président.

Un brouhaha ponctue cette annonce. Personne ici n'a pensé qu'il reprendrait un jour son rôle. Selon le boulanger qui le tenait du coiffeur de la place de l'église, l'homme ne serait même pas retourné travailler et se reposerait dans sa résidence secondaire au Grau-du-Roi. Sa femme, quant à elle, se serait rendue chez leur fille à Montpellier. Je ne peux m'empêcher de me demander si un divorce et une dépression, c'était bien ce que le père de Valentine avait en tête quand il a déposé sa lettre…

— Il est donc question de voir comment nous allons réorganiser le bureau du comité, poursuit Blanche que je trouve pleine d'une nouvelle assurance, d'ailleurs, je pense que nous pouvons tous remercier Sylvie, ici présente, pour l'intérim qu'elle a brillamment effectué depuis les événements que nous connaissons. Vous avez, bien sûr, tous été mis au courant que les jeunes vandales ont été démasqués et arrêtés.

Moins d'une semaine après que nous avons mis la main sur Alexis Lecannet et ses acolytes, le comité a envoyé un mail à tous ses adhérents pour leur annoncer la bonne nouvelle. L'information était suffisamment floue pour qu'un doute subsiste sur la façon dont ils avaient été découverts ainsi que sur l'identité des jeunes. Le comité ne revendiquait pas directement la prouesse, mais il laissait entendre qu'il avait fourni les moyens d'y parvenir. Valentine avait pesté deux soirs d'affilée au *Café Bleu* et manqué d'agresser plusieurs personnes au motif qu'elle les avait déjà vues parler à Blanche et Sylvie.

Les applaudissements de certains me font sursauter.

— Merci, intervient Sylvie en se levant, votre confiance m'honore.

— C'est tout à fait normal, fayote Blanche sans aucune discrétion.

— Mais, je crois qu'il est important de respecter les règles et de remettre les choses dans l'ordre.

Je serre la main d'Ed qui répond en faisant de même.

— C'est pourquoi je pense qu'il est important d'organiser de nouvelles élections dans les prochains jours, poursuit Sylvie.

Ed et moi tiquons et je constate, aux visages de Nicolas et de Valentine, que nous ne sommes pas les seuls.

— Oh, je... je comprends, répond Blanche un peu prise de court, nous espérons tous que vous accepterez de figurer sur la liste des prochains membres du bureau.

— Eh bien, déclare-t-elle d'une voix un peu mécanique, je dois dire que la charge que j'ai endossée, et qui m'a tenu tellement à cœur, m'a demandé plus d'énergie que je ne pensais. J'arrive à un âge où il faut que je me ménage. Je préfère donc laisser ma place à d'autres, car ce dont le comité a besoin, c'est de sang neuf et de disponibilité.

Sylvie se rassied. Elle est livide de rage. L'auditoire est plongé dans une sidération collective et met plusieurs secondes avant de réagir. Les discussions se mélangent en un bourdonnement inaudible. Les visages incrédules se tournent les uns vers les autres, cherchant dans un regard une explication à ce qui vient de se produire. C'est moi qu'ils devraient regarder. Je ne suis ni sidérée ni ignorante, car j'ai compris. Le bout de papier que Lucien a remis à Sylvie, juste avant la réunion, est l'une des photos qui se trouvaient dans l'enveloppe déposée par le père de

Valentine. Je me souviens l'avoir laissé seul avec le dossier incriminant, le temps de ranger ma tasse dans la cuisine. Ça n'a duré que quelques minutes à peine, une éternité pour un Lucien déterminé qui savait quoi faire des informations du corbeau. Je n'ai pas vérifié que quelque chose manquait, je suis naïve et crédule.

Lucien a fait pression sur Sylvie pour qu'elle quitte le comité. Il est probable que nous entendrons beaucoup moins le son de sa voix s'élever dans l'air du gymnase, du moins tant que Lucien sera là, assis au deuxième rang, son profil de rapace jugeant la limite précise qu'elle ne doit plus jamais dépasser. Lucien, qui n'avouera jamais s'être abaissé à cette sournoiserie motivée par un seul motif : en s'en prenant à Jazz, Sylvie s'en est prise à moi.

J'ai compris et je souris.

ÉPILOGUE

« La vie n'est que souvenir, à l'exception du moment présent qui passe si vite que l'on peut à peine le saisir. »
Tennessee Williams.

Scène d'ouverture. Il s'agit de ne pas la rater. Un portique dont la peinture bleue s'écaille, un long chemin aux pavés bordés par des bouquets généreux de plantes vivaces, un potager varié à droite, d'immenses rosiers grimpants à gauche, et au bout, une maison aux murs épais de pierre et aux ouvertures étroites pour supporter la chaleur de la région.

Et au bout, une rencontre improbable qui a changé ma vie.

Aujourd'hui, nous sommes le 1er septembre, la haute saison touristique a pris fin avec le mois d'août et c'est le jour de mon anniversaire. Assise sur les marches menant au perron de la maison de Lucien, je me perds dans la contemplation du jardin et de mes pensées. Pour la première fois depuis les quinze dernières années, mamie ne sera pas là pour fêter cet événement et je ne regarderai pas

L'Histoire sans fin, comme nous avions coutume de le faire.

Aline m'a appelée le matin même et nous avons passé un moment à nous donner des nouvelles. Et puis, au fur et à mesure des minutes, j'ai réalisé qu'une fois que nous serions à jour des informations, nous n'aurions plus rien à nous dire. J'aime Aline, je l'aimerai toujours, mais je me trouve hors de son réseau, loin, très loin de l'autre côté du pont. Et je n'ai pas vraiment envie de le traverser pour la rejoindre. Je me suis réveillée d'un sommeil de quinze ans, délicieux et rempli de rêves extraordinaires. Et maintenant, je vis ma vie, rien que la mienne, et je n'ai aucune idée de la direction qu'elle va prendre.

La mairie de Luserne, impressionnée non pas par mon travail mais par ce que lui en ont dit des habitants influents, m'a proposé un CDI que j'ai accepté. J'ai toujours en charge l'entretien du cimetière, mais mon champ d'opération s'est étendu à tout le centre-ville. Je suis officiellement convoquée au conseil municipal pour présenter mon projet de réaménagement des espaces fleuris de la ville et j'ai bien l'intention d'obtenir l'autorisation de concrétiser ma vision de l'embellissement de Luserne.

Je ne fleuris peut-être pas ta tombe, mamie, mais je fleuris ta ville.

Chacun est libre de mettre le sens qu'il veut dans les détails de l'existence.

En regardant ma montre, je me rends compte que je vais être en retard. Ed m'a demandé de le rejoindre dans le parc qui jouxte le cimetière. J'ai pris sur moi de ne lui poser aucune question, mais je me doute qu'il a prévu une promenade romantique avant de rejoindre les autres pour fêter mon anniversaire. Je jouerai la surprise aussi bien que Marilyn Monroe, ou j'essayerai.

Remontant la rue qui débouche sur la place de l'église, je réponds à toutes les personnes qui me saluent sur mon passage. Elles connaissent mon prénom et savent ce que je fais. À mi-chemin de l'allée principale du cimetière, j'entends des éclats de voix. En fin de journée, il y a toujours beaucoup de familles qui tentent d'épuiser leurs enfants afin de les coller ensuite au lit pendant douze heures d'affilée. Cependant, au moment où j'entre dans le parc et m'approche de l'énorme chêne sous lequel je prends mes pauses déjeuner avec Albert, je note quelque chose de nouveau. Emmêlées aux branches les plus proches du sol et les plus étendues, des guirlandes lumineuses éclairent le feuillage comme sur un sapin de Noël. Il y en a tellement que je suis incapable de les compter. Une table tout en longueur a été dressée sous l'arbre, elle est couverte d'une nappe dont le motif floral agresse même mes yeux.

Et tout autour, il y a *eux*.

Ceux qui m'accompagnent dans mon voyage, ceux qui participent au grand film de ma vie. Je reste plantée comme un piquet, incapable de dire un mot.

— C'est enfin arrivé ! s'exclame Valentine. On lui a enfin cloué le bec !

J'éclate de rire. Ed marche vers moi et me prend dans ses bras pour me serrer aussi fort qu'il peut. Pour l'occasion, Albert a choisi Vivaldi, parce que c'est le compositeur que je préfère, et aussi le seul que je reconnais à tous les coups.

— Si vous me permettez, déclare sans attendre le père Grégoire, laissez au prêtre le plaisir de porter le premier toast.

L'expression agacée de Lucien ne m'échappe pas.

— Adèle, la première fois que je vous ai rencontrée, je ne vous cache pas que je vous ai trouvée bien singulière avec vos robes colorées et vos boucles, disons…

— … improbables ?

— J'aurais plutôt dit insolites. Cependant, quelque chose me disait que c'était ce dont cet endroit avait besoin. Je ne me doutais pas, alors, que c'était aussi ce dont cette communauté avait besoin. Je pense parler au nom de tous, ici, en disant que nous sommes ravis que vous ayez décidé de poser vos valises à Luserne et j'espère que vous resterez longtemps parmi nous.

Je remercie le prêtre et ris bêtement pour cacher l'émotion qui monte au fur et à mesure que je croise les visages de Jazz, Louis, Marie, Nicolas, Albert, Valentine, Ed et Lucien. Je voudrais pouvoir leur exprimer ma reconnaissance et ma joie, mais ma gorge est bien trop nouée pour y parvenir.

— Bon, allez, ça suffit, intervient Valentine, on ne va pas se mettre à chialer, ça ferait vraiment trop cliché. Il y a plein de choses à manger et des trucs qu'Albert a faits, mais je préfère ne pas me prononcer.

— Pimbêche, grogne Albert.

Nous commençons à goûter ce qui se trouve sur la table, Valentine tonne plus fort qu'Albert pour récupérer le contrôle de la playlist et diffuser quelque chose qui *n'a pas été composé par des gens morts dont tout le monde se fout.* Je discute avec le prêtre, puis avec Louis et Marie, enfin je remarque qu'Ed se tient en retrait et m'observe avec une expression douce et aimante. Je mets plusieurs minutes à m'extirper du monologue du père Grégoire et à le rejoindre. Nous faisons quelques pas.

— Alors, heureuse de la surprise ?

— Tu as bien caché ton jeu, je ne m'y attendais pas du tout.

Il dépose sur mes lèvres le baiser le plus tendre du monde.

— Je voudrais te donner mon cadeau, maintenant.

Et il me tend une enveloppe minuscule de couleur jaune. J'éclate de rire.

— Je sais, soupire Ed, mais il se trouve que les enveloppes sont bien pratiques pour quantité de choses et qu'on leur trouve difficilement des équivalents. Alors, ne me juge pas et ouvre.

— D'accord, d'accord !

À l'intérieur se trouve une petite carte plastifiée.

— Qu'est-ce que c'est ? je demande avant même d'y regarder de plus près.

— Un abonnement illimité pour un complexe cinéma à dix minutes d'ici. Avant que tu ne dises quoi que ce soit, c'est un vrai grand cinéma dernier cri. Et je me suis pris le même.

Une bouffée de chaleur explose en moi. Je me jette dans ses bras et l'étreins aussi puissamment que possible.

— Contrairement au père Grégoire, je me fiche de savoir de quoi avait besoin cette communauté, mais moi, j'avais besoin de toi dans ma vie, Adèle Moreau.

L'émotion me submerge et tout disparaît autour de moi. Je voudrais dire au monde à quel point je suis heureuse d'être là, mais comme il est difficile de communiquer directement avec lui, je m'adresse à Ed dans un murmure :

— Je t'aime.

Il me faut moins d'une fraction de seconde pour regretter les mots sortis de ma bouche et guère plus pour traiter ma spontanéité de tout un tas de noms d'oiseaux. Et soudain…

— Je t'aime aussi, répond Ed dans le creux de mon oreille.

… tout est parfait.

— Hey les deux tourtereaux, venez un peu par ici, ton gâteau d'anniversaire est servi ! s'écrie Valentine.

— *Les* gâteaux ! gronde Albert.

— Non, mais le tien est naze.

— Tu l'vois l'râteau, là-bas ?

— Tu ne me fais pas peur avec ton râteau.

— Bon, moi, je veux bien vous départager en toute objectivité, intervient Nicolas.

Je ne pourrai jamais dire la vérité à Valentine, mais le fait est que le gâteau d'Albert est bien meilleur qu'elle ne croit. Cet homme ne cessera jamais de me surprendre. De temps à autre, je les observe, Ed et lui. Quand ils pensent que personne ne les regarde, ils s'échangent des coups d'œil pleins d'affection et de complicité. Comment cela a-t-il pu m'échapper aussi longtemps ?

La fête dure jusqu'à la tombée de la nuit, au moment où les guirlandes accomplissent enfin la mission pour laquelle elles ont été fabriquées. Selon l'endroit où on se trouve, on distingue les tombeaux les plus hauts qui découpent la ligne d'horizon. Pour beaucoup de gens, ça pourrait paraître bizarre, mais dans ce groupe, c'est ça notre univers.

Adossé contre le chêne, Lucien observe les convives, une assiette à dessert à la main, dans laquelle il ne reste que quelques miettes. Je le rejoins avec une flûte de champagne.

— Est-ce votre idée d'un anniversaire réussi ? demande-t-il en acceptant le verre.

— C'est mon idée de l'anniversaire parfait.

— Vous êtes si jeune, me provoque-t-il, en appuyant ses propos par un sourire en biais.

— Merci.

— Je ne suis strictement pour rien dans l'organisation ni faite ni à faire de cette soirée.

— Je sais pour Sylvie.

L'expression de Lucien s'assombrit.

— Vous êtes une lumière, Adèle, dansez, brillez, réchauffez, et laissez l'ombre avaler le reste.

Je pose une main aimante sur son bras. Je le sens se raidir, mais il ne cherche pas à s'y soustraire. Je détourne mon attention sur mes amis qui rient tout en essayant de calmer l'esprit de compétition cumulé de Valentine et Albert.

— Avouez que ce petit coin de monde n'est pas si mal.

Lucien soupire.

— *C'est paisible ici, mais vraiment dangereux*, cite-t-il.

Ça m'intrigue.

— De qui est-ce ?

— Les sept samouraïs.

— Quoi ?

— Kurosawa 1954, *Les Sept Samouraïs.*

— Je ne l'ai jamais vu.

— Et vous vous imaginez être une fan de cinéma ?

— Je n'ai pas vu tous les films qui existent.

— Ma chère, si vous ne connaissez pas l'œuvre du grand Akira Kurosawa, vous ne savez rien du septième art. Mahaut n'a pas eu le temps d'achever correctement votre éducation en la matière, nous allons remédier à cela.

Qu'est-ce que j'attends de la vie ? Une mise en scène à couper le souffle.

Et tout le monde devrait faire pareil.

La communauté Charleston a aimé !

Chez Charleston, nous sommes convaincus que, loin d'être une aventure solitaire, la lecture est une invitation au partage. Nous échangeons constamment avec nos lecteurs et lectrices, et nous sommes fiers de la belle communauté d'amoureux des livres que nous formons tous ensemble. Chaque année, nous choisissons au sein de cette communauté vingt lectrices et lecteurs qui nous accompagnent tout au long de l'année, et découvrent nos romans en avant-première. Voici leurs avis !

« Tantôt grinçante, sarcastique et tranchante, tantôt émouvante, douce et poétique, la plume de l'autrice ne peut pas vous laisser indifférent·e. »

@_leslecturesdemanon_

« L'autrice aborde divers sujets avec légèreté mais aussi avec subtilité. La plume de Lucie Castel est drôle, touchante, et singulière. »

@monprochainlivre

« Des personnages aussi attachants qu'originaux. Une petite bulle de douceur que je vous recommande. »

@coconlitteraire

« Un humour sarcastique aux petits oignons, des personnages attachants. Un vrai vent de fraîcheur ! »

@the_pumpkin_library

« Quel plaisir de retrouver la plume de Lucie Castel ! Un roman solaire et pétillant sur la quête de soi, un hymne à l'amitié. »

@_polyme_books_

« Une histoire d'amitié avec un grand A qui nous fait passer du rire aux larmes. »

@lalectricegourmande

« Un roman qui fait du bien ! Un hymne à l'amitié et à la solidarité intergénérationnelle. »

@uninstantpourlire

« J'aime énormément la plume de Lucie Castel et je retrouve avec ce roman son humour et sa sensibilité. C'est une très belle histoire, pleine de rebondissements, que j'ai adoré découvrir. »

@lisez_en_moi

Cet ouvrage est composé de matériaux issus de forêts gérées durablement certifiées PEFC™.

Le Programme de reconnaissance des certifications forestières (PEFC™) est le plus grand organisme mondial indépendant de contrôle pour une gestion durable des forêts.

Pour en savoir plus, consultez le site www.pefc-france.org

PEFC PEFC/14-38-00277

Achevé d'imprimer en avril 2023
par Novoprint
Dépôt légal : mai 2023
Imprimé en Slovaquie